KB252871

黔驢濁下

겨려하

검단하 2

운곡 新무협 판타지 소설

초판 1쇄 찍은 날 § 2006년 12월 26일
초판 1쇄 펴낸 날 § 2007년 1월 5일

지은이 § 운곡
펴낸이 § 서경석

편집장 § 문혜영
편집책임 § 유경화
편집 § 이재권

펴낸곳 § 도서출판 청어람
등록번호 § 제1081-1-89호
등록일자 § 1999. 5. 31
어람번호 § 제2-1090호

주소 § 경기도 부천시 원미구 심곡1동 350-1 남성B/D 3F (우) 420-011
전화 § 032-656-4452 팩스 § 032-656-4453
http://www.chungeoram.com
E-mail § eoram99@chollian.net

ISBN 978-89-251-0477-5 04810
ISBN 978-89-251-0475-1 04810 (세트)

Fantastic Oriental Heroes

검단하

2

─득공(得功), 공력을 얻다─

운곡 新무협 판타지 소설

도서출판 청어람

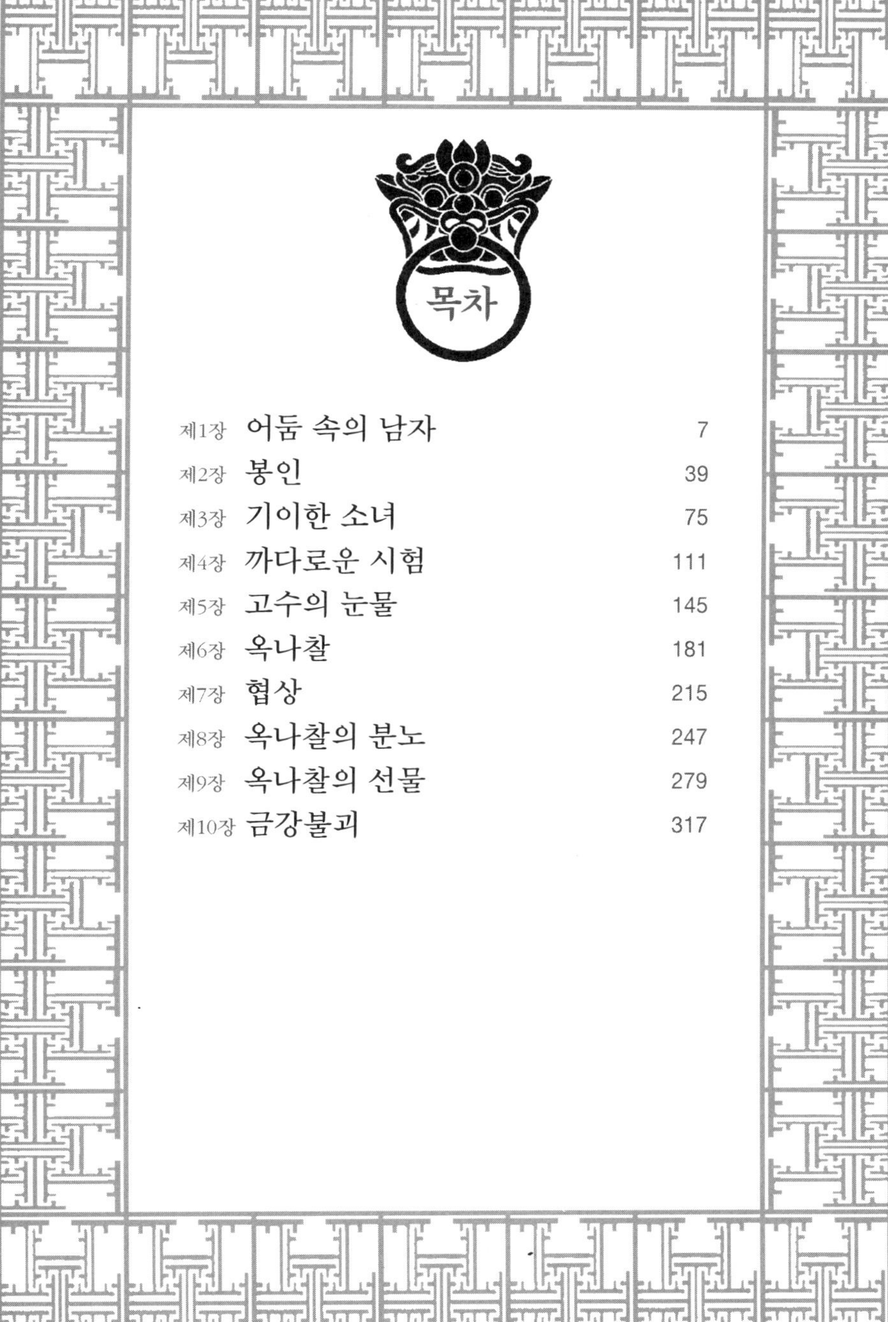

목차

第一章

어둠 속의 남자

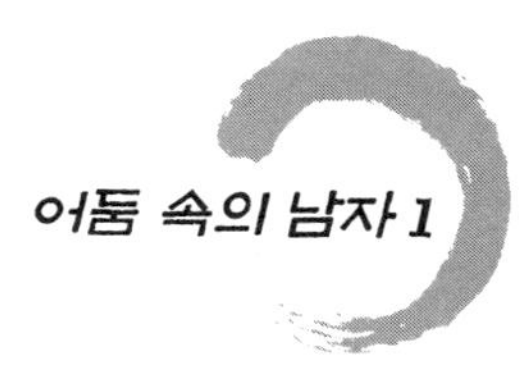

"아가야, 무서워하지 말거라."

여인의 목소리는 작았지만 통로를 울리기엔 충분했다.

진완은 용의 등에 올라타면 이런 기분이 아닐까 하는 생각을 했다.

위로 아래로, 또 종횡으로 여인은 또 한 번 귀신같은 몸놀림을 보여주고 있었다.

일각여 시간을 넘겼겠다 싶었을 때, 제법 넓은 통로로 나온 것을 알았다.

차박!

여인의 발아래서 얕은 물 위를 밟고 설 때의 소리가 들렸다.

차박차박!

여인은 이때까지 귀신처럼 나부끼던 모습이 아닌, 보통 사람처럼 얕은 물속을 걸어가고 있었다.

"……!"

진완의 눈이 커지고 입은 쩍 벌어졌다.

여인의 몸은 점점 빛을 발하고 있었다.

방 안에서 '죽일까?'를 연발할 때 손에서 나던 빛이 지금은 여인의 온몸을 휘감고 있었다.

마치 한지로 만든 전등 속에서 은은하게 빛을 발하는 불꽃처럼 여인의 몸 안에선 무언가 하얀 불꽃이 타오르는 것만 같았다.

'더 놀랄 일이 있겠어? 그래도 주위를 밝혀주니 고맙기만 하구먼.'

진완은 여인의 품속에서 주위를 둘러보았다.

대략 높이 일 장, 너비는 일 장 반쯤 되는 통로였다.

탁한 공기 사이로 무언가 퀴퀴한 냄새가 코를 찔렀다.

얼추 사십여 장쯤 걸었을 때, 눈앞에서 네 개의 그림자가 솟았다.

사내들이었다. 큰 덩치에 두 손은 아래로 축 늘어뜨린 사내들은 여인을 보자 곧 무릎을 꿇었다.

오랫동안 움직이지 않았는지 천천히 무릎을 꿇고 두 손으로 바닥을 짚는 사내들의 몸에선 연신 끼이익 하며 관절 뒤틀리는 소리가 튀어나왔다.

손등까지 차오르는 구정물 속에 사내들은 주저하지 않고 머리를 박았다.

그렇게 부복한 사내들 사이를 여인은 천천히 걸어 통과했다.

사내들은 마치 석상으로 변한 듯 미동도 하지 않았고, 여인은 사내들에게 시선 한번 돌리지 않았다.

오 장여 거리를 걸어가자 계단 두 개가 나오고, 그 위로는 또 다른 자연 동굴이 이어져 있었다.

계단을 오른 여인이 천천히 진완을 바닥에 내려놓고는 무릎을 꿇었다.

다행히 계단 위엔 물이 흐르지 않았다.

"우리 아가, 아가가 이상해요."

여인이 입을 열었다.

어두운 동굴 저편에서 또 다른 목소리가 대답했다.

"너는 여기 있어선 안 된다."

"알아요. 그래도 우리 아가가 이상해요."

여인의 고저 없는 특유의 말투는 어둠 속 통로에 부딪쳐 독특한 울림으로 변했다.

하지만 마치 어둠의 장막을 한 겹 두른 듯 어두운 동굴 저편 목소리도 여인 못지않게 기괴했다.

마치 한숨처럼 모든 것을 체념한 듯한 동굴 속의 목소리는 사내의 것이었다.

'혹시 위진천?'

그럴지도 몰랐다. 들기로 면벽 이십 년에 들었다는데 그 장

소가 여기일지도 몰랐다.

그러고 보면 위진천이란 사람은 참 부지런한 이란 생각이 들었다.

이십 년 동안 이런 썩은 구정물 흐르는 어둠 속에서 꼼짝 않고 있다는 게 너무도 대단…….

"위진천 그 커다란 악종과 다른 작은 악종들이 뛰어다녀요. 더 이상 가만있을 수 없었어요. 우리 아가, 이상해요."

애고, 위진천이 아니었군. 그럼 저 안의 사내는 누구지? 진완은 눈알에 힘을 줘 동굴 안을 노려봤지만 보이는 건 어둠뿐이었다.

"우리 아기, 진체(眞體)를 먹었어요. 그런데 내공이 없어요. 이상해요. 정말 이상해요."

"진체를 먹어?"

냉랭했던 사내 목소리가 처음으로 반응을 보였다.

"진체와 내공은 다른 문제다. 진체는 그릇이요, 내공은 그 안에 담기는 물과 같은 것. 진체를 이룬다 함은 다른 사람보다 수월히, 또한 많이 물을 담을 그릇을 만들었다는 것뿐. 그런데 진체를 먹다니?"

사내의 말에 여인이 초점 없는 눈으로 진완을 바라보았다.

'너, 먹었다더니 안 먹은 게냐?' 라고 묻는 듯한 시선.

하지만 흐릿한, 눈 주위가 하얀 우웃빛으로 빛나는 여인의 눈은 마주 보기 거북한 것이었다.

여인이 다시 동굴 쪽으로 얼굴을 돌리고는 물었다.

"우리 아가, 숨겨야 해요. 아무도 찾지 못하게 숨겨야 해요."

한동안 말이 없던 사내가 안타깝다는 듯 말했다.

"너는 진정 '그들'로부터 숨을 수 있다고 생각하느냐?"

"우리 아가, 약해요. 아무것도 못해요. 겨우 진체만 이뤘어요. 할 줄 아는 게 아무것도 없어요."

듣던 진완은 어이없는 듯 피식 웃었다.

'아예 무심련 정문 꼭대기에 올라가 고래고래 고함을 치지 그러슈? 할 줄 아는 게 하나도 없다고. 아예 아는 게 쥐뿔도 없는 놈이라우.'

이때까지 살아오면서 자신이 무능하다던가 약하다는 생각은 단 한 번도 하질 않았다.

사내가 말했다.

"너는 기다려야 한다. 너는 너의 약속을 지켜야 하고, 그 아이는 그 아이만의 길을 가야 한다."

"못해요. 안 해요. 우리 아가와는 더 이상 떨어져 지내지 않을 거예요."

여인의 집착은 무서웠다.

"아서라. 너는 약속을 지켜야 한다."

"싫어요."

"그리고 너의 아기란… 넌 누구냐?"

동굴 속 사내가 진완에게 물었다.

아무래도 정신이 온전치 않은 여인에게 묻기보단 진완에게 직접 묻는 게 낫다고 생각한 모양이다.

진완이 고개를 돌려 컴컴한 동굴 안을 쳐다보다 불쑥 입을 열었다.

"그러는 댁은 뉘슈?"

"넌……!"

동굴 안 사내는 비명 같은 짧은 말을 남기고는 반응이 없었다.

사내의 반응에 여인이 다시 불안해진 모양이다.

얼른 진완을 안아 들고는 빠르게 뒤로 걸었다.

"어딜 가려고 하느냐?"

"……."

동굴 안 사내가 물었지만 여인은 아무 대답 없이 뒷걸음질 쳤다.

안겨 있는 진완의 눈에 빠르게 어두운 동굴이 뒤로 밀려 나갔다.

조금 전 나타났던 네 명 역시 엎드려 머리를 땅에 박은 자세 그대로 한 점으로 멀어졌다.

여인이 몸을 돌리고 뛰었다.

"아무도 믿을 수 없다. 믿을 수 없어. 아가야, 아무도 믿지 마라."

여인이 다시 좁은 통로로 접어들었다.

여인에게 안겨 좁은 통로를 헤매 다니는 것도 이번이 세 번째였다.

앞선 두 번과는 달리 진완은 여인이 어떤 방법으로 좁은 통로에서 움직이는지 느낄 수 있었다.

여인이 통로 속을 움직이는 것이 아니었다.

진완의 느낌으로는 좁은 대롱으로 물을 빨아들이는 것과 비슷했다.

통로는 좁다란 빨대였고 여인은 물이었다.

마치 여인은 가만히 있는데 통로가 여인을 앞에서 끌고 위로 젖히며 뒤에서 미는 것 같았다.

그래서 좁디좁은 통로 안에서도 여인은 벽에 몸 한번 스치지 않고 빠르게 움직일 수 있는 것이다.

초절정의 경공이었다.

만약 진완이 신법에 조금만 능했더라면 지금 여인이 보여주고 있는 경이스러울 정도의 몸놀림에 까무라쳤을지도 몰랐다.

바람의 가름, 빠른 속도.

마치 물 위에 떠 물결에 몸을 맡길 때처럼 진완은 어느덧 지금의 상황을 즐기고 있었다.

한동안 시간이 흐르고, 여인이 멈췄다.

끼이익―

무언가 둔탁한 것을 들어올리는 듯한 소리와 함께 쏟아져 들어오는 빛무리 때문에 진완은 눈을 찡그렸다.

"아가야, 한동안은 괜찮을 것이다. 커다란 악종은 여기 없을 것이다."

진완이 눈꺼풀을 살짝 들어올려 주위를 살폈다.

어느덧 어슴푸레한 새벽이었다. 숲 속 작은 구릉은 작은 새들의 지저귐이 막 시작될 때였다.

"아가야, 여기서 나가기 위해서는 악종들과 싸워야 한다. 작은 악종은 괜찮지만 큰 악종은 어미가 전력을 다해야 한다. 하지만 우리 아가는 진체는 이루었지만 내공이 없다. 어떡한다? 어떡한다?"

표정 없는 얼굴, 흐려진 초점으로 여인은 진완의 얼굴을 쳐다보며 중얼거렸다.

"아줌마, 아니, 엄마. 너무 걱정 마시우. 난 내가 알아서 나갈 테니 아줌마, 아니, 엄마는 엄마 알아서 나가도록 해요."

진완은 진심으로 그렇게 얘기했다.

한편으론 소름 돋도록 무서운 여자였지만 다른 한편으론 불쌍하기 이를 데 없었다.

계속 우리 아가만 되뇌며 자신을 위해 모든 것을 희생하려는 여인이었다.

진완은 알 수 있었다.

여인은 방 안에만 갇혀 지낸 지 오래. 통로 밖으로 나올 때는 바싹 긴장하고 있었다.

그런데도 자신의 아이를 위해 모든 것을 감수하려는 것이다.

아이를 위한 모성애에 집에 두고 온 어미 생각이 나서 코끝이 찡해지는 진완을 향해 여인이 말했다.

"그래, 그래. 없으면 채우면 된다. 필요하면 만들면 된다. 아가야, 놀라지 말아라. 이 어미가 네게 주겠다.”

여인은 한 손을 들어 진완의 정수리 위에 얹었다.

다른 손은 진완의 바지춤 안에 집어넣었다.

“아줌마! 아니, 엄마! 이러면 안 되는 거잖수!”

놀라 눈을 동그랗게 뜨고 뭐라고 항변했지만 불행히도 진완의 몸은 아직도 굳은 상태였다.

여인의 손이 잉어처럼 진완의 바지춤 안을 헤집더니 곧 회음혈에 중지를 가져다 대고는 말했다.

“놀라지 말아라, 우리 아가. 너는 그저 모든 것을 잊고 느낌에만 충실하거라.”

곧 정수리 쪽에서 얼음물 속에 디밀어 넣은 것처럼 차가운 느낌의 그 무엇이 쏟아져 들어왔다.

아래쪽에서는 찰지면서도 시원한 그 무엇이 뱃속으로 숫구쳐 들어왔다.

얼음 칼날처럼 날카롭고 차가운 기운은 곧 머리 속에서 요동치며 눈알과 코, 그리고 혀를 얼리는 듯싶더니 목뼈를 타고 등줄기를 따라 내려갔다.

하지만 찰지면서도 시원한 기운은 그저 아랫배 깊숙한 곳에서 좌우로 넓게 퍼져 찰랑거릴 뿐이었다.

위에서 쏟아져 온 차가운 기운은 척추를 얼리고 심장과 폐, 그리고 내장까지 모두 꽁꽁 얼려 버리겠다는 듯 이리저리 날뛰었다.

그리고 얼마 되지 않아 끝내 머리부터 발끝까지 모든 것을 얼려 버렸다.

진완의 얼굴은 시퍼렇게 질렸다.

부릅뜬 두 눈에도 얇게 서리가 내렸다.

머리카락 역시 딱딱하게 굳어 손으로 만지면 뚝 하고 부러질 것만 같았다.

진완의 머리에 얹은 여인의 손에도 손목까지 하얗게 얇은 얼음이 얼었다.

마치 만년한빙(萬年寒氷)에 갇힌 것처럼 혼백이 달아날 정도로 추웠다.

하지만 얼마 후 작은 변화가 진완의 아랫배에서 있었다.

아랫배를 채우고 있던 찰지면서도 부드러운 기운이 마치 기지개를 켜듯 조금씩 꿈틀거렸다.

꿈틀거리는 기운은 마치 애벌레가 잎을 갉아먹듯 조금씩 주위의 얼어 굳어 있는 것들 속으로 파고들었다.

작은 싹을 틔우듯 단전 한구석에서 고개를 든 미미한 기운은 어느덧 뱃속을 따뜻하게 만들었다.

배 안쪽 깊숙한 곳부터 무언가 부글부글거렸다.

마치 다른 생명이 아랫배 깊은 곳에서 꿈틀대는 것 같았다.

내공을 쌓을 때의 아주 초기 증세 중 하나였고, 그래서 다른 이들은 금방 도달하는 단계였지만, 진완은 이러다 설사라도 지리는 것 아닌가 싶어 찜찜할 뿐이었다.

꿈틀거리는 그 무엇이 아랫배에서 여린 움직임을 시작했다.

이리저리 꿈틀거릴 때마다 때로는 편안한 안락함이, 때로는 힘이 불끈 쥐어지기도 했고, 때로는 뱃속을 칼로 헤집는 듯한 고통이 밀려왔다.

꿈틀대던 요동이 어느새 아랫배에서 치솟아 가슴을 아늑하게 채웠다. 그리고 다시 치솟아 머리 위를 감돌았다. 거기서 넓게 퍼져 팔을 채우고 다리를 채웠다.

사지백해(四肢百骸)가 강물이었다.

흐름이 있었다. 그렇다고 그 흐름이 강물의 흐름도 아니었다. 강물을 움직이게 하는 그 무엇도 아니었다. 그냥 흐름이었다.

눈을 감은 진완 앞에 강물이 나타났다.

어쩌면 직방하를 흐르던 강줄기를 닮은 듯도·했고, 그 직방하 제방 위에서 기다리고 있을 그녀의 눈빛을 닮은 듯도 했다.

뭔지 모를 그 무언가가 끝내 진완의 몸을 채우고 마음을 채우고 영혼을 채웠다.

그리고 다시 모든 것을 얼려 버렸다.

2

진완은 시간을 잊었다. 어디에 있는지도 잊었다.

그럴 수밖에 없었다.

눈과 코, 그리고 귀 모든 것이 얼어붙었다.

삶과 죽음이 나뉘는 그 사이에 진완이 있었다.

모든 것이 얼어붙어 멈춰 있는 어둠 속에 그것이 있었다.

"아가야, 나의 아가."

귀로 들리는 목소리가 아니었다.

가슴과 가슴으로, 영혼에서 영혼으로 이어지는 울림이었다.

그리고 따뜻한 떨림이었다.

티끌보다 더 작은 떨림이 가져다준 온기가 다시 싹을 틔웠다.

처음엔 아랫배 한쪽에 묵직한 느낌이 들었다.

허물어진 듯 흐물흐물해지다가 다시 투명해지고 날카로워졌다.

작은 불꽃이 그 끝에서 피어났다. 그리고 거대한 그 무엇이 아랫배에서 쏟아져 나와 가슴까지 일직선으로 치달렸다.

땅이 흔들리고 하늘이 깨져 나갔다.

번개와 우레가 온몸을 두들기고 굉음이 귓전을 가득 채웠다.

자신의 아랫배에서 치달려온 기운은 다시 형태를 바꾸어 거대한 바위가 되었다.

바윗덩어리들은 가슴에서 튀어나갈 듯 안에서 쿵쿵 부딪쳐 왔다.

기운들이 한번 부딪칠 때마다 진완은 몸을 휘청였다.

가슴에서 요동치던 기운이 곧 진완의 머리로 폭발할 듯 솟았다.

눈이 어질어질해지고 머리가 멍하니 텅 비었다.

입 안의 혀는 부픈 듯하고 귀에선 커다란 종소리가 요란스럽게 울렸다.

참다못한 진완이 눈을 떴지만 눈앞에 보이는 것은 희멀건한 것들뿐이었다. 형태도 갖추지 못한 것들이 귀신처럼 빙글빙글 돌았다.

얼굴이 다섯 배로 커진 듯했다. 누구에게 잔뜩 두들겨 맞은 후 부은 얼굴 같았다. 눈앞이 하얀색에서 다시 붉게, 그리고 파랗게 변했다. 아무런 생각도 들지 않았다.

갑자기 부드럽고 향긋한 그 무엇이 정수리를 통해 느껴졌다.

따뜻하면서도 청량하고, 가벼우면서도 무거운 그 묘한 기운이 몸속에서 치달리는 기운을 부드러운 손길로 어루만지고 달래기 시작했다.

하지만 진완의 몸속 기운은 화가 난 듯 맞서기 시작했다.

몸속에서 격렬한 몸짓과 함께 정수리에서 흘러나온 기운을 몰아내려고 발광하기 시작했다.

잠시 물러서는 듯했던 기운은 다시 천천히 인내력을 가지고 진완의 몸속 기운을 부드럽게 안았다.

그러자 성난 기운은 그물에 든 생선처럼 퍼덕이기 시작했다. 부드러운 기운을 찢고 그걸로도 모자라 진완의 몸까지 찢어발길 듯 길길이 날뛰었다.

그러자 부드러운 기운은 성난 기운을 가만히 토닥이기 시작했다. 얇지만 질기디질긴 천처럼 성난 기운을 따사롭게 덮었다.

여인이었다. 여인이 진완의 천령개(天靈蓋)를 통해 진력을 천천히 쏟아내기 시작한 것이다.

격렬한 몇 번의 움직임 후에 안개처럼 수많은 파편으로 흩어졌던 기운이 점차 한군데로 모이기 시작했다.

한 방울의 물이 되는 듯하더니 곧 위아래로 움직여 비가 되었다.

비는 진완의 머리 속에서 가슴으로 내리더니 작은 시냇물이 되었다. 가슴의 시냇물이 그 크기를 더하더니 다시 단전으로 흘러갔다.

작은 지류들이 뭉쳐 거대한 강을 만들 듯 뭉쳐진 기운은 진완의 뱃속에서 거대한 강물이 되어 요동치기 시작했다.

그제야 진완의 눈앞에 허옇게 보이던 사물들이 제 모습을 되찾아가기 시작했다.

점점이 모여 한 사람의 얼굴을 만들어내었다.

여인의 하얀 얼굴.

여인은 굳어진 얼굴로 눈을 감고 진완의 머리에 손바닥을 얹고 있었다.

새하얀 우윳빛 광채가 여인의 얼굴을 감쌌다.

또한 머리엔 하얀 김이 일직선으로 올라가고 있었다.

자신의 모든 힘을 다하는 것 같았다.

진완은 눈을 감았다.

잘못하면 자신뿐 아니라 여인 역시 죽을 것이다.

아니, 이런 차가움과 거센 기운이라면 진완뿐만 아니라 두 손바닥으로 이어진 여인의 몸까지 얼리고 가루로 만들 게 틀림없었다.

눈을 감은 진완은 자신의 뱃속을 들여다보았다.

기운은 거대한 용이 똬리를 튼 채 으르렁거리듯 저 아래 머물러 있었다.

차갑고 부드러운 압력에 눌리긴 했지만 부글거리며 언제든 치솟을 구멍을 찾고 있었다.

갑자기 저 건너편 한쪽에 조그마한 구멍이 나타났다.

용솟음치듯 기운이 그쪽으로 굉음과 함께 몰려들었다.

그렇게 기운들은 하음혈로 쏟아져 들어왔다.

미친 듯 들끓는 기운들은 하음혈에 모여 갈팡질팡하다 곧 그 구멍을 타고 어디론가 사라졌다.

"흡!"

여인의 짧은 신음이 들렸다.

거센 기운이 어느새 여인 몸속을 휘젓고 있었다.

마치 갈기갈기 찢어놓겠다는 듯 요동치는 기운을 여인은 익숙한 솜씨로 길들이기 시작했다.

갈 방향을 모르고 요동치는 기운들을 안내하듯 여인은 자신의 몸속에 조그마한 길을 내주었다.

기운들은 미친 듯 여인의 제문혈, 당문혈, 기문혈을 지나 천령혈까지 순식간에 올랐다.

거기서 잠시 멈춰 숨을 고르던 기운은 다시 천천히 내려와 여인의 손을 타고 다시 진완의 머리 속으로 파고들었다.

신기한 일이었다.

마치 담벼락 사이 틈으로 옆집 누나 목욕하는 장면을 훔쳐보는 것처럼 여인 몸속에서 요동치는 기운을 진완은 생생히 느낄 수 있었다.

천천히 끈적끈적한 느낌과 함께 머리 속으로 쏟아져 들어온 기운들은 다시 진완의 단전으로 되돌아왔다. 거기서 다시 회음혈로 빠져나간 뒤 여인의 온몸을 질주하고는 다시 진완의 머리 속으로 쏟아져 들어왔다.

다시 한차례 순환한 기운은 진완의 몸에 익숙해진 듯 한결 고분고분해져 있었다.

기운이 여인과 진완의 몸을 여섯 번을 회전하자 진완은 기운이 어떤 길을 골라 밟는지 훤히 알 수 있었다.

"하!"

여인의 입에서 안도의 한숨이 흘러나왔다.

이제 기운은 더 이상 여인의 몸속으로 흘러들어 가지 않았다.

여인의 몸에서 치솟고, 다시 진완의 몸 안에서 아래로 쏟아져 내리던 기운은 진완의 몸 안에서만 놀았다.

진완의 몸에서 마치 여인의 몸 안을 훑어가듯 치솟고는 천령개에서 천천히 단전으로 갈무리되었다.

아홉 번을 돌리자 이젠 여인이 기운으로 감싸지 않아도 자신들이 먼저 알고 전에 갔던 길을 밟고 있었다.

열두 번째가 됐을 때는 고요한 흐름으로 바뀌었다.

그제야 여인이 손을 떼고는 한숨을 불어 내쉬었다.

"하아~"

기운은 마치 그게 신호라도 되는 것처럼 천천히 단전에서 조용히 잠들었다.

진완이 눈을 떴다.

몸속을 노닐던 모든 기운을 갈무리한 진완의 두 눈은 은은한 광채로 한 겹 덮였다.

진완은 눈을 감고 심호흡을 깊게 했다. 아랫배에 있는 기운이 들이켠 호흡을 따라 사지백해로 퍼져 나갔다가 다시 내뱉는 숨을 따라 단전에 갈무리되었다.

"거참, 신기하군."

진완이 툭 한마디 내뱉고는 다시 눈을 떴을 때, 예전의 여인은 더 이상 없었다.

여인의 머리카락은 어느새 검게 변해 있었다.

마치 어린아이 살결처럼 하얗게 빛나던 여인의 피부는 거칠었고, 악전고투를 치른 듯 뺨까지 수척해져 있었다.

여인은 어디 가고 갑자기 여인의 어머니가 눈앞에 있는 것 같았다.

그 짧은 순간 이십 년 이상의 세월을 겪은 것처럼 어쩌면 진완보다 더 어려 보이던 여인은 이제 피곤에 절은 중년의 얼굴이었다.

눈가엔 전에 없던 잔주름까지 보였다.

하지만 제일 큰 변화는 표정이었다.

희로애락 그 어떤 인간의 감정도 엿보이지 않던 여인의 얼굴에 피곤하긴 해도 만족스럽다는 듯 따뜻한 미소가 번져 있었다.

"아가야."

목소리도 달라졌다.

높낮이 없이 읊조리던 목소리가 아닌 촉촉하게 젖은 다정스런 목소리였다.

눈빛 또한 달라졌다. 초점을 잃고 멍해 보이던 시선이 분명히 진완의 눈을 바라보고 있었다.

"아가야, 네 이름이 뭐지?"

"넵? 네, 진완인데요?"

진완이 순간 멍한 표정으로 대답했다.

표정 없는 조각같이 하얗던 소녀는 어디 가고, 막 중년으로 접어든 발그레한 뺨에 온화한 표정의 아줌마가 눈앞에 있었다.

여인이 마음에 든다는 듯 미소를 지었다.

"그래, 진완이로구나. 잘됐다. 진완이 아니라 이완, 아니, 장완이라도 괜찮다. 그 빌어먹을 위씨 성만 물려받지 않았으면 된다. 아이야, 묻고 싶은 말도 많을 것이고, 이 어미가 해줄 말 또한 많단다. 하지만 우리에겐 시간이 없구나. 일단 이곳을……."

머리만 검어진 게 아니라 머리 속까지 바뀐 듯 여인의 말은 어느덧 앞뒤가 맞아가고 있었다.

아니, 차분한 말투와 조신한 태도는 교양까지 겸비한 것처럼 보였다.

여인이 주위를 살피며 말했다.

"그러니까… 여기가……."

여인의 표정이 순간 굳었다. 진완 역시 마찬가지였다.

누군가 가까이 다가오고 있었다. 매우 은밀하면서도 빠르게.

'빌어먹을! 곤란하게 됐군!'

진완은 속으로 비명을 질렀다.

쫓겨나긴 해야 했지만 이런 방법은 아니었다.

위진천 련주와 사이가 안 좋은 마누라 품에 안겨 침상에 누웠던 떡대 좋은 총각.

누가 봐도 이상한 상상을 안 할래야 안 할 수가 없었다.

이 아줌마가 원래 맛이 갔걸랑요 따위의 변명도 할 수 없었다.

지금 여인의 상태는 어느 누가 봐도 기품있고 현숙한 마님으로 돌아가 있었으니까.

"그다! 그가 나타났다!"

여인의 목소리엔 다급함이 묻어 있었다.

덩달아 진완의 마음까지 급해졌을 때, 드디어 '그'가 나타났다.

"결국 일을 저지르고 말았구려. 그것도 너무 크게 벌였소."

온화하지만 단단한 목소리.

저런 목소리를 가진 사람치고 만만했던 기억은 없다.

앉은 자리가 높거나, 많은 사람을 다뤄봤거나, 두려워하는 게 하나도 없거나.

진완의 경험으론 항상 그랬다.

여인이 일어나 낮은 목소리로 말했다.

"일은 당신이 먼저 저지른 거예요. 하늘이 두렵지 않다면 감히 어찌!"

진완은 사내가 궁금한 나머지 뒤통수가 가려워 미칠 지경이었다.

아직 여인이 짚은 혈은 풀리지 않은 상태였고, 목소리 좋은 남자는 불행히도 진완의 뒤쪽에 서 있었다.

사내가 말했다.

"하아, 이 일은 나뿐만 아니라 어르신들과 함께 의논해서……."

"내 의견은 어디에도 없었어요."

잠시 말이 없던 사내가 불쑥 물었다.

"그런데 저 아이는?"

"신경 쓰지 달아!"

여인은 앙칼진 비명과 함께 사내를 향해 뛰어들었다.

진완의 등 뒤에서 화끈한 열기가 느껴졌다.

분명 뒤늦게 나타난 남자와 여인은 미친 듯 싸우고 있을 텐데 이상하게 바람 소리 하나 들리지 않았다.

진완이 아는 여인의 무공은 경천동지할 만한 것이었다.

아마도 몇 수 되지 않아 남자는 피떡이 되었을 거라 생각했지만, 이상하게 마지막 본 여인의 피곤에 절은 눈매가 마음에 걸렸다.

아니나 다를까, 숨 몇 번 몰아쉬지 않았을 때 어느덧 싸움이 끝났는지 남자의 자책 비슷한 목소리만 들을 수 있었다.

"꼭 이래야만 했던 거요? 날 이렇게 못난 놈으로 만들어야 마음이 편해지겠소?"

여인의 대답 소리는 없었다.

'아마도 여자가 피떡이 된 모양이군.'

최악의 상황이라 생각하며 진완은 두 눈을 질끈 감았다.

저벅저벅.

남자가 진완 쪽으로 걸어왔다.

그리고 남자가 진완의 맞은편에 섰다.

"……."

하지만 남자는 아무 말도 없었다.

한참을 기다렸지만 기대하던 죽음은 찾아오지 않았다.

감히 련주 부인과 놀아난 떡대 좋은 청년으로 죽는 게 억울하다는 생각과 함께 진완은 천천히 눈을 떴다.

"……!"

진완은 입을 쩍 벌렸다.

그리고 그 앞에 입을 쩍 벌린 또 다른 진완이 서 있었다.

3

맨처음 진완은 누군가 장난을 친 게 분명하다고 생각했다.

그래서 커다란 거울을 진완 앞에 들이밀고는 진완이 눈을 뜨기만 기다린 것이다. 그러니까 눈앞에 자신의 모습이 비추어 보이는 것이겠지. 그런데 만약 그렇지 않다면?

거울 속 진완이 먼저 입을 닫았다.

진완 역시 따라 하듯 입을 닫았다.

거울 속 진완이 먼저 입을 열었다.

"넌 누구냐?"

동시에 진완도 입을 열었다.

"댁은 뉘슈?"

진완은 눈을 깜빡였다.

달랐다. 똑같으면서도 달랐고, 다르면서도 똑같았다.

일단 낯짝은 너무나 흡사했지만, 그 낯짝 위에 얹혀진 세월의 무게가 달랐다.

진완은 이제 갓 열아홉. 하지만 눈앞의 남자는 마흔은 넘어 보였다.

마치 지금의 진완이 돈 많은 생활을 해나가면서도 마음까지 착하게 먹어 덕을 베풀며 이십 년 가까이 살아간다면 꼭 저런 얼굴이 될 것 같은 얼굴이었다.

사내가 고개를 끄덕였다.

"이러니 그런 말이 돌고, 또한 그녀가……."

한참을 진완을 보던 사내가 다시 천천히 진완의 등 뒤로 걸어갔다.

"……?"

설마 뒤에서 목을 벨려고? 차마 비슷한 낯짝 마주 보고 죽이진 못하겠단 말이지. 진완의 생각이 그랬다.

누군지 알 것 같았다.

사람들이 입만 열면 그 빌어먹을 련주와 닮았다고 하질 않았던가.

'그럼 둘 중 하나라는 얘긴데…….'

진완의 머리 속은 복잡하게 얽혀 돌아가다 헝클어져 버렸다.

위진천 련주가 자신을 마누라와 붙어먹은 놈팡이로 본다면? 그냥 죽음이었다.

하지만 마누라처럼 자신을 아들로 여긴다면? 그래서 마누라처럼 자신을 덥석 안는다면?

'일은 더 복잡해지는 거고.'

제비, 그리운 이름. 만약 그렇게 되면 제비를 만나러 가는 일은 더 험난해질 게 분명했다.

진완이 차가운 죽음, 또는 뜨거운 포옹 중 하나를 기대하고 두 눈을 질끈 감았을 때 다시 진완의 앞으로 걸어온 사내가 입을 열었다.

"기다려라."

진완이 눈을 떴을 때 사내는 정신을 잃은 채 축 늘어진 여인을 품 안에 안아 든 상태였다.

"뭘?"

진완이 되물었을 때 이미 사내의 모습은 그 어디에도 없었다.

하긴, 그렇겠지. 진완은 나름대로 머리를 굴렸다.

비밀스런 곳에서 자신의 마누라가 정신을 잃고 떡대 좋은 청년 옆에 나동그라져 있는 볼썽사나운 모습은 누구라도 남에게 보여주기 꺼려할 광경이었다.

아마도 비밀스런 통로를 되짚어가 침상에 그럴듯한 모습으로 누이고 있을 것이다.

그나저나 이 무심련이란 곳은 도깨비가 살고 있는 듯한 이해 못할 세상이었다.

탯줄 갓 떨어진 아이들을 이십 년 동안 처박아두질 않나, 련주 마누라라는 귀신 몰골을 하고는 방 안에 이십 년 동안 갇혀 있질 않나, 저 아래 어두컴컴한 곳에는 이상한 노인네를 감금시켜 놓질 않나…….

정나미가 뚝 떨어지는 곳이라 생각했을 때, 다시 눈앞에 사내가 나타났다.

"……."

“…….”

진완과 사내는 아무 말 없이 눈알만 뒤룩뒤룩 굴리며 서로를 쳐다보고 있었다.

‘이곳의 주인이라면 돈도 많을 텐데 옷 좀 좋은 걸로 해입지.’

사내를 쳐다본 진완의 첫 감상이었다.

듣던 바대로 사내의 천성이 자유로울지는 몰라도 주머니가 텅 비어 있을 거라는 데 한 냥을 걸어도 좋았다.

후줄근할 정도까지는 아니었지만, 사내의 옷은 마치 방랑무사처럼 활동하는 데는 더할 나위 없이 편해도 귀티는 전혀 나지 않았다.

그래도 사내가 등에 아무렇게나 찔러 넣은 물건 하나는 진완의 눈을 번쩍 뜨이게 만들었다.

“거, 도끼 하나는 참으로 좋수다!”

진완은 저도 모르게 불쑥 말했다.

탐나는 도끼였다. 거무튀튀하고 둔중해 보이는 도끼였지만, 할 줄 아는 거라곤 나무 보는 재주와 그 나무를 베는 일밖에 없는 진완의 눈에서 아무리 도끼가 검다 해도 예리함은 감출 수가 없었다.

사내가 고개를 끄덕였다.

“네놈이 물건 볼 줄은 아는구나!”

“몇 근이나 하우?”

“안 재봐서 모른다. 도끼를 보는 것에 있어 필요한 무게는 딱 하나. 내 손에 맞는 무게냐, 아니냐지."

"옳은 말이우. 나무 꽤나 해본 솜씨구랴!"

"꽤나? 흐흐, 너도 산 흙을 발밑에 묻혀보긴 했나 보구나. 그런 말도 할 줄 아는 걸 보니."

"발밑에 흙? 산판 노대가 나 같은 놈 하나만 더 있었다면 산도 베었을 거라 했던 몸이 바로 이 몸이라우!"

"그게 다 일 더 시켜먹으려고 하는 말이지. 미련한 놈, 일 부릴 때 속이려 하는 말이다. 그런 얘기에 신이 나 남 두 몫을 하는 놈들이 병신이지."

"칫! 아저씨가 그런 말을 한번도 못 들어봤으니 샘나서 하는 말일 거유. 난 산에 있을 때 나무 세 그루를 한꺼번에 묶어 한번도 쉬지 않고 산에서 내려온 놈이라우."

"난 네놈 나이 땐 여섯 그루를 끌었다."

"거짓말도 사람 봐가면서 해야지! 여섯 그루라니? 목양처 길에서 그런 거짓말을 낯두껍게 했다가는 땅에 파묻혀 쥐도 새도 모르게 골로 간다는 거 모르시우?"

"골로 가다니? 감히 누가? 산에 오르기 전 목양처에서 안전을 기원하며 지전을 태우는 일을 열여섯 살 때 맡았던 나를?"

"어라? 거, 위아래가 뒤집힌 산판장이었나 보구랴. 제일 경험 많고 나이 많은 노대가 하는 일을 어찌……."

"이미 열여섯 살 때 우리 산판에서 나보다 더 경험 많은 사람이 없었다는 게지."

"설마……."

“진짜다!”

두 사람은 도끼 얘기에 빠져 있었다. 그리고 벌채에 대한 얘기에 핏대를 세웠다.

얘기를 해보니 위진천 련주가 산 일로 뼈대가 굵었다는 말은 거짓이 아닌 것 같았다.

사내, 위진천 련주가 세상을 오시할 만큼 무공이 높다는 사실은 진완과 아무런 상관이 없었다.

하지만 나이 열여섯에 목양처에서 지전을 태웠다는 말에는 주눅이 들었다.

“아이구나, 참으로 잘나셨구랴.”

“잘났지!”

일단 위진천의 압도적인 승리였다.

위진천이 볼일 다 봤다는 듯 두 손을 탁탁 털고 일어서자, 한결 주눅 든 듯한 어투로 진완이 물었다.

“어디 가시우?”

“…….”

위진천이 진완을 쳐다보며 미간을 살짝 찌푸렸다.

진완은 그게 자신의 버릇없는 말투 때문이 아닌 정말 갈 곳이 없어 눈살을 찌푸리는 거라 해석했고, 사실 그게 맞았다.

다른 사람도 아닌, 산판 일을 한 사람이 진완의 말투에 기분 나빠할 리 없었다.

벌목 일이란 게 원래 그랬다.

굵은 아름드리나무가 허리를 꺾고 고개를 숙일 때면 크게

‘간다~!’ 하고 외쳐야 했다.

아무리 쓰러지는 나무 아래에 자신의 할아버지가 있다 해서, ‘아이고, 조부님. 지금 제가 베는 나무가 꼭 조부님 머리 위로 쓰러질 것 같다는 생각이 못난 이 몸의 머리 속에 떠오르는군요. 하니 조부님께서는 얼른 앞길을 살피시어 험한 일을 피하심이 온당할 걸로 사료됩니다’ 따위의 말을 하다가는 줄초상이 나는 게 산판 일이었다.

거칠고 굴곡 많은 산길에서 굵은 나무를 당겨 내려갈 때도 ‘땡기슈~!’ 해야 일의 박자도 맞고 다치는 사람도 없었다.

그걸 ‘자아, 저는 밀어볼 테니까 노인장께서는 알아서 힘을 써 힘껏 당겨봄이 어떨는지요?’ 하다가는 굴러가는 나무에 깔려 저 세상으로 가야 했다.

‘간다! 땡겨! 민다! 옆으로!’ 등 이런 짧은 고함 소리가 필요한 곳이었고, ‘머리통!’ 하고 누가 외치면 어느 버르장머리없는 놈이 함부로 말하나 주위를 둘러보는 대신 납죽 엎드려 고개를 파묻어야 사는 곳이 벌목 일이었다.

천성이 원래 그런 데다가 벌목판에서 구른 세월이 적지 않은 진완의 독특한 말투를 고친다는 것은 설령 진완의 몸 위로 관 뚜껑이 덮인다 해도 어림없는 일이었다.

하긴, 그래서 위진천 역시 강호 초출 때 많은 일화를 남긴 것이겠지만.

“네놈 때문이다.”

위진천이 진완을 한심하다는 듯 쳐다보며 투덜거렸다.

진완은 이해할 수 있었다. 모르긴 해도 하얀 귀신에게 납치당한 자신 때문에 지금 무심련 안은 비상이 걸려 있을 터이다.

아니나 다를까, 위진천이 제자리에 털썩 주저앉으며 말했다.

"너 때문에 경계가 삼엄해졌다. 그래서 나 역시 못 내려간다. 조금 경계가 느슨해지든가 원로원의 이목이 다른 곳으로 바뀌면 몰라도."

"뭐, 그런 문제 가지고……."

진완이 아무 문제 아니라는 듯 혼잣말처럼 중얼거렸다.

위진천이 흘깃 진완을 쳐다보았고, 진완이 노린 게 바로 그런 눈빛이었다.

진완이 싱긋 웃었다.

"내가 사라지면 됩니다. 아무도 모르게. 일단 무심련 밖에만 꺼내놔 주면 내 발로 사라져 줄 수 있다구요, 아저씨."

위진천의 한쪽 눈이 커지고 다른 한쪽 눈이 작아졌다.

맨 처음 반응은 '뭐 이런 놈이 다 있나' 하는 것이었지만, 점차 심각한 표정으로 변했다.

"그래, 옳다!"

위진천이 자리에서 일어나 진완의 뒷목을 잡고 들어올린 후 앞으로 뚜벅뚜벅 걸었다.

진완의 몸은 아직 굳은 상태였다.

하지만 입까지 굳은 것은 아니었다.

진완은 뒤춤이 잡혀 끌려가면서도 답답하다는 듯 말했다.

“아저씨, 그냥 내가 걸어갈 수 있어요. 이래 봬도 뜀박질 하
나는 잘한다우.”
　그러나 위진천은 아무런 말도 하지 않았다.
　그저 개 한 마리 끌고 가듯 진완을 질질 끌고 갈 뿐이었다.

第二章

봉인

봉인 1

진완은 자신이 여인에게 안겨 어떤 통로를 통해 밖으로 나왔는지 알 수 있었다.

위진천이 지금 여인과 함께 나왔던 통로를 되짚어 들어가는 중이었기 때문이다.

갑자기 땅 아래로 푹 꺼지는 느낌과 함께 눈앞에 커다란 비석 하나가 보였다.

"……!"

무덤이었다. 무덤 속이 분명했다.

계단 몇 개를 걸어 내려가자 나타난 묘실(墓室)은 웬만한 집보다 더 넓었다.

일렬로 서 있는 석관들 사이로 걷던 위진천은 그중 제일 볼

품없는 석관의 뚜껑을 열고는 말했다.

"미안합니다."

조금 후, 진환은 위진천이 누구에게 말했는지 알 수 있었다.

시신이었다. 시신은 마치 죽어도 떨어지지 않겠다는 듯 기다란 장검을 몸 위에 얹고 있었고, 위진천은 그 시신 옆에 진환을 나란히 눕혔다.

위진천이 서슴없이 진환과 시체 위로 몸을 길게 누였다.

두 남자의 무게에 눌린 시신이 끼이익 하고 기분 나쁜 소리를 냈다.

'미안할 만하다! 미안할 만해!'

진환이 속으로 부르짖을 때, 위진천이 석관의 뚜껑을 덮었다.

그러자 석관의 바닥이 위아래로 빙그르르 돌았고, 진환은 그 아래 시커먼 동혈로 떨어져 내렸다.

쿵!

"커헉!"

하필이면 엉덩이로 떨어졌는지 꼬리뼈가 시큰시큰했다.

하지만 위진천은 아랑곳하지 않았다.

진환의 목 뒤춤을 잡아 달랑 들고는 이어진 작은 통로 안으로 구겨 넣다시피 집어넣었다.

"으음……."

신음을 토할 시간도 정신도 없었다.

여인에게 안겨 갈 때는 주위 벽에 한 번도 스치지 않고 안락

한 상태에서 지나간 통로가 갑자기 반 이상 작아진 듯 느껴졌
다.

이리 쿵, 저리 쿵, 벽에 진완의 머리가 부딪치든 다리가 걸리
든 신경 쓰지 않고 위진천은 진완을 질질 끌고 가고 있었다.

거기다 속도는 여인이 지나갈 때보다 배는 빨라 벽에 스치
는 살갗이 다 아플 지경이었다.

"아저씨, 한번이라도 날 아들일 수도 있겠다, 뭐, 이렇게 생
각해 본 적 없수?"

위진천이 흘깃 진완을 쳐다보았다.

단단하게 각진 턱, 우뚝 솟은 콧대, 굳게 다물어진 입.

솔직히 멋있다는 생각을 하고 있을 때 위진천이 입을 열었
다.

"그런 일은 하늘이 두 쪽 나도 없다."

"너무 단정적으로 말하지 말아요. 사람 일이란 것은 모르는
거니까."

어떻게든 속도 좀 늦추고 부드럽게 가자는 뜻에서 말한 것
이지만, 위진천은 아예 뉘 집 개가 짖는다고 생각하는지 진완
쪽은 쳐다보지도 않았다.

'제길! 제길! 성질 한번 더럽군! 왼쪽 한 번!'

진완은 속으로 투덜거렸지만 왼쪽으로 구부러지는 횟수를
얼른 속으로 더했다.

이대로 끌려다닐 수만은 없었다.

왜 무심련 안에 이런 비밀 통로를 만들었는지는 모르겠지만

알아두어서 나쁠 것은 없었다.

혹시 미로 같은 통로에서 밖으로 무사히 나가는 길을 알아 낸다면 결코 손해는 아니었다.

'좌, 좌, 우, 하, 거기서 다시 좌, 우, 세 갈래 길 중 중앙으로 가서 다시 아래로 꺾어지고……. 가만, 그런데 내 눈에 어떻게 길이 보이지?

한참 길을 외우다 생각해 보니 이상했다.

예전엔 이 길을 통해 올 때 그저 어둡고 깜깜해서 방향 감각 까지 잃을 정도였다.

그런데 지금은 위진천의 각진 턱에 커다란 콧구멍 속까지 훤히 보였다.

'눈이 밝아졌나?

그럴 수도 있었다. 아니면 여인이 자신의 몸에 넣어준 그 이 상한 기운 때문에 자신의 몸에서 빛이 나는 것일지도 몰랐다.

하지만 그 어떤 것이 맞는지 찬찬히 살필 시간이 없었다.

위진천은 빨랐고, 빠른 만큼 우악스러웠다.

통로의 굴절도 외우기 힘든데 다른 것에 신경 쓸 여유는 없 었다.

'우, 아래로 한참 이어지다 다시 중앙 통로로… 후아! 빠르 다!'

진완이 통로의 벽과 부딪치는 고통 속에서 필사적으로 미로 를 기억해 나가던 어느 순간, 익숙한 소리와 함께 차가운 느낌 이 들었다.

철퍼덕!

"앗! 차가워!"

개구리처럼 물 위에 납작 엎드린 자세로 떨어졌던 진완이 얼른 몸을 일으켰다.

"어라?"

어느덧 몸을 움직일 수 있었다. 떨어져 내리는 짧은 순간 위진천이 진완의 혈을 되짚은 것이다.

하지만 진완은 그런 것엔 신경도 쓸 여유가 없었다.

젖은 옷차림으로 주위를 두리번두리번 살펴보니 주위 광경이 눈에 익었다.

여인이 진완을 옆에 끼고 찾아갔던, 어둠 속 괴인이 있던 통로, 바로 그곳이었다.

진완은 눈알을 데구루루 굴려 얼른 주위를 살피고는 한숨을 내쉬었다.

'어쩜 부부의 취향이 이토록 똑같으냐!'

여인과 달리 위진천은 얕은 물 위에 내려서는 소리조차 내지 않았다.

앞으로 걸어가는 위진천에게 진완이 외쳤다.

"조심하시우! 그쪽에 네 명이 버티고 있는데 분위기가 심상치 않은 놈들……!"

"이곳은 내가 잘 안다."

위진천이 뒤도 돌아보지 않고 대답했다.

'잘 안다면 알아서 처리하겠지.'

아니나 다를까, 진완은 끼이익거리는 독특한 관절 꺾이는 소리와 함께 천천히 다가오는 네 괴인을 보며 인상을 찌푸렸다.

네 명의 눈빛은 여인과 함께 만났을 때와 달라져 있었다.

여인과 마주쳤을 때는 시선을 마주치기는커녕 아예 물에 머리를 박고 납죽 엎드렸었지만 지금의 번질거리는 눈빛에는 명백히 적의가 담겨 있었다.

해어지고 더러워진 옷을 넝마처럼 몸 위에 걸친 사내들은 마치 몽유병 환자처럼 어슬렁어슬렁거리는 독특한 발걸음과 함께 점점 위진천과의 거리를 좁혀왔다.

위진천이 짜증난다는 듯 중얼거렸다.

"정말이지, 하나도 변하지 않았군."

그 순간 네 명의 괴인 중 하나가 방금 전과는 달리 매서운 속도로 위진천에게 달려들었다.

독수리처럼 활짝 편 사내의 다섯 손가락은 위진천의 얼굴을 파내고서야 멈출 것처럼 빠르고 위협적이었다.

하지만 위진천은 위진천이었다.

손을 들어 사내의 활짝 펴진 손가락 사이에 자신의 손가락을 얽고는 손을 오므렸다.

으드득!

제일 먼저 사내의 손가락이 뒤로 꺾였다.

위진천이 멈추지 않고 손가락끼리 얽은 손을 위로 들어올리자 팔꿈치와 어깨 역시 기분 나쁜 소리와 함께 뒤틀려 제자리에서 어긋났다.

위진천이 오른 손가락을 굽혀 주먹을 쥔 뒤 괴인의 왼쪽 옆구리를 가볍게 끊어 치자 퍽 소리가 통로를 울렸다.

"으어어……."

사내의 동공이 오그라들었다. 충격 때문인지 걸죽한 침이 벌어진 사내의 입에서 흘러나와 턱 밑에서 떨어졌다.

잠시의 기회를 괴인들은 그냥 흘려보내지 않았다.

곧 두 번째 사내가 위진천의 옆에서 불쑥 솟아 나왔지만 위진천은 태연하게 오른 주먹을 가볍게 횡으로 휘둘렀을 뿐이다.

퍽―!

강렬한 소리와 함께 두 번째 괴인의 머리통이 왼쪽으로 획 돌아갔다.

머리통을 따라서 어깨가 돌고 몸통이 돌더니, 괴인이 그 자리에서 팽그르르 맴을 돌다 옆으로 픽하고 쓰러졌다.

그 순간에도 위진천의 오른 주먹은 쉬지 않았다.

손을 얽어맨 첫 번째 괴인의 명치에 주먹이 쑤셔 박히자, 괴인의 몸이 순간 일 척 정도 허공으로 붕 떠올랐다.

위진천의 왼 다리가 허공에 뜬 괴인의 다리를 걸고, 괴인의 오른손을 얽어 잡고 있던 왼손을 빙그르르 돌리자 괴인은 완벽한 반원을 그리며 돌아 뒤로 떨어졌다.

"우와아~!"

진완은 진정 감탄했다.

위진천의 몸놀림은 결코 현란하지 않았다.

그저 빠르고 경쾌하게 주먹이 있을 자리에 주먹을 쑤셔 넣었고, 발이 틀어박힐 자리에 발을 쑤셔 넣었을 뿐이다.

하지만 그 간단한 수법에 한 명이 나가떨어지고, 다른 한 명은 맴을 돌다 쓰러졌으며, 지금 이 순간에도 한 명이 무릎을 꿇고 있었다.

무릎 꿇은 세 번째 괴인의 정수리엔 위진천의 왼발 뒤꿈치가 가볍게 얹혀져 있었다.

굉장했다. 정말 굉장했다.

진완이 보았던 무공은 별로 많지 않았지만 그 하나하나가 일류고수의 몸놀림이었다.

자신을 사로잡은 예모검 범소의 우아한 몸놀림, 허공에서 돌을 박살 낸 무외자 교욱, 옥기영과 손형인을 단숨에 제압했던 적발귀 엄조까지.

그러나 위진천은 그들과는 달랐다.

그저 치고받는 단순한 동작의 연속이었다.

하지만 진완은 지금 위진천의 단순하고 깔끔한 수법이 더 아름다워 보였다.

그러나 진완의 감상은 오래가지 못했다.

"어라?"

진완은 멍하니 자신 앞에 나동그라진 첫 번째 괴인을 쳐다보았다.

꿈틀거리며 경련을 일으키던 사내는 비틀대긴 했어도 천천히 몸을 일으키고 있었다.

끼이익, 뒤로 꺾여 접혀진 왼팔을 오른팔로 잡고 우드득거리는 소리와 함께 짜 맞추면서도 시선을 진완에게서 떼질 않았다.

"아저씨? 어이, 아저씨이~?"

진완이 괴인의 등 뒤로 보이는 위진천을 향해 고함을 쳤지만, 순식간에 괴인 넷을 해치운 위진천은 뒤도 돌아보지 않고 앞으로만 걸어갈 뿐이었다.

"아저씨! 여기 뭐 잊은 거 없수?"

차박차박!

진완이 목 놓아 부르는 사이, 첫 번째 괴인이 진완을 향해 걸어오고 있었다.

그 뒤에도 위진천에게 꺾여 나동그라졌던 나머지 셋 역시 천천히 몸을 일으키는 게 보였다.

'제길!'

진완은 인상을 찡그렸다.

괴인들은 마치 몽유병 환자처럼 비틀거리며 걸었다.

번질거리는 흰자위, 초점 없는 검은 눈동자, 멍청해 보이는 얼굴, 그리고 힘없이 벌어진 입은 혼백이 달아난 시체와 다름없었다.

하지만 대단한 놈들임에는 틀림없었다.

도끼 하나로 마교를 박살 냈다는 위진천에게 늘씬하게 얻어맞고도 살아 움직이고 있었으니.

"까짓거, 나도 해보는 거야!"

진완은 오른 주먹을 쥐며 머리 속으로 방금 보았던 위진천의 몸놀림을 기억해 냈다.

보기엔 간단해 보였지만 위진천의 흉내가 그리 만만하진 않을 게 분명했다.

바닥에 돌멩이 몇 개가 떨어져 있었다면 몰라도 지금 이 상황에서 별다른 방법은 없었다.

진완이 주먹을 꼭 쥐자 팔뚝이 부풀어 올랐다.

어릴 때부터 힘이라면 자신있었다.

몸을 살짝 비틀고 발을 적당히 벌린 채 괴인을 노려보며 진완이 들어올린 주먹을 흔들었다.

아랫배에 힘이 들어가자 단전에서 한줄기 기운이 쭉 등줄기를 타고 흘렀다.

왠지 자심감이 생기는 것 같아 진완은 크게 외쳤다.

"와봐!"

하지만 막상 진완이 오라고 외치자 괴인들의 발걸음이 멎었다.

그저 고개를 갸웃대며 진완의 주먹만 쳐다보고 있을 뿐이었다.

"……?"

괴인의 시선을 따라 자신의 오른 주먹을 쳐다보던 진완은 눈을 동그랗게 떠야만 했다.

꼭 쥐어진 진완의 오른 주먹이 은은한 우윳빛 광채에 휩싸여 있었기 때문이다.

주먹뿐만이 아니었다. 몸 역시 마찬가지였다.

진완의 온몸에서 뻗어 나오는 광채로 인해 통로가 훤하게 밝아졌을 정도다.

네 괴인의 무릎이 힘없이 꺾였다. 두 손으로 바닥을 짚은 후 머리통을 바닥에 처박았다.

'어라?'

갑작스런 괴인들의 행동에 잠시 멍해졌던 진완이 그제야 무슨 이유 때문인지 알 수 있었다.

여인과 함께 통로에 들어왔을 때도 네 명의 괴인은 지금처럼 최대한 공경스런 태도로 절을 했다.

표정만 봐도 이미 사람의 이지를 상실한 상태라는 걸 알 수 있는 네 사내는 다른 존재가 이 통로 안에 들어오면 사정없이 공격하도록 훈련되어진 게 틀림없었다.

하지만 단 하나의 예외, 즉 우윳빛 뽀얀 광채를 지닌 사람에 겐 마치 주인을 섬기는 노예처럼 그 즉시 공격을 멈추고 오체 투지에 가까운 절을 올리는 것이다.

진완은 별 희한한 종자들을 본다는 듯 눈을 동그랗게 뜨고 는 주춤주춤 조심스럽게 걸어 괴인들 사이를 빠져나왔다.

어느 정도 거리가 떨어졌다 싶은 순간 진완은 후닥닥 뛰어 계단 위로 달려갔다.

위진천의 옆에 가서야 겨우 한숨을 돌린 진완이 뒤돌아봤을 때, 네 괴인은 그때까지도 머리를 땅에 처박은 채 엎드린 상태였다.

위진천이 그런 진완을 뭐 이런 물건이 다 있느냐는 듯한 한심한 눈길로 쳐다보았다.

2

위진천이 통로와 이어진 또 다른 동굴을 향해 고개를 숙였다.

"오랜만입니다."

"……."

하지만 진완을 납치했던 여자가 왔을 때와는 달리 동굴 안에선 아무런 대답도 없었다.

위진천은 익숙한 듯 대답을 기다리지 않고 말했다.

"이 아이가 조금……."

"이상하지?"

위진천이 어떻게 알았냐는 듯 눈썹을 위로 치켜 올렸다가 어깨를 으쓱하고는 다시 말했다.

"그녀가 이 아이에게 쓸데없는 것을 주었습니다."

잠시 후 동굴 안 사내가 음산하게 낮게 깔린 목소리로 대답했다.

"세상에 소혼공(消魂功)을 쓸데없다고 말할 수 있는 건 너뿐

일 게다."

위진천은 그런 대답이 나올 줄 알았다는 듯 무뚝뚝하게 대답했다.

"없애주셨으면 합니다."

"……."

동굴 안 사내는 무언가 생각하는 듯 한참 동안 대답이 없더니 끝내 한숨과 함께 나직하게 말했다.

"네 본원공(本源功)으로 저 아이 몸 안에서 적절히 융화시키면……."

"시간이 없습니다."

위진천의 목소리는 건조하면서도 딱딱했다.

그래서 더 사무적으로 들렸다.

위진천이 잠시 시간을 두었다가 설명하듯 말했다.

"서방정토회(西方淨土會) 때문에 무심련이 시끄럽습니다."

"그들이 오는가?"

"예. 일이 잘되면 모를까 안 된다면 늑대를 없애기 위해 호랑이를 끌고 오는 일이 되겠지요."

"그래서 자네를 오랜만에 무심련 안에서 보게 되었군."

"귀찮은 일입니다. 그래서 시간도 없구요."

위진천이 흘깃 진완을 쳐다보며 말했다.

동굴 안 목소리가 알겠다는 듯 다른 해결책을 내놓았다.

"그렇군. 소혼공을 융화시킨다는 것은 시간을 필요로 하는 일이니……. 제일 간단한 일이 있네. 저 아이를 죽이면 되네.

그럼 걱정할 일도, 귀찮은 일도 없지."

'어이, 아저씨. 농담도 참 살벌하게 하시우. 그렇게 목소리를 깔아 말하면 더 진짜 같잖아!'

진완이 무슨 그런 재미없는 농담을 하냐는 듯 어이없다는 시선으로 위진천을 보았다.

"……."

그러나 위진천은 두 눈을 감고 무언가 골똘히 생각하는 표정으로 묵묵히 서 있을 뿐이었다.

'아니, 아저씨. 뭐, 생각할 필요가 있수? 그렇게 진지한 태도로 뭘 생각하는 거우, 사람 간 떨리게!'

다행히 위진천이 눈을 뜨고 다시 되묻고 있었다.

"다른 방법은 없습니까?"

그러나 그 질문에 진완의 가슴은 더 콩닥콩닥 뛸 뿐이었다.

다른 방법이 없단 말인가. 그렇다면 슬픈 일이긴 해도 어쩔 수 없군. 뭐, 이따위 대답을 원하고 질문하는 것처럼 보였기 때문이다.

다행히 다른 방법이 있었다.

"소혼공을 모든 세맥(細脈)에 퍼뜨리면 되지. 내공을 일으킬 수는 없으나 만약 그렇게 되면 천하제일 금강불괴(金剛不壞)가 되는 것이지. 일 갑자에 가까운 고수의 내경(內勁) 정도나 상처를 입힐까, 설령 보검이 아니라면 피부에 상처 하나 나지 않는 단단한 몸이 될 걸세."

그것 참 맘에 드는군! 진완이 마음속으로 부르짖었을 때, 위진천은 고개를 젓고 있었다.

"그건 곤란합니다."

아니, 그게 왜 곤란하냐구! 진완이 왠지 억울한 마음에 위진천을 쏘아보았을 때, 위진천은 동굴 안 사내에게 묻고 있었다.

"그럼 한곳에 몰아넣고 역팔괘번천지공(逆八卦飜天之功)을 쓰면 어떻게 됩니까?"

"그게 개정대법(開頂大法) 아닌가. 그럼 더 위력이 강해지지. 잠력(潛力)이 이루 말할 수 없게 되고, 무공 역시 빠른 시일 안에 천하제일인이 되지. 너처럼 말이다."

위진천이 씨익 웃었다.

"반대로 쓰면 됩니다. 제 내공으로 이 아이의 공력을 가둬두면 되지요. 즉, 길을 열어주는 게 아니라 문을 닫는 겁니다."

"그런 방법도 있겠군. 그럼 저 아이는 남들보다 단단한 신체 정도만 가진 걸로 되겠지. 물론 금강불괴 정도의 수준은 아닐 거고. 하지만 단점이 없는 것도 아니네."

"무슨?"

"길을 틔워 열어주는 게 개정대법, 그걸 억지로 막는다는 것은 큰길가로 나가지 못하게 대문을 걸어 잠근다는 뜻이겠지. 하지만 저 아이의 몸속 기운은 자네의 개정대법과 상극이면서도 상생할 수 있는 내공. 저 아이 앞길에 문이 열리면 그 기운은 말을 탄 것보다 빠르게 길을 헤쳐 나갈 것이야. 어쩌면 너보다 더 진전이 빠를 수도 있지."

"그 대문은 결코 열리지 않을 것입니다."

“그렇다고만 볼 수도 없다. 적어도 너 정도의 내공을 지닌 자가, 또한 네 무공과 비슷한 길을 걷고 있는 성질의 내공을 극성으로 익힌 자라면 그 대문을 깰 수 있을 것이다. 그런 자라면 봉인된 문을 깨는 것쯤이야 도리어 쉬운 일이겠지.”

“그런 자가 있을까요?”

위진천이 묻자 한참 동안 반응이 없었다.

“…없겠지.”

끝내 한숨처럼 동굴 안의 사내가 대답하자 위진천이 씨익 웃었다.

“그럼 됐습니다.”

위진천이 마치 날아오를 준비를 하는 매처럼 한쪽 손을 크게 들어올렸다.

“어, 어…….”

순간 진완의 몸이 위진천의 손에 빨려들 듯 둥실 떠올랐다.

진완의 머리통을 위진천의 굵고 긴 손가락이 움켜쥐었다.

“합!”

짧고 조용한 기합 소리와 함께 진완의 머리 속으로 뜨거운 열기가 쏟아져 들어왔다.

영혼을 태울 듯한 뜨거움.

진완이 정신을 잃기 전 마지막 느낌이었다.

＊　　　＊　　　＊

“…….”

진완이 눈을 떴지만 눈앞에 보이는 것은 아무것도 없었다.

다시 몇 번 감고 뜨기를 반복해 봐도 변하는 것은 없었다.

“아!”

그제야 자신이 왜 여기 누워 있는지 뒤늦게 깨달은 진완이 벌떡 일어나 앉았다.

몸속에서는 아무것도 느낄 수가 없었다.

여인이 강제로 밀어 넣어주었던 차가운 기운도, 정신을 잃기 전 위진천의 손에서 느껴지던 뜨거운 기운도 없었다.

왠지 주위가 어두워진 것만을 느낄 뿐이었다.

분명 아직도 동굴 속일 것이다. 그래서 이렇게 깜깜한 것이다.

진완이 두 손을 둥글게 말아 입에 가져다 대고는 외쳤다.

“여기 누구 없수?”

“목소리를 낮추어라. 귀 먹은 사람 없다.”

낮은 한숨 소리와 비슷한 목소리. 분명 동굴 속 사내의 목소리였다.

다행이었다. 정신을 잃었던 바로 그 자리인 듯했다.

만약 다른 통로였다면 미로 같은 비밀 통로에서 꼼짝 못하고 굶어 죽을 뻔하지 않았는가.

“그런데 왜 이리 컴컴한 거우? 무슨 일이라도 있었수?”

진완이 어둠 속에서 눈만 끔뻑거리며 물었다.

“안 보이는가? 그도 그렇겠군, 내공이 봉인되었으니.”

사내가 몸을 가볍게 움직였다.

곧 사내의 움직임에 따라 철컹거리는 요란한 쇳소리가 들려왔다.

잠시 후, 어둠 속이 환하게 밝아지는 듯했다.

“……!”

진완은 눈앞에 드러나는 광경에 아무 말 못하고 입만 쩍 벌릴 뿐이었다.

진완은 어느새 통로와 연결된 동굴 안으로 들어와 있었고, 이때까지 쉰 목소리로 한숨처럼 중얼거리는 목소리의 주인을 비로소 볼 수 있었다.

제일 먼저 눈에 띄는 건 사내의 나이가 생각보다 훨씬 많다는 것이었다.

부스스하게 산발한 머리는 땅 아래에 닿을 정도였다.

낡은 회색 장포는 노인이 기지개만 켜도 먼지로 변해 떨어져 나갈 것 같았다.

하지만 진완이 가장 놀란 것은 노인의 눈과 노인의 몸을 감고 있는 사슬이었다.

노인의 눈은 깊이를 알 수 없을 정도로 그윽한 회색이었다.

더구나 굵은 쇠고리를 서로 얽어 만든 기다란 사슬은 노인의 몸을 감다 못해 견갑골을 뚫고 지나가 동굴 벽에 고정되어 있었다.

이리저리 얽힌 사슬 가운데서 결가부좌를 취하고 있는 깡마른 노인의 모습은 마치 회색빛 눈을 가진 거미가 거미줄 가운데서 먹잇감을 기다리고 있는 듯해 보였다.

결가부좌를 취하고 있는 노인의 손 위엔 작은 빛나는 돌멩이 하나가 들려 있었다.

어스름한 빛이긴 해도 노인이 손에 들고 있는 돌멩이에선 붉고 파랗고 노란 빛이 새어 나오고 있었다.

"삼채야명주(參彩夜明珠)다. 칠채보왕주(七彩寶王珠)만은 못해도 꽤 귀한 물건이지."

진환이 맞다는 듯 고개를 끄덕였다. 진환의 마을에선 금가락지 하나도 귀했다.

저런 세 가지 색을 뿜어내는 돌멩이는 때 묻은 누런 금가락지에 비하자면 몇백 배쯤 더 귀할 게 틀림없었다.

노인이 회색빛 눈으로 손에 든 삼채야명주를 그윽하게 내려다보며 말했다. 무언가 깊은 사연이 있는 게 틀림없었다.

"처음 이곳에 들어올 때 받은 것이지. 땅속 깊은 곳이라 혹시나 하는 마음에 준 것이지만 내겐 필요가 없었다."

'그럼 나 주슈'라는 말이 목구멍까지 차올랐지만 진환은 꾹 참았다.

지금 돌멩이 하나가 중요한 게 아니었다. 더구나 그보다 더 중요한 사실 하나, 노인은 고수가 분명했다.

처음에 진환을 품에 안고 왔던 여인이나 위진천은 어둠 속에서도 편안히 행동했었다.

여인이야 몸에서 나는 하얀 광채 때문에 그럴 수도 있었지만 꼭 그 이유만은 아닐 것이다.

자신 역시 몸에 소혼공인가 뭔가 하는 내공이 있을 때는 어둠 속이 훤하게 보였으니까.

이렇게 어두운 곳에서 눈앞을 밝혀줄 구슬이 필요없다는 것은 지금 눈앞의 노인 역시 여인이나 위진천만큼 고수라는 증거였다.

생각이 거기에 미치자 진완이 주위를 두리번거리며 말했다.

"가만, 그 사람은?"

"갔다."

누구를 말하는 것인지 알겠다는 듯 노인이 대답했다.

"이런 무책임한!"

"그는 원래 무책임한 사람이었다."

진완은 주먹을 들어올리고는 힘껏 아랫배에 힘을 주어봤다.

하지만 아무런 변화도 없었다.

진완은 한숨을 내쉬고는 통로 저편을 바라보았다.

어둠 속에서 시커먼 그림자 넷이 각기 벽에 등을 기댄 채 서 있는 것이 어슴푸레 보였다.

소용없는 일이었다. 아랫배에 힘을 아무리 줘봐도 손에서는 빛이 나지 않았다.

만약 그 신비한 우윳빛 광채가 진완의 몸에서 뿜어져 나오지 않는다면? 몇 걸음 걸어나가지 않아 저 괴물 같은 네 사람이 공격해 올 게 뻔했다.

진완이 노인에게 물었다.

"혹시나 해서 물어보는 건데 말이우, 내 몸에서 허연 빛이

나던 게 내공이라 불리는 물건이지요? 몸 안에서 느껴지던 차
갑고 시원하고 뻐근한 그것 말이우.”

“맞다. 세상에 둘도 없을 만큼 지고무상(至高無上)의 신공이
지.”

“그런데 그게 봉인되어 지금은 쓸 수 없는 거고?”

“맞다.”

“그런데 날 이렇게 만든 사람은 그냥 훌쩍 떠나 버렸고?”

“그렇다.”

“뭐 이런 개떡 같은 경우가 다 있수! 그건 내 꺼우! 그녀가
주었고, 난 받았수! 근데 왜?”

솔직히 억울하고 아까웠다. 무공에 깊은 뜻은 없었지만 꽤
나 쓸 만한 재주였다.

제비를 만난 이후, 이불 밑에서 ‘이것 봐라~ 나, 빛도 난
다~’ 하면서 보여주면 얼마나 재미있겠냔 말이다.

그런데 그런 신기한 재주가 눈앞에서 사라진 것이다.

노인이 뭐 이런 종자가 다 있냐는 듯한 시선으로 진완을 보
다가 낮은 신음처럼 말했다.

“그건… 어쩔 수 없는 일이었다. 그 역시 널 살리고자 그리
한 것이다.”

“날 살린다?”

“그렇다.”

“그걸 없앨 수도 있는 거였수? 듣자 하니 무림인들의 내공
같던데… 좋은 거 아니우?”

“좋은 정도가 아니라 황공할 정도지.”

“그런데 왜 없애우?”

“널 위해서지.”

“날?”

“그래. 그걸 익히면 제일 먼저 표정이 굳고 손으로 부수지 못하는 게 없으며……”

“좋은 거네. 훌륭한 거구.”

하지만 노인은 진완의 말 따위는 듣지 못했다는 듯 말을 이어갔다.

“표정이 굳고, 백치가 되며, 눈알 또한 초점을 잃어 멍해지지. 또한 자신의 생각을 온전히 이어가지 못한다면 웬만한 수준에 오른 것이고, 머리카락이 하얗게 변한다면 능히 능력을 이용할 수 있는 경지요, 완전한 백치가 되어 보고 듣고 말하는 모든 것을 잊고 생각 또한 지워 영혼을 잃은 듯해 보인다면 십 이성 대성한 것이다.”

“그건 좀 곤란하군.”

“그래. 그 내공을 익히게 되면 자연의 흐름에 모든 것을 맡겨야 한다. 적수의 움직임이 아무리 흉험하고 위력적이고 빠르다 해도 그 안에 결점은 반드시 있는 법. 자연히 몸이 이끌리는 대로 손이 나가고, 그 손이 적의 몸에 닿는 순간 적은 죽는 것이지.”

“훌륭하군! 그 점은 정말 맘에 든다니까!”

진완의 외침에 노인의 회색 눈이 순간 멍해졌다.

"훌륭한 만큼 단점도 많다고 하지 않았느냐. 자연의 이치, 우주의 흐름, 그것에 사람 몸을 맞추어간다는 것은 머리로 헤아려선 되지 않을 일이지. 먼저 몸이 반응해야 한다. 그래서 그 무공을 익힌 사람은 자연의 기운이 자극하는 데 반응하여 몸에서 빛이 나고……."

"그게 제일 욕심나는 부분이우!"

"또한 오욕칠정(五慾七情)에서 벗어나 표정 없는 얼굴이 되며, 머리카락 역시 백발로 변하게 된다."

"거기서부터는 좀……."

"또한 눈은 보이는 현상 너머 저 멀리 보아야 하기 때문에 초점을 잃으며……."

"그래서 그런 거였군."

"끝내 모든 이지(理智)를 잃다 혼까지 잃어 완전한 백치가 된다. 나무토막과 다름없게 되지. 단지 눈에 띄는 적이 있다면 죽음을 선사하는 악귀(惡鬼), 그것이 되는 것이다."

"……!"

진완은 입을 벌린 채 아무 말도 하지 못했다.

따지고 보면 노인의 말은 틀린 데가 없었다.

분명 자신에게 그 차가운 이상한 기운을 불어 넣어준 여인의 모습이 그랬다.

하얀 머리, 표정 없는 얼굴, 초점 잃은 눈, 두서없는 말투, 감정이 느껴지지 않는 태도까지.

솔직히 그런 사람은 되고 싶지가 않았다.

진완은 한참 후에야 노인에게 물었다.

"련주란 사람은 대체 왜 그런 여자랑 결혼한 거우?"

"……."

노인의 회색빛 눈동자가 순간 흔들렸다.

진완이 이해 못하겠다는 듯 고개를 갸우뚱거리며 물었다.

"무공을 배웠다 해서 머리카락까지 하얗게 변하다니……. 하긴, 적발귀 엄조의 붉은 머리카락 역시 그런 것일지도 모르겠군. 아니, 그런데 무공 때문에 영혼까지 잃을 수 있나? 난 못 믿겠수다. 아니, 그런 무공이 있다고 믿는 것 자체가 싫수다."

노인이 재미있다는 듯 진완을 보다가 손을 들어 한쪽을 가리켰다.

"너 역시 저 네 사람을 이미 보았지 않느냐."

진완이 벽에 잘린 통나무처럼 몸을 기대고 서 있는 통로 속 괴인들을 쳐다보았다.

"그럼 저들도?"

"저들 하나하나는 능히 일류고수라고 불릴 만한 사람들이지. 하지만 지금은 저 모양이 되었다. 모든 이지를 잃고 그저 이 통로를 오가는 사람들을 공격하게 되어 있다. 모든 이성을 잃고 오직 공격 본능만 있는 거지. 그래서 벽에 기대어 서 있다가 통로에 나타난 사람들을 무조건 죽이게 되는 것이다."

진완이 어이없다는 듯 고개를 절레절레 흔들었다.

"세상에 어느 누가 저런 무공을 만들어내고 또 배울까. 저런 무공을 가지고 있는 사람들은 세상 사람들이 싫어하는 마교도

들뿐일 거우. 아니, 악랄한 무공을 익히는 놈들도 미친 마교도들뿐이겠지."

"크흐흐흑."

그 순간 노인이 웃었다.

재미있는 이야기를 들었다는 듯 맨 처음 고개를 숙이고 웃던 노인은 끝내 고개를 들고 가슴을 편 채 통쾌하게 웃었다.

커다란 광소와 함께 노인의 몸에 얽혀 있던 쇠사슬이 부딪치며 요란한 소리를 만들어냈다.

고막이 뜯겨져 나가는 듯한 고통 때문에 진완이 두 손바닥으로 귀를 움켜쥘 정도였다.

한참 후에 웃음을 멈춘 노인이 진지한 눈빛으로 진완을 보며 물었다.

"넌 내가 누구라고 생각하느냐?"

"……?"

노인이 미소를 띤 채 말했다.

"내가 바로 네가 말하던 바로 그 마교도다."

3

노인은 놀라 눈을 동그랗게 뜨고 있는 진완을 그윽한 회색 눈알로 쳐다보며 말했다.

"세상에 마교(魔敎), 그리고 사교(邪敎)는 분명 있다. 하지만 네가 말하는 마교가 일월신교(日月新敎)를 두고 말한 것이라면 그것은 틀렸다."

진완은 아무 말 없이 눈앞의 노인을 쳐다보았다.

말로만 듣던 마교도를 눈앞에서 직접 볼 줄은 몰랐다.

백팔룡의 존재 이유는 분명 마교도들의 척살에 있었다.

그런데 정작 무심련 제일 깊은 곳에 마교의 종자가 있는 것이다.

정작 마주 대하고 있는 마교의 신봉자는 생각하듯 악귀로 보이진 않았다.

물론 온몸을 얽어맨 쇠사슬을 흔들며 크게 웃을 때는 진짜 미친놈 아닌가 싶어 겁도 나긴 했지만, 지금처럼 그윽한 회색 눈동자로 자신을 쳐다보고 있을 때는 제법 득도한 사람처럼 보이기도 했다.

진완이 쭈뼛거리며 물었다.

"거기 있는 사람들은 모든 것을 파괴한다던데? 처녀의 음문을 따먹고 사람의 간을 꺼내 질겅질겅 씹는다고 들었는데?"

노인이 피식 웃었다.

"일월신교의 교도들 역시 사람인지라 간혹 그런 미친놈이 하나쯤은 있을 수도 있겠지. 좋아, 그럼 내가 물으마. 일월신교 교도들은 고기를 금하고 채소만 먹는다."

"이상하군. 그 좋은 걸 왜……?"

"바로 그 이상한 점 때문에 마교라 불리게 되었다. 하지만 그렇다면 왜 중놈들은 마교라고 부르지 않는 것이냐? 또 밤에 모여 회합을 가지고 이른 새벽이 오기 전에 헤어진다. 그것 역시 이상한가?"

"당연히!"

"그 이상함 때문에 마교라 불리게 되었다. 그럼 일찍 잠들어 새벽에 깨어난 후 염불과 주술을 외는 도사와 중은 왜 마교라 부르지 않는 것이냐? 또 묻겠다. 일월신교에선 사람이 죽으면 풍장(風葬)과 조장(鳥葬)을 한다."

"그게 뭐유?"

"땅에 묻지 않고 들판에 놓아두어 바람에 시체가 썩게 만들 거나 새가 쪼아먹게 하는 것이지."

"그건 정말 이상하우!"

"공덕을 쌓는 것이다. 자연에서 무상으로 받은 몸, 죽었을 때 자연에 돌려주는 것뿐이다. 그런 풍습은 지금도 서북쪽에 남아 있으며, 항상 몸을 허깨비로 보라는 불가(佛家)나 세상 모든 것이 허하다고 가르치는 도가(道家)와 다를 것이 없다."

"그럼 댁 말로는 마교가, 아니, 일월신교가 별 이상할 게 없다는 말이우?"

"그렇다. 적어도 삼사십 년 전에는 분명 그랬다. 너 역시 탁발승에게 시주를 하고, 도관에 가서는 향을 사르지? 그렇다면 넌 부처를 믿는 것이냐, 아니면 원시천존을 모시는 것이냐?"

"뭐, 꼭 따지진 않수. 둘한테 다 잘 보이면 그중 하나는 진짜겠지, 뭐, 이런 마음이랄까?"

진완은 석가여래를 비롯한 수많은 부처도 믿었고, 원시천존을 비롯한 수많은 도교의 신도 믿었다.

그렇다고 종교에 빠져 허우적대는 수준이 아니라 그저 일이 안 풀릴 때, 절 앞을 지날 때 합장을 하는 정도였다.

심지어 관제묘 앞을 지날 때도 꾸뻑 인사할 정도였고, 구태여 누가 진짜 신이냐 하는 것엔 관심이 없었다.

노인이 말했다.

"바로 그것이다. 절에 가 시주하고, 도관에 가 향을 사르듯 삼사십 년 전에는 사람들이 암부(暗府)에 들어 부복했을 뿐이다."

"……!"

노인의 회색 눈동자엔 기이한 흥분의 빛이 떠올라 있었다.

"불가에 오계(五戒)가 있듯 신교엔 칠계(七戒)가 있다. 불가에서 살(殺), 도(盜), 사음(邪淫), 망언(妄言), 음주(飮酒)를 금하듯 우리 역시 마찬가지였다. 빛을 숭상하고 어둠은 공평하다고 믿었다. 대체 뭐가 다른 것이냐?"

"그래도 다를 텐데……."

진완이 눈을 끔뻑대며 대답했다.

뭔가 다르니 사람들이 싫어하는 거겠지. 진완의 단순한 생각이 그랬다.

노인이 어이없다는 듯 진완을 쳐다보다 불쑥 물었다.

"넌 무진등(無盡燈)이란 말을 아느냐?"

이번엔 다행히 진완이 아는 단어였다.

말끝마다 부처님을 달고 사는 착한 어머니를 둔 덕분이었다.

"영원히 꺼지지 않는 등이 아니우? 영원히 변치 않는 법문(法文)은 마치 무진등과 같아서 한 사람이 법문을 듣고 다른 사람에게 전해주고, 또 이를 다른 이에게 전해주기를 계속한다면 결국 온 세상이 법문의 깨달음으로 인해 밝아질 것이고, 모든 중생들이 광명을 얻을 수 있다, 뭐, 이런 거 아니우?"

"그래, 맞다. 하지만 불가에서 그 무진등을 어떻게 팔아먹고 있는 줄 아느냐? 아니, 그 무진등이 어디서 나온 말인지는 아느냐?"

제길, 또 모르는 이야기로 돌아갔군. 진완이 그렇게 생각하며 뚱하게 서 있자 노인이 미소를 지으며 말했다.

"바로 무진장사상(無盡藏思想)에서 나온 것이다. 석씨요람(釋氏要覽), 사원장생전(寺院長生錢) 중 자모전전무진고(子母展轉無盡故)라는 말에서 뜻을 취한 것이지."

아이구나! 아는 것도 참 많다! 진완은 탄복했다는 시선으로 노인을 쳐다보았다.

하지만 노인은 진완의 태도엔 아랑곳 않은 채 설명을 계속해 나갔다.

"즉, 불가에서 말하는 불(佛), 법(法), 승(僧)의 삼보(三寶)를 불가의 세 가지 재산을 이르는 말로 이렇게 해석한다. '불'은 불상 등 성물을 모시는 건물을 짓거나 보관 유지에 들어가는 비용으로, '법'은 경전과 설법, 교리 전파에 필요한 설비로, 또

한 '승'은 승려들이 거주하는 지역과 토지 등 재산으로 해석
하며, 이들은 영원히 존재하는 것이므로 이를 늘리는 것은 부
처의 뜻을 따르는 것과 같다고 말이다. 즉, 사찰의 재산을 늘리
는 것은 아무런 죄가 되지 않는다고 믿었지. 그래서 어떻게 되
었느냐. 삼보를 빌려주고 어려움을 극복한 뒤에는 열 배로 갚
아야 한다고 말한다. 열 배의 폭리를 위해 어려운 사람들에게
질서(質書)를 쓰도록 하고 갚지 못할 때는 신권(神權)을 이용해
내세에는 소로 태어나 죽도록 고생하거나 지옥에 가서 모진
고생을 할 것이라고 사람들을 협박했다."

그것참, 심하군. 언젠가부터 노인의 말에 귀를 기울이게 된
진완이 저도 모르게 고개를 끄덕였다.

노인이 다시 말했다.

"또한 이를 위해 경전까지 지어냈지. 십송률(十誦律)에선 이
런 행위가 죄가 되지 않는다 했고, 심지어 선생경(善生經)에선
이자는 열 배라고 못을 박기까지 했다. 결국 농사지어 빚 갚고,
먹을 게 없어 다시 빚을 지게 되는 백성들은 죽어 소로 태어나
지 않기 위해 겁에 떨며 아들을 팔아서라도 빚을 갚았지. 백성
은 굶주리고 사원은 날로 번창했다. 하지만 이들은 무진등, 즉
결코 꺼지지 않는 불법처럼 사원의 재산이 늘어나는 것은 좋
은 일이라고 말하고 있다. 과연 그러냐? 진정 그렇더냐? 이제
내가 너에게 묻겠다."

노인의 목소리는 비록 한숨처럼 나지막했지만 서릿발 같은
기세가 담겨 있었다.

"이들이 마교가 아니더냐? 이들이 진정 마교가 아니라고 할 수 있느냐! 보다 못한 일월신교에선 서로 일 할씩 덜어 다른 이의 빚을 탕감해 주었다. 어째서 이런 일월신교가 마교가 되느냐! 누가 감히 마교와 정교를 나눈단 말인가!"

아는 것이 많은 만큼이나 흥분도 꽤나 잘하는 노인이 분명하다고 생각하며 진완이 얼른 고개를 끄덕였다.

노인이 숨을 몇 번 고른 뒤 다시 말했다.

"정의와 협의를 따른다는 개방의 제자들 중 거의 전부가 부처를 믿는다. 또한 개방도의 거의 전부가 도관을 제집처럼 드나들며 향불을 사른다. 삼사십 년 전에는 개방도들 스스로도 암부에 들어 절하는 걸 이상하게 생각하지 않았었다. 그런 세월이 분명 있었다. 일월신교가 진정 백성들을 위했기 때문이다. 서로 자신의 것을 조금 덜어 더 못 가진 자들과 기꺼이 나누었다. 바로 그게 문제였지. 어려운 백성들이 앞 다투어 신교 안에 들자 백성의 도당을 짓는 걸 겁내하는 무능한 관리들이 제일 먼저 마교라 불렀다. 거기에 따라 이득이 적어진 다른 땡중들과 말코도사들 역시 마교라 불렀지. 백성과 어려움을 함께 나누는 것이 마교라면 일월신교는 진정한 마교일 것이다."

거기까지 듣던 진완이 고개를 갸웃거리며 물었다.

"그래도 조금 이상하우. 괴상한 무공으로 미쳐 날뛰며 사람을 해하는 사람들이 많았다고 하던데?"

진완이 산에서 들은 마공에 미친 무인들 이야기를 떠올리며 묻자 노인이 대답했다.

"솔직히… 그런 면이 없지 않았다. 우린 소림, 화산, 청성 같은 파벌을 만들어 스스로 남들과 동떨어져 잘난 무공을 저희들만 나누어 익히는 자들을 혐오했다. 그저 재산이라곤 몸뚱어리뿐인 사람들을 위해 건강에 좋은 토납법을 권장하기까지 했다. 그래서 고수도 꽤나 나왔지. 그런데 교리를 잘못 해석한 자들이 문제였다."

"교리?"

노인이 한이 서린 시선으로 멀겋게 천장을 쳐다보다 혼잣소리처럼 중얼거렸다.

"세상이 무도(無道)로 가득 차고 악행(惡行)만이 존재할 때, 미륵불이 하생하여 태양처럼 밝은 빛으로 모든 진실을 비추고, 어두운 밤 달빛처럼 세상을 따뜻하게 품는 그런 세상이 올 거라 믿었지. 그때엔 월지후(月地后)가 악인을 벌하면 일천군(日天君)이 새 세상을 열 것이라 믿었단 말이다. 그게 죄는 아니지 않느냐? 하지만 몇몇 일월신교 무리 중엔 그 세상이 빨리 오길 기원하며 악인을 벌하는 월지후의 도래를 앞당기고자 했던 게 탈이었지."

"월지후라……."

"그래. 불가 역시 크게는 소승(小乘)과 대승(大乘)으로 나뉘고, 작게는 천태종, 화엄종, 삼론종, 법상종, 율종 등으로 종파가 나뉘듯 우리 역시 그랬다. 명종(明宗)의 뜻을 받아 참고 기다리는 인내를 통해 새 세상을 기다리는 사람들과 암종(暗宗)의 뜻을 받아 스스로 개척하고 잘못된 것을 깨뜨리며 바로잡아 새 세상을 열려는 무리로 말이다.”

‘종교는 역시 어려워’ 하며 진완은 고개를 절레절레 저었다.

결국 그 잘났다고 말하고 있는 일월신교 역시 명종과 암종으로 나뉘어 싸우고 있지 않은가.

힘으로 새로운 세상을 열려 한다는 암종이 월지후인가 뭔가를 만들어 한바탕한 모양이었고, 그 과정에서 무시무시한 마공에 미친 무인들 이야기를 만들어낸 모양이다.

근본은 나쁜 게 아니었다. 하지만 모든 종교가 그렇듯 그 종교에 푹 빠진 사람들이 나빴다.

진완이 손가락으로 통로에 서 있는 네 괴인을 가리키며 물었다.

“혹시 저들도 암종이우? 무심련 사람들은 아닌 것 같고, 돈 벌려고 서 있는 것 같지도 않으니…….”

말대로라면 노인은 분명 명종에 속해 있는 사람이 분명했다.

스스로 명종에 속해 있는 사람들을 이지를 잃게 만들어 개처럼 통로를 지키게 만들진 않았을 게 분명했다.

“그들은 암종도 무심련 사람들도 아니다. 그저 죄인일 뿐이지.”

“죄인?”

“그래. 저들은 씻을 수 없는 죄를 짓고, 일월신교의 그늘 아래로 숨어든 자들이지. 그들 때문에 신교의 명성에 흠이 생겼다. 저자들 중 몇은 무공비급을 빼앗기 위해 약혼자를 죽이고, 약혼자 가문까지 몰살시킨 자도 있고, 또 다른 사람은 재산을 빨리 얻기 위해 제 부모를 죽인 자도 있다. 이미 갈가리 찢어 죽여야 마땅하지만 그래도 조그마한 죗값이라도 할 수 있도록 그들 선택에 따라 저렇게 만든 것이다. 어둠은 누구에게나 평등한 것이니까."

진완이 고개를 끄덕이며 말했다.

"그래요. 일월신교가 마교나 사교라고 말한 것은 취소할게요. 하지만 내 생각엔 종교 이전에 항상 사람들이 문제였다우. 자, 이제 일월신교 이야긴 접어두고 진짜 필요한 이야기를 합시다."

"……?"

노인이 말없이 진완을 쳐다보았다.

진완이 싱긋 웃으며 물었다.

"그런데 여긴 어떻게 나가는 거우?"

"나가게 놔두려면 널 여기에 왜 두었겠느냐."

"…이런, 제길!"

이번엔 노인 대신 진완의 얼굴이 시뻘겋게 달아올랐다.

第三章

기이한 소녀

진환이 물었다.

"이봐요, 노인장. 그러고 보면 참 아는 것도 많고 무공에도 해박하신 거 같은데, 딱 하나만 알려줘요."

"……?"

노인은 말없이 진환을 쳐다보았다.

진환이 주먹을 앞으로 내밀었다.

"이거 말이우, 조금 전처럼 환하게 빛을 내는 법 말이우. 그것만 알려줘요."

진환이 필요한 것은 바로 그거였다.

통로를 지키는 네 괴인을 무사히 피해 걸어나가려면 그 방법밖에 없었다.

무공도 무공이지만 제 약혼자를 죽이고 부모까지 쳐 죽인 자라고 들으니 악종도 그런 악종이 없다 싶어 등골이 으스스 해질 지경이었다.

"봉인된 네 몸으론 어림없는 소리다."

노인이 대답했다.

"딱 한 번만! 잠시만! 여기서 걸어나갈 동안만! 아니, 후닥닥 뛰면 진짜 숨 한두 번 쉴 시간이니까 그때까지만! 그게 그렇게 어렵수?"

"불가능한 일이다."

"그럼 어쩔 수 없지!"

진완이 으드득 하는 소리와 함께 척추를 바로 세우고 오른 주먹을 왼 손바닥에 비볐다.

노인이 진완의 모습을 어이없다는 듯 쳐다보다가 입을 열었다.

"그자들은 살인귀이자 악종이다. 무공 또한 그렇지. 비록 이지는 상실했으나 본신 무공만은 그대로다. 더구나 비밀 통로는 들어올 때보다 나갈 때가 더 힘들지. 들어오려는 자는 그저 막아설 뿐이지만 나가려는 자에겐 목숨을 버려서라도 지키려 하기 때문이다."

진완은 노인 쪽으론 시선도 돌리지 않았다.

그저 저 멀리 희뿌연 모습으로 서 있는 네 괴인을 노려보며 말했다.

"그래도 날 여기 데려온 련주는 나갔지 않수!"

"그야 무공이 높기 때문이지. 내가 장담하건대 무사히 저들을 통해 나갈 수 있을 정도의 무공을 지닌 자는 세상에 열을 넘지 않을 것이다."

'열이 넘지 않아? 그럼 열을 채우면 되지.'

진완은 그렇게 생각하며 성큼 한 걸음을 걸어 두 개로 이루어진 계단을 밟고 내려섰다.

얕게 흐르는 물이 진완의 발바닥을 간질이며 흘러가는 동시에, 저 멀리 보이는 네 괴인의 목이 일제히 진완 쪽으로 돌아가고 있었다.

끼이익!

마치 오래되어 열리지 않는 쇠문을 억지로 열 때처럼 네 괴인 목에선 듣기 싫은 소리가 튀어나왔다.

"제길, 역시 그랬군."

진완이 얼른 계단 위로 올라섰다.

그러자 고개를 돌리고 진완 쪽으로 걸어오던 네 괴인이 다시 제자리로 돌아가 벽에 등을 기대고 섰다.

"봤느냐?"

노인이 그것 보란 듯이 말하자 진완이 굵은 침을 툭 내뱉었다.

"방법이 없는 건 아니우."

진완이 주위를 두리번거리다 노인에게 말했다.

"노인네, 그 빛나는 구슬 좀 잠깐 빌려주슈. 그리고 잘생긴 돌멩이 어디 없수?"

“그건 왜?”

“보면 알 거우!”

진완이 으르렁거렸다.

노인이 마교의 사람이든 또 고수든 그게 중요한 게 아니었다.

노인에게 밉보여 맞아 죽는 것보다 여기서 갇힌 채 늙어 죽는 게 더 두려운 일이었다.

죽기 전에 그 예쁜 제비 얼굴 한번 보고 죽어야 할 것 아니겠냔 말이다!

노인이 결연한 진완의 표정을 보더니 재미있다는 듯 웃었다.

“오냐. 어쩌나 한번 보겠다. 돌멩이가 필요하다 했느냐?”

노인이 한 팔을 번쩍 들어올렸다.

노인의 어깨를 꿰뚫고 몸을 감고 있던 사슬이 노인의 팔 움직임에 따라 크게 요동쳤다.

마치 기다란 줄을 들어 내치듯 노인은 그렇게 들어올린 사슬을 크게 동굴 벽에 내려쳤다.

쾅—!

벽의 한쪽이 진완의 몸뚱이만큼 부서져 내렸다.

놀라 눈을 부릅뜨고 쳐다보는 진완을 향해 노인이 말했다.

“거기서 골라보면 잘생겼는지는 몰라도 제법 쓸 만한 돌멩이는 많을 것이다.”

놀란 가슴을 진정시키지 못한 진완이 더듬거리며 물었다.

"아니, 그 정도 솜씨를 가지고서 왜 여기 있는 것이우?"

노인이 씁쓸하게 웃었다.

"누가 감히 날 묶어두겠느냐. 내가 나를 가둔 것이다. 날 묶고 있는 것은 나가지 않겠다 맹세한 나의 의지뿐이다."

역시 마교도들은 미쳐도 단단히 미쳤다고 생각하며, 진완은 노인이 건네준 구슬로 바닥을 비추어 손에 들어올 만한 돌멩이를 추려냈다.

단단하게 생긴 놈으로 여러 개 발밑에 쌓아놓고는 진완이 흘깃흘깃 노인의 눈치를 살폈다.

"그걸로 던지려 하는 것이었군. 괜찮은 방법이다."

재미난 구경을 하는 듯 호기심이 가득한 표정으로 노인이 말하자 진완이 한층 나긋나긋한 목소리로 말했다.

"손에서 빛이 나게 못해주겠다면 그냥 그 사슬로 한번만 내려쳐 주슈."

"저놈들을 말이냐?"

"그렇지! 내 말이 바로 그 말이우. 노인장이 한번만 마음먹고 내려치면 저 네 명을 한번에 쓸어버릴 수 있을 것 같은데……."

"여긴 내 집이다. 저들은 내 집을 지키는 개들이고. 어느 주인이 자신의 집을 지키는 착한 개들을 때려죽이겠느냐."

그래그래, 참 잘나셨수! 진완은 침을 콱 내뱉고는 천천히 돌멩이 하나를 발로 퉁겨 손에 잡았다.

다른 한 손으론 빛나는 구슬을 들어 앞의 거리를 재었다.

대충 거리를 마음에 새긴 후 진완은 눈을 감았다.

진한 어둠 속에서 희뿌옇게 네 명의 모습이 솟았다.

돌을 힘주어 잡자 손에 박혀들 듯한 짜릿한 고통이 느껴졌다.

진완이 돌의 이빨이라 부르는 바로 그것이었다.

느슨히 손을 풀자 돌이 이빨을 감추었다가 다시 힘주어 잡자 이빨을 드러내 진완의 손바닥을 물었다.

돌의 생명을 느껴야 했다.

그 느낌을 좀 더 진하게 느낄수록 던졌을 때 더욱 적중률이 좋았다.

어느덧 마음속에 그린 네 명의 신형이 점차 뚜렷해졌다.

진완은 그중 한 명을 남기고는 나머지 세 명의 신형을 마음속에서 지웠다.

진완이 눈을 뜨고는 실제 눈앞의 괴인 하나와 마음속에 그린 괴인의 모습이 똑같다는 것을 확인했을 때, 그때서야 진완은 긴 숨을 내쉴 수가 있었다.

이제야말로 진짜 준비가 된 것이다.

큰 동작과 함께 진완의 손에서 돌이 날았다.

핏― 슈웅―

돌은 통로를 날카롭게 가르는 소리를 만들어내며 정확히 왼쪽 앞에 서 있는 괴인의 관자놀이에 가 박혔다.

퍽―!

순간 괴인의 고개가 왼쪽으로 크게 기울어졌다.

“한 놈 보내고!”

맞는 소리와 함께 진완이 외쳤다.

하지만 그뿐이었다.

그 정도 위력이면 혹시 대가리가 쪼개지진 않았을까 걱정해야 할 정도였다.

하지만 상대는 고수. 그런 일은 벌어지지 않았다.

그래도 최소한 기절은 할 것이다. 아무런 방비도 없이 관자놀이에 돌이 와 박혔다면 말이다.

그러나 기대했던 일은 벌어지지 않았다.

끼이익!

왼쪽으로 홱 돌아갔던 괴인의 머리통이 천천히 제자리를 잡더니 무슨 일이 있었냐는 듯 주위를 둘레둘레 쳐다보다 곧 조금 전처럼 정면만을 쳐다본 채 서 있었다.

“얼레?”

진완이 두 손을 축 늘어뜨리고 어이없다는 듯한 탄성을 내자 지켜보던 노인이 웃었다.

“고수가 달리 고수겠느냐.”

한참이나 씩씩대던 진완이 불쑥 물었다.

“고수가 귀신이우? 저들도 밥은 먹고 살 거 아니우.”

“밥뿐이랴. 배변도 한다. 저기 저쪽…….”

노인이 손가락을 들어 동굴 한쪽을 가리켰다.

동굴 윗 부분에는 조그마한 구멍이 뻥 뚫려 있었다.

노인이 말을 이었다.

"작은 구멍에서 하루에 한 번 긴 줄에 매단 두레박 두 개가 내려오지. 하나엔 밥이 담겨 있고, 또 하나는 똥오줌을 담는 통이지. 걱정 말아라. 우리 다섯 사람이 먹고도 충분했으니 너 하나쯤 더 먹는다 해서 큰일 날 것은 없다."

진완은 미치고 펄쩍 뛸 지경이었다.

그리운 제비를 못 만나는 것도 모자라 이제는 땅 밑 깊은 곳에서 쪼그리고 앉아 하염없이 두레박만 내려오길 기다리고 있어야 할 지경이었다.

화가 난 진완이 다시 돌 하나를 움켜쥐었다.

돌멩이를 가만히 손바닥 위에 올려놓으면 돌이 숨을 쉬었다. 심장이 생겨나고 맥이 뛰었다.

심장의 고동에 맞춰 혈관이 숫고, 핏줄을 따라 서서히 피가 돌았다.

진완은 스스로 돌이 되었다고 느꼈고, 그러면 돌이 진완이 되었다.

그때 던지면 백발백중이었다.

지금도 그랬다.

띵— 땡— 뚱—

대가리에 맞는 소리도 여러 가지였다.

하지만 벌써 열두 개의 돌을 던졌어도 저 괴물들은 멀쩡했다.

"저놈들 대가리는 쇠 대가리야! 틀림없다구!"

화가 난 진완이 씩씩거릴 때, 옆에서 재미있다는 듯 구경하던 노인이 말했다.

"제법 조그마한 무공의 이치 하나는 깨달았구나. 돌멩이를 대하는 네 마음이 암기를 다루는 사천당문의 그것보다 나은 점이 있다."

진완이 노인을 쏘아보다 노인의 발밑으로 손에 든 삼채야명주를 또르륵 굴렸다.

"옜수. 돌려주는 거우."

"왜? 아직 돌멩이는 많이 남았다."

"생각없수. 저것들 대가리는 쇠 대가리우. 아예 안 보는 게 낫지 저놈들 낯짝 자꾸 들여다보다간 내 속이 더 까맣게 되겠수."

노인이 땅 위의 삼채야명주를 주워 들어 품 안 깊이 갈무리했다.

동굴 안은 다시 어둠 속에 잠겼다.

손을 들어올려도 보이지 않을 어둠 속에 그리운 연아(燕兒)의 얼굴이 둥실 떠올랐다.

'제비야, 제비야. 난 지금 미친놈들과 함께 여기 있다. 매일매일 하는 일이라고는 하나밖에 없을 것 같다. 두레박이 내려오면 밥 꺼내 먹고, 두레박에 똥 싸서 올려 보내는 일. 제길~ 복수하는 길은 한 가지밖에 없다. 두레박에 퍼질러 싸서 들어 올리기 힘들게 만드는 것. 그러면 속이 조금 편해질라나?'

이런저런 쓸데없는 생각들로 머리 속이 가득할 때 노인이 혼잣말처럼 말했다.

"방법이 없는 것도 아니지."

진완의 신형이 마치 번개에 맞은 것처럼 제자리에서 펄쩍 뛰어올랐다.

믿지 못할 말에 너무도 기뻐 노인이 있을 만한 곳을 향해 크게 외쳤다.

"이런 얄미운 영감탱이 같으니라구!"

"……."

"빨리 말해봐요!"

"……."

"이봐요, 영감탱이! 아니, 노인장! 아니아니, 어르신! 아이고, 나으리! 얼른 말 좀 해보라구요!"

"조건이 있다."

"조건?"

진완의 눈이 가늘어졌다.

얼마 되진 않아도 무림이 어떤 곳이란 건 이미 뼈저리게 느꼈다.

말 한마디의 무게. 그것이 얼마나 무거운 것인지는 이미 교옥과 범소 사이의 일을 보아 잘 알고 있었다.

말 한마디에 목숨을 걸었고, 약속 하나에 천하를 거는 곳.

아무리 진완이 생각없이 살아왔다 해도 지금 이 순간의 조건이 심상치 않을 거란 건 알 수 있었다.

진완은 크게 심호흡을 한 뒤 어둠 속에 가려져 보이지 않는 노인을 향해 말했다.

"일단 들어나 봅시다."

2

낮게 그르렁대는 숨소리처럼 노인이 말했다.

"너는… 일월신교에 대해 어떻게 생각하느냐?"

으이그, 빌어먹을! 이제 보니 종교에 단단히 빠진 노인네구나!

진완은 온몸의 힘이 쭉 빠지는 것 같았다.

이런 상황에서도 포교 활동이라니! 진완은 어금니를 으드득 갈며 속으로 생각했다.

'왜 부처나 원시천존이 이 세상에 안 나타나는지 아슈? 다 댁 같은 종자 때문이우! 발 한번 잘못 디뎠다가 등골 빼 먹힐까 봐!'

그렇다고 입 밖으로 말할 내용은 아닌지라 진완은 그저 숨만 몰아쉬다 버럭 소리쳤다.

"어이, 노인장! 내가 백팔룡이오! 진짜건 아니건 간에 다른 사람도 아닌 백팔룡이란 말이우! 아참, 이 노인네, 여기서 갇혀 지내느라 그게 뭔지도 모르겠군. 아무튼 그런 게 있수다! 내가 제비 만나러 가는 일이 급하긴 해도 이건 아니우! 곤란한 사람 꼬여내 입교시키려는 종교는 그 뭐가 됐든 아니란 생각이우!"

빌어먹을 노인네 같으니라구! 진완은 왠지 억울하고 답답해서 눈가가 시뻘겋게 달아올랐다.

"하, 내가 언제 신교를 믿으라 했느냐? 신교 역시 너 같은 단순하고 무식한 종자는 받길 원치 않을 것이다."

"그럼?"

"나중에 네가 무림을 횡행할 때 혹여 일월신교의 교도를 만나는 일이 있다면 손에 정을 두어달란 부탁이었다."

"…그런… 거였수?"

"내가 일월신교의 명종을 모시는 사람으로서 암종을 믿는 자들을 미워하긴 하지만 암종 역시……. 설혹 죄를 지었다 해도 불쌍한 마음을 가지고… 손속에 정을 두고… 대해주기를 바란다."

노인의 말에 진완의 마음이 찡했다.

지금 가장 형편없는 몰골로 고생하는 사람이 있다면 바로 눈앞에 있는 노인이었다.

땅속 깊은 곳 어둠 속에 스스로를 가둔 채 사슬로 몸을 꿰어 묶고 고행을 한다는 것은 웬만한 고승의 수련보다 더 가혹한 점이 있었다.

그런데도 노인은 다른 사람을 생각하고 긍휼히 여겨줄 것을 부탁하고 있지 않은가.

노인이 믿는 종교가 노인의 지금 행동과 조금이라도 닮은 구석이 있다면 정녕 마교가 아니리라.

"걱정 마슈. 마교, 아니, 일월신교랑 부딪칠 일도 없을뿐더러 설혹 부딪친다 해도 노인 같은 사람이 일월신교에 많다면 걱정할 게 뭐 있겠수.”

잠시 후 노인이 말했다.

“또 하나.”

그럼 그렇지! 여기서 꺼내주면서 그렇게 간단한 부탁만 하진 않았을 거라 생각하며 진완은 내심 긴장했다.

“시간이 난다면 검단하(黔湍下)를 찾아가라.”

“검단하? 그러니까 ‘검은 여울 아래’ 라……. 거기가 한참이나 먼 곳이우? 그럼 곤란한데…….”

“멀 수도 있고 가까울 수도 있다. 어디에 있는지는 아무도 모른다. 너만이 찾아야 하는 곳이지.”

“지금 당장 찾아가야 하는 거요?”

“아니, 너 편한 시간에 찾아가면 된다.”

“그거야 뭐 어렵겠수.”

사람을 찾아달라는 부탁도 아니고, 어디를 한번쯤 찾아가 봐달라고 하는 부탁이야 간단한 문제였다.

노인이 한 팔을 크게 휘두르자 사슬이 큰 원호를 그리며 바닥을 쳤다.

쿵―!

“무인의 말엔!”

노인의 외침과 함께 단단한 바닥에서 튀어나온 파편이 진완의 뺨을 때렸다.

진완이 따라 외쳤다.

"허언이 없고!"

"강호의 일엔!"

"장난이 없다!"

"좋구나! 이리 오너라! 장을 부딪쳐 증표로 삼겠다!"

진완이 앞으로 다가가 손을 내밀었다.

어두워 그저 앞으로 삐죽이 내민 진완의 손에 노인의 깡마른 손이 부딪치자 손뼉 부딪치는 소리가 크게 났다.

진완은 왠지 뿌듯했다.

무인의 말엔 허언이 없고 강호의 일엔 장난이 없다는 말은 산에서 형들에게 들었던 옛이야기 속에 있었다.

지금 어두운 동굴 안에서 그 이야기 안에 나오는 일이 벌어지자 왠지 이야기 속 주인공이 된 듯한 느낌이었다.

잠시 후, 노인이 다시 낮은 목소리로 돌아가 말했다.

"무림에 허언은 없다. 만약 어긴다면 널 그 즉시 죽인다. 잊지 마라. 내가 스스로 여기에 있는 것이지 가두어진 게 아니다. 만약 네가 오늘의 일장을 우습게 여긴다면 내가 살계를 열어서라도 너만은 죽일 것이다."

"분위기 깨는 소리 마슈, 나도 말 한마디 무게쯤은 알고 있으니!"

왠지 옛이야기 속의 영웅이 된 듯한 기분에 진완이 으르렁거렸다.

"언제쯤 온다는 거유?"

진완은 입 안에 밥을 밀어 넣으며 물었다.

"오래 걸리진 않을 것이다."

노인은 그다지 식욕이 당기지 않는 모양이었다.

때가 되자 노인 말대로 어린아이 머리통보다 작은 구멍에서 두레박이 내려왔고, 그 안엔 너댓 사람이 먹을 정도의 푸짐한 주먹밥이 들어 있었다.

진완은 당연히 양손에 두 덩이를 들고 입에 구겨 넣었고, 우 걱우걱 씹으면서 '안 드슈?'라고 노인에게 권했지만 노인은 그저 '괜찮다'라고만 대답할 뿐이다.

진완은 밥을 씹으며 컴컴해서 보이지 않는 천장을 쳐다보았 다.

밥과 빈 분뇨 통을 묶어 내려왔던 쇠줄은 한참이나 철컹거 리는 소리를 내며 내려왔다.

이미 한두 번 해본 솜씨가 아닌 듯 노인은 몸을 감고 있던 쇠사슬을 움직여 두레박을 내리고 빈 밥통과 얼추 속이 찬 분 뇨 통을 쇠줄에 걸었다.

그 이후 쇠줄은 또다시 한참이나 굉음을 내며 위로 올라갔 다.

세상에 아무리 깊은 우물이라도 지금 이 동굴만큼 깊진 않 을 것이다.

'누군가 때마다 밥을 준다는 것은 이 노인이 여기에 갇혀 있 다는 걸 아는 사람이 있다는 것인데, 그런데도 무심련의 주인 과 안주인은 비밀리에 마교도인 노인을 찾아온단 말이지. 이

게 도대체 어떻게 된 관계냐…….'

염두를 굴려봤지만 딱히 떠오르는 생각은 없었다.

뭐, 그다지 신경 쓸 문제는 아니었다.

자신은 일단 여기서 나간 뒤 제비에게 가버리면 끝이었다.

일월신교의 신도를 만난다 해도 그게 암종인지 명종인지 관심 둘 필요도 없을뿐더러 손속에 정을 둘 일도 없을 것이다.

그저 제비랑 알콩달콩 살다가 무릎뼈가 물러지기 전에 그 '검단하' 란 곳을 찾아가 볼 생각이었다.

어쨌든 약속은 약속이니까.

노인이 말했다.

"내 말을 명심하거라. 절대 눈을 떠서 확인해서는 안 된다."

"알고 있수."

"또한 여기서 있었던 일을 발설해서도 안 되고."

"어허, 안다니까요."

진완은 열심히 고개를 끄덕였다.

자신은 보이지 않지만 노인은 자신을 보고 있을 것이기 때문이었다.

노인은 말했었다. 그 누군가가 이곳에 와 진완을 데려갈 텐데, 그때 납죽 엎드려 두 눈을 질끈 감으라고.

또한 누가 자신을 데려가는지 관심 두지 말고, 만약 나가게 되면 여기서 있었던 일을 누구에게도 말해선 안 된다고 단단히 일렀다.

진완은 어둠 속에서 노인이 앉아 있으리라 생각되는 곳을 안됐다는 시선으로 쳐다보았다.

진완처럼 둔감한 사람도 느낄 수 있었다.

무료하고 지독할 정도로 지겨운 이 어둠 속에서 노인은 자신을 만나 이야기하는 것을 꽤나 즐거워하고 있었다.

어쩌면 평생 옆에 두고 있지 못할 바에야 더 정 들기 전에 내보내는 게 나을 거라 생각했는지도 모를 일이다.

진완이 입을 열었다.

"내가 강호 일은 잘 모르지만 사람 사이의 일까지 아주 모르는 건 아니라우."

"무슨 뜻이냐?"

"산에서 나무만 보다 보니 탁 보면 한눈에 이놈이 몇 해를 살았고 속은 알찬 놈인지 금방 알아볼 수 있었다우. 뭐, 사람도 나무와 다를 게 있겠수? 내가 노인장을 보니 겉으론 튼실해 보이진 않지만 속은 꽤 알차다는 걸 알 수 있었다우. 그리고 착하다는 것도."

"무슨 말을 하고 싶은 게냐?"

"영감, 영감은 내가 나가서 여기 일을 발설하지 않을 거라 믿고 있수. 여기 일이 얼마나 비밀스러운 것인지는 나도 눈치채고 있어요. 그런데도 영감은 믿었수. 내가 믿음직하게 생겨서가 아니라 노인이 그렇게 믿고 싶은 거겠지. 영감은 참 착하우. 나한테 할아버지가 있다면 꼭 영감 같았을 거우. 그래도 너무 착하진 말아요. 착한 사람들은 항상 믿었던 사람에게 뒤통수를 맞더구랴."

“하! 여기서 제 힘으로 나가지도 못하는 놈이 지금 내 걱정을 하는 것이냐?”

“강한 척하지 마시우. 원래 노인들은 자식들에게 기대어 손자 볼기짝을 치며 늙어가는 게 행복한 거라우. 보아하니 일월신교 일 때문에 자식도 두지 못한 모양인데, 나중에 우리 집에 한번 찾아오슈. 내가 따뜻한 밥이나마 대접하고 근처라도 구경시켜 줄게요. 제비가 착해서 구박은 안 할 거우. 아참, 제비는 내 마누라가 될 여자라우.”

“……”

“솔직히 내가 펄펄 나는 무공고수는 될 것 같지 않수. 그러고 싶지도 않고. 만약 내가 힘을 얻는다면 노인장을 여기서 빼내주고 싶지만 그럴 만한 그릇은 안 될 것 같수. 그러니 죽기 전에 꼭 빠져나오슈. 그럴 능력도 되잖수? 나와서 날 찾으슈. 내 이름은 진완이우. 무외자 교욱이나 예모검 범소 형님에게 물으면 날 찾을 수 있을 거우. 아참, 이건 비밀입니다. 노인과 나만 아는.”

“……”

진완은 말을 끝내고는 손에 묻은 밥풀을 핥았다.

노인은 별다른 대답이 없었다.

어색한 분위기를 진완이 먼저 깼다.

“저 네 사람은 밥 안 먹수?”

“너도 꽤나 착한 놈이로군. 남 걱정까지 하는 걸 보면.”

“생각해 보니 노인 힘을 빌지 않아도 저놈들 굶기면 빠져나갈 수도 있겠다 싶어서 그러는 거우.”

“반쯤 강시(殭屍)가 된 놈들이니 굶주림 정도는 오래 참는
다.”

노인은 별 시답지도 않은 생각도 다 해냈다 싶었는지 퉁명
스럽게 대답하고는 곧 휘파람을 불었다.

낮게 깔리는 독특한 노인의 휘파람 소리에 반응하듯 괴인들
의 목뼈 돌아가는 소리가 어둠 속에서 들렸다.

노인이 주먹밥 몇 개를 잡아 던지자 턱 하는 소리와 함께 우
걱우걱 짐승처럼 먹어치우는 소리가 동굴 안을 채웠다.

한참 후에 노인이 말했다.

“너와 함께 있어 즐거웠다.”

“어라? 지금 나가는 거우?”

“무림 일엔 될 수 있으면 관심을 끊어라. 하긴, 이미 너무 늦
은지도 모르겠지만…….”

노인의 낮은 목소리의 여운이 사라지기도 전에 통로 저편에
서 은은한 빛이 새어 나왔다.

노인이 그 빛을 보더니 말했다.

“지금이다.”

진완이 잠시 망설이다 노인을 향해 크게 외쳤다.

“건강하슈. 그리고 꼭 찾아오슈. 꼭이요!”

진완은 얼른 두 손을 들어 눈꺼풀 위로 올리고는 그 자리에
서 납죽 엎드렸다.

눈을 감기 전 마지막으로 본 노인은 인자하게 웃고 있었다.

눈가에 주름이 잔뜩 잡힌 잔잔한 미소는 꼭 손자를 보는 할아버지의 미소였다.

"할아버지, 누가 있는 건가요?"

갑작스레 소녀의 목소리가 들리자 진완은 움찔했다.

누군가 꺼내준다면 아마도 위진천 련주거나 그 마누라일 거라 생각했다.

눈으로 본 위진천은 여기서 꺼내주기는커녕 더 깊숙이 가둬두지 못해 안달하는 사람이었으니 분명 우윳빛 광채를 뿜어내던 아줌마일 거라 믿었다.

통로 저편에서 하얀 광채를 보는 순간 진완은 자기 생각이 맞았다고 생각했다.

하지만 갑작스레 들리는 어린 소녀의 목소리. 그건 분명 여인의 것과는 달랐다.

소녀의 목소리는 진완 또래의 것이었다.

맑고 경쾌했지만 또한 차분해서 듣기에 좋았다.

'누구지?'

하마터면 진완은 눈을 뜨고 소녀가 누군지 확인하려다 얼른 질끈 눈을 감고 머리를 더 깊이 땅에 파묻듯 숙였다.

그 뒤로는 아무 소리도 들리지 않았다.

무슨 일인지 짐작이 갔다.

전음. 다른 사람은 듣지 못하는 두 사람만의 대화가 길게 오가는 중일 게 틀림없었다.

'그나저나 저 소녀는 대체 누구지?'

여기 갇혀 있는 노인 역시 범상치 않은 사람이었다.

쇠사슬로 온몸을 꿰뚫리고 감겨져 있어도 도리어 쇠사슬을 움직여 벽을 박살 낼 정도의 고수였다.

게다가 찾아온 사람은 천하제일고수라 칭해지는 위진천 련주와 그의 부인이었다.

자연 저 소녀의 신분도 만만치는 않을 텐데, 도대체 누군지 짐작이 가지 않았다.

'하긴, 여기 찾아온 사람 중엔 나도 있지. 그리고 나 역시 범상치 않은 신분이라 이거야. 가짜 백팔룡이라고 누가 짐작하겠어?'

진완은 쓴웃음을 웃었다.

잠시 후, 누군가 자신의 혈을 짚는 게 느껴졌다.

보드라운 감촉으로 미루어 아마도 소녀인 듯했다.

곧 몸이 굳었고, 누군가 자신의 뒷목을 붙잡고 들어올렸다.

이제 이렇게 나가는구나 싶어 진완이 큰 목소리로 말했다.

"노인장, 건강하셔야 합니다! 꼭 찾아오… 어버버……."

그때 소녀가 진완의 목 주변을 꾹 누르자 곧 혀까지 굳었다.

"조용히!"

낮게 말하는 목소리는 조금 전 들었던 소녀의 것이었다.

소녀는 조금 화가 난 듯 목소리가 조금 뾰족해져 있었다.

왜 자신을 여기서 빼내가야 하는지 노인에게 들은 설명이 부족했던가, 아니면 이해 못하고 있는지도 몰랐다.

'하긴, 안 들리게 서로 쑥덕거리는 시간이 길긴 했어.'

진완은 소녀에게 들려 가면서 그렇게 생각했다.

차르르르—

소녀의 발자국 소리는 특이했다.

얕은 물 위를 걸어가는 소리는 마치 얇은 풀잎으로 잔잔한 호수 위를 긁을 대처럼 부드럽고 가벼웠다.

하지만 속도까지 그런 것은 아니었다.

지금 소녀의 속도는 위진천이나 그의 부인에 비해 조금도 뒤떨어지지 않았다.

게다가 심성까지 착한 게 틀림없었다.

지금 하고 있는 일이 불만스럽다는 티를 내면서도 정작 좁은 통로로 들어선 이후에는 혹시 진완이 다칠세라 세심하게 움직였다.

벌써 이 미로 같은 비밀 통로 속을 남의 손에 이끌려 가는 것도 꽤 익숙해졌다.

'여기서 오른쪽으로 틀겠지?'

아니나 다를까, 소녀가 오른쪽으로 방향을 바꾸었다.

한참의 시간이 흐른 후, 몸을 수평으로 누인다는 느낌과 함께 커다란 돌덩어리가 움직이는 마찰음을 들을 수 있었다.

'다 왔구나!'

석관이 분명했다. 위진천 련주 손에 이끌려 통로로 들어왔던 석관이었다.

소녀의 발걸음이 이제 묘실 문을 나서려는지 잠깐 멎었다.

“바람[風], 날개[翼], 틈[間], 그리고 하늘[天]…….”

소녀는 마치 시구처럼 중얼거리다 흠칫 말을 멈추었다.

그리고는 곧 그르릉거리는 소리와 함께 묘실이 열렸다.

‘바람 날개 틈에 하늘이 있다고?’

진완이 묘한 이야기라 생각하며 구절을 생각할 때 얼굴에서 뜨거운 햇살이 부딪치는 걸 느낄 수 있었다.

‘밖으로 나왔구나!’

진완이 안도의 한숨을 내쉬었다.

소녀가 귓가에 대고 잔뜩 소리를 죽인 채 진완에게 속삭였다.

“잊어라. 잊어야 한다. 만약 쓸데없는 이야기가 돌아다닌다면 내가 너를 죽일 것이다.”

‘제길, 어떻게 된 게 만나는 사람마다 죽인다고 으르렁대냔 말이냐!’

진완이 인상을 찡그릴 때였다.

“몸은 일각 후쯤 움직일 수 있을 것이다. 뒤도 돌아보지 말고 가거라.”

‘그거야 내가 알아서 할 일이우.’

고개도 끄덕이지 못하고 말도 할 수 없었다.

어쩌면 눈도 뜨지 못할지 몰랐지만 노인과의 약속 때문에 질끈 감고 있는 중이라 확인할 수 없었다.

그 뒤로 소녀의 목소리는 들리지 않았다.

어떻게 생긴 소녀인지 확인하고 싶었지만 진완은 계속 눈을 감았다.

'나도 내 목숨 귀한 줄은 안다고. 말 못할 비밀이 자꾸 늘어나면 그만큼 곤란해지는 게지.'

소녀는 가고 없는 게 틀림없었다.

그저 먼 숲에서 들려오는 새소리만이 귓가를 어지럽혔고, 따뜻한 햇살만이 감은 눈꺼풀 위로 예쁜 분홍색 얼룩을 만들고 있었다.

아무리 생각해 봐도 귀신의 조화였다.

그저 산에서 단순하게 나무만 베던 진완으로서는 지금 이 상황이 어떻게 돌아가는 것인지 도대체 이해가 가지 않았다.

하기야 이 무심련이 번개를 맞아 가루가 된다 해도 진완과는 상관없는 이야기였다.

그저 제비와 떨어져 지내는 시간이 꽤나 길어진다는 것만 짜증날 뿐이었다.

여차하면 담 넘어 도망가지 하고 간단히 생각해 왔는데, 돌이켜 보면 이런 귀신같은 사람만 잔뜩 숨어 사는 무심련에서 섣불리 도망치다 잡힌다면 노인처럼 동굴에 평생 갇혀 지내야 할지도 몰랐다.

더구나 가짜라는 사실까지 발견된다면?

"떠그럴!"

진완은 욕설을 내뱉었다.

그리고는 한 가지 사실을 깨달았다.

어느새 혀와 입을 놀릴 수 있다는 것.

진완이 눈을 뜨고 벌떡 일어났다.

주위를 커다란 나무가 마치 울타리처럼 막고 있는 자그마한 공터였다.

어딘지 몰라도 무심련 밖은 아닐 것이다, 나무 저편으로 무심련의 거대한 전각의 처마가 언뜻언뜻 보이는 걸 보면.

"나가서 아무나 붙잡고 물어보면 되겠지!"

진완은 그렇게 생각하며 털레털레 숲 속을 빠져나가기 시작했다.

3

"도대체 넌 누구십니까?"

호광이 씨근덕대며 물었다.

'누군 누구야, 가짜 백팔룡이지.'

진완은 그렇게 생각하며 호광의 커다란 두 눈알을 멀뚱멀뚱 쳐다보았다.

진완의 생각은 틀리지 않았다.

숲 속을 걸어나온 뒤 한참이나 높다란 담이 양쪽으로 솟은 골목을 이리저리 휘돌아 나오고 나서야 한 사람을 만날 수 있었다.

그 사람은 진완을 몰라봤지만 진완은 한눈에 그 사람을 알아볼 수 있었다.

하얀 백의 무복과 소매에 수놓아져 있는 세 개의 동그란 동심원.

틀림없이 무심련의 무사였다.

진완은 무사의 팔을 잡고 부르짖었다.

"나 백팔룡이우! 집 좀 찾아주시우!"

무사는 놀란 듯 눈을 동그랗게 떴지만 일 처리는 제법 빨랐다.

무사의 뒤를 따라 몇몇의 무사를 더 만난 이후, 그 사람들의 호위까지 받으며 백팔룡의 숙소로 돌아와 이렇게 호광과 마주 대하고 있었으니까.

진완은 귀찮다는 듯 손가락으로 귓구멍을 후비며 생각했다.

'그래도 세 교두가 그리 썩 나쁜 놈들만은 아니야.'

제일교두 철탁탑 호광이 머무는 집은 백팔룡의 숙소와 다를 바가 없었다.

소나기라도 쏟아진다면 천장에서 물이 샐 것은 분명했고, 몸을 누이는 침상 역시 백팔룡의 것과 다르지 않았다.

나름대로 고수 중의 고수요, 백팔룡을 지도하는 교두 정도라면 더 좋은 곳에 머물 것이란 생각과는 달리 호광은 철저히 백팔룡과 행동을 같이하고 있었다.

호광은 커다란 주먹으로 탁자를 쾅 하고 내려치며 마주 앉은 진완을 노려보았다.

"도대체가 넌 어떤 놈입니까? 처음부터 싸가지없는 놈이라고는 생각했습니다. 하지만 이 정도일 줄은 몰랐습니다. 이건 싸가지 정도가 아니라 개싸가지라고 불러야 하는 겁니다. 한 번 죽어보고 싶습니까?"

"이봐요, 교두 아저씨. 그건 내가 묻고 싶은 거우. 깜빡했다가 정신을 차리고 보니 낯선 곳에 있었단 말입니다. 그런 내가 뭘 알겠수. 다 팔자려니 생각하시우."

"그것 때문에 이러는 거 아닙니다!"

호광이 탁자를 다시 한 번 쾅 내려쳤다.

제법 단단한 나무를 끼워 맞춘 탁자였지만 끝내 으드득 금이 가고 말았다.

호광은 품에서 종이 하나를 꺼내 들어 허공중에 팔랑팔랑 흔들며 물었다.

"이게 뭔지 아십니까?! 너 같은 싸가지는 모르겠지만 위에서 내려온 명령서입니다! 백팔룡 실종 사건에 대한 수사는 종결되었다. 단지 이 몇 글자만 떡하니 박혀 있습니다! 눈깔이 있으면 보일 겁니다! 여기 분명히 그렇게 쓰여 있습니다! 안 보이면 내가 눈알을 후벼 파서라도 보여줍니다! 이 호광이 그렇게 합니다!"

"아이고, 교두 아저씨! 홍분하지 마시우! 그렇게 핏대 세우다간 건강에 안 좋수다!"

수북한 털 위로 빼꼼히 뚫려 있는 호광의 콧구멍이 벌렁거렸다.

"이런 종이 쪼가리, 나 호광이 예전에 몇 번 받았습니다. 그런데 그 모든 게 다 진완 바로 너 때문에 내려온 겁니다. 진완 훈련생에게는 불필요한 체벌은 금한다. 진완 훈련생의 일거수 일투족을 보고한다. 진완 훈련생의 성취를 눈여겨보라. 이게 무슨 개싸가지 같은 명령서란 말입니까! 이 호광, 이런 명령 안 받아들입니다! 어째서 윗대가리 싸가지들이 너 같은 개싸가지 에게 관심이 많은 겁니까?"

다행히 호광은 또다시 탁자를 내려치지는 않았다.

그저 답답하다는 듯 자신의 가슴을 쾅쾅 내려쳤을 뿐이다.

천만다행으로 호광의 가슴은 단단해서 탁자처럼 쉽게 무너지진 않았다.

"그런 명령이 왔었던 거우?"

진완이 눈을 멍하니 뜨고 되물었다.

이건 곤란한 일이었다. 위에 누군가가 자신을 예전부터 눈여겨보고 있다는 것은 냄새를 맡고 있다는 것.

자연 가짜일지도 모른다고 의심을 품은 자가 있다는 말이었다.

호광이 다시 한 번 가슴을 쾅 내려치고는 말했다.

"나 호광이 왔다면 온 겁니다! 그래서 다시 한 번 묻겠습니다! 도대체 넌 누구십니까?"

"글쎄요. 누구일까요?"

진완 역시 머리를 갸우뚱거리며 대답했다.

호광이 씩씩거리며 진완을 노려보았다.

"좋습니다. 말 안 해도 좋습니다. 나 호광, 괜찮습니다. 대신 이제부터 특별 대우 그런 거 없습니다. 많이 봐줬습니다. 나 호광뿐 아니라 민청, 엄조 역시 많이 봐줬습니다. 이제 그런 거 없습니다. 싸가지없으면 개 패듯 팹니다. 나 호광, 당장 내일 교두 자리에서 잘린다 해도 팰 건 꼭 팹니다. 나 호광이 그렇게 합니다."

"그렇게 하시구랴!"

진완이 팔짱을 끼며 마주 고개를 끄덕였다.

까짓거, 도망 못 갈 바에야 죽도록 맞고 쫓겨나는 것도 한 방법이겠지.

동굴 속 노인이 금강불괴까진 아니어도 몸뚱이가 보통 사람보다는 단단해질 거라 했으니 그 말만 믿을 수밖에 없었다.

그렇게라도 엄청 미친 데다가 대단한 고수 귀신들이 득시글거리는 무심련을 가짜라는 사실을 들키기 전에 얼른 벗어나고 싶었다.

자신을 눈여겨보는 윗대가리도 있다지 않은가!

호광이 한참이나 진완을 노려보다가 말했다.

"좋습니다. 진완 백팔룡은 얼른 훈련에 복귀합니다. 군소리 없이 후딱 갑니다."

진완은 호광의 말대로 후딱 자리를 박차고 일어났다.

진완의 귀환을 제일 반가워한 것은 쥐를 닮은 도사 허주였다.

하지만 그 못지않게 반가움을 표시한 사람은 기련노마의 제자 옥기영과 한쪽 다리를 저는 손형인이었다.

자신들만 당한 줄 알고 부끄러워했건만, 이젠 조장까지 당했으니 누구도 비웃을 사람은 없을 거란 생각에 즐거워진 것이다.

오늘따라 대머리에 새겨 넣은 전갈 무늬가 더 선명해 보이는 반두홍이 가래침을 뱉으며 자신만의 방법으로 반가움을 표시했다.

"씨발, 보기 싫은 낯짝 안 보고 살아서 좋더니만!"

"내가 원래 남 좋은 일은 안 하거든."

진완이 씨익 웃으며 반두홍의 어깨를 가볍게 주먹으로 쳤다.

거대한 뚱보 육상산이 볼살을 흔들며 투실투실 웃었다.

"조장이 왔으니 오늘 밥은 문제없겠군."

적어도 진완이 조장으로 활약한 이후 밥을 굶은 적은 없었다.

적발귀 엄조에게 붙들려 땅에 파묻혀 있을 때나 갑작스런 실종 이후엔 시험에서 떨어지기 일쑤였고, 그때마다 밥을 굶고 벌판에서 자야 했다.

훈련 이야기로 옮겨가자 도사 허주의 낯짝이 더 초라하게 변했다.

"이번 시험은 요행이나 힘으로 되는 일이 아니라네. 무량수불."

"무슨 시험인데?"

진완이 묻자 반두홍이 대신 대답했다.

“몰라. 뭔지 몰라도 독(毒)과 관련있는 건가 봐. 독에 관련된 시험이라니까 매일 꼴찌를 다투는 구조가 이번엔 신나하더군. 산에서 약초를 캐다가 팔아먹고 살았던 놈이 하나 있나 봐. 아 참, 그나저나 그 얘기 좀 해봐. 그 귀신에게 붙들려 간 얘기 말이야.”

“나도 몰라. 그냥 눈 감았다 떠보니 숲 속이더군. 이미 얘기가 쫘악 돈 거 같던데?”

“진짜야? 그것밖에 없어? 귀신 낯짝도 못 보고? 씨발, 뭐 이리 재미없는 이야기가 다 있어!”

반두홍이 실망했다는 듯 인상을 찡그리자 허주가 그게 무슨 말이냐는 듯 반두홍을 쳐다보았다.

“아니, 살아 돌아온 것만 해도 다행이지! 하긴 붙들려 가서 엉덩이만 까였지 죽은 사람은 없지 않나. 조장 엉덩이가 평퍼짐하니 한참 동안 구경했나 보지 뭐. 무량수불.”

진완이 피식 웃었다.

그냥 이대로 재미있는 홍밋거리로 이야기가 마무리되는 게 좋았다.

구태여 위진천 마누라가 자는 침상에서 껴안고 있었다는 둥, 동굴 속에 노인이 있다는 둥, 위진천을 만났다는 둥의 이야기는 할 필요가 없었다.

화제를 돌리려 진완이 허주를 보며 물었다.

“그런데 독이라니? 독을 먹이고 얼마나 견디나 보겠다는 건가?”

"아니, 정확히는 독연(毒煙)이라 해야겠지. 사실 독도 쓸 만한 놈을 구하려면 약만큼이나 어렵다네. 황제내경(黃帝內經)에 보면 말이야……."

허주가 신난다는 듯 입을 열었다.

작은 도관에 무슨 놈의 책이 그리 많았는지 골방에 처박혀 책만 읽어댄 모양이다.

다행히 허주의 길어질 게 뻔한 이야기를 육상산이 막아섰다.

육상산이 버릇처럼 손수건으로 이마를 문지르며 말했다.

"고수를 죽일 정도의 독은 흔하지 않지. 효과 좋은 독은 하급 무사를 상대로 쓰기엔 아깝고, 또 싸우게 되면 한곳에 머물러 툭탁거리는 것이 아니니 가장 좋은 게 독연, 즉 독 연기지. 한참 싸우는 도중에 적의 눈알이 아려온다면 그것만으로도 큰 성과니까."

"그러니까 독을 태운 연기를 참는 훈련이라 이거군."

진완이 알겠다는 듯 고개를 끄덕이자 허주가 박수를 짝 하고 쳤다.

"역시 눈치가 빨라!"

"씨발, 그 정도 눈치도 없는 놈이 어디 있냐!"

그동안 꽤나 친해졌는지 십일조 조원들의 툭탁거리는 모습이 마치 아이들의 싸움처럼 보일 정도였다.

진완의 귀환이 기분 좋은 듯 미소를 지은 채 한쪽 구석에 서 있는 옥기영을 향해 진완이 물었다.

"우리 조에선 너 정도만 참아내겠군."

"어느 정도는. 하지만 이번엔 경우가 다를 것 같아. 독탄을 만든 사람이 독개(毒丐) 소상춘(蘇常春)이라더군."

"독개 소상춘?"

들어본 것 같다.

원래 진완 대신 이 자리에 있어야 할 진짜 백팔룡이 죽었을 때 범소 형님이 의심한 사람이 바로 독개 소상춘이었으니까.

다른 이름도 아닌 독개라 불리는 것을 보면 독에 대한 전문가 틀림없을 것이다.

허주가 울상을 지으며 말했다.

"그 독개란 사람은 하품만 해도 앞에 있는 사람이 죽어 나자빠진다는 독의 최고수이라네. 한마디로 우린 죽어나갈 일밖에 없다는 게지. 무량수불~ 무량수불~"

진완은 솔직히 그리 걱정되지 않았다.

약초꾼이 구조에 있다면 십일조에는 자신이 있었다.

깊은 산에 나무만큼 많은 것이 독버섯이나 독초였다.

간혹 독사와 마주칠 때면 발로 몸뚱이를 질끈 밟고 손가락으로 목을 집어 올린 다음 칼로 대가리를 따내고 불에 구우면 맛이 끝내줬다.

어릴 때는 멋모르고 독초를 삼킨 적도 있었는데, 토악질 몇 번과 설사 몇 번으로 간단히 털고 일어난 적도 있다.

그러나 독개 소상춘의 독 연기가 생각보다 독성이 더 강하다면?

“제길, 그냥 뽑어버리면 되겠지. 잘하면 무심련 밖으로 실려 나갈지도 모르고.”

그냥 편하게 생각해 버리는 진완이었다.

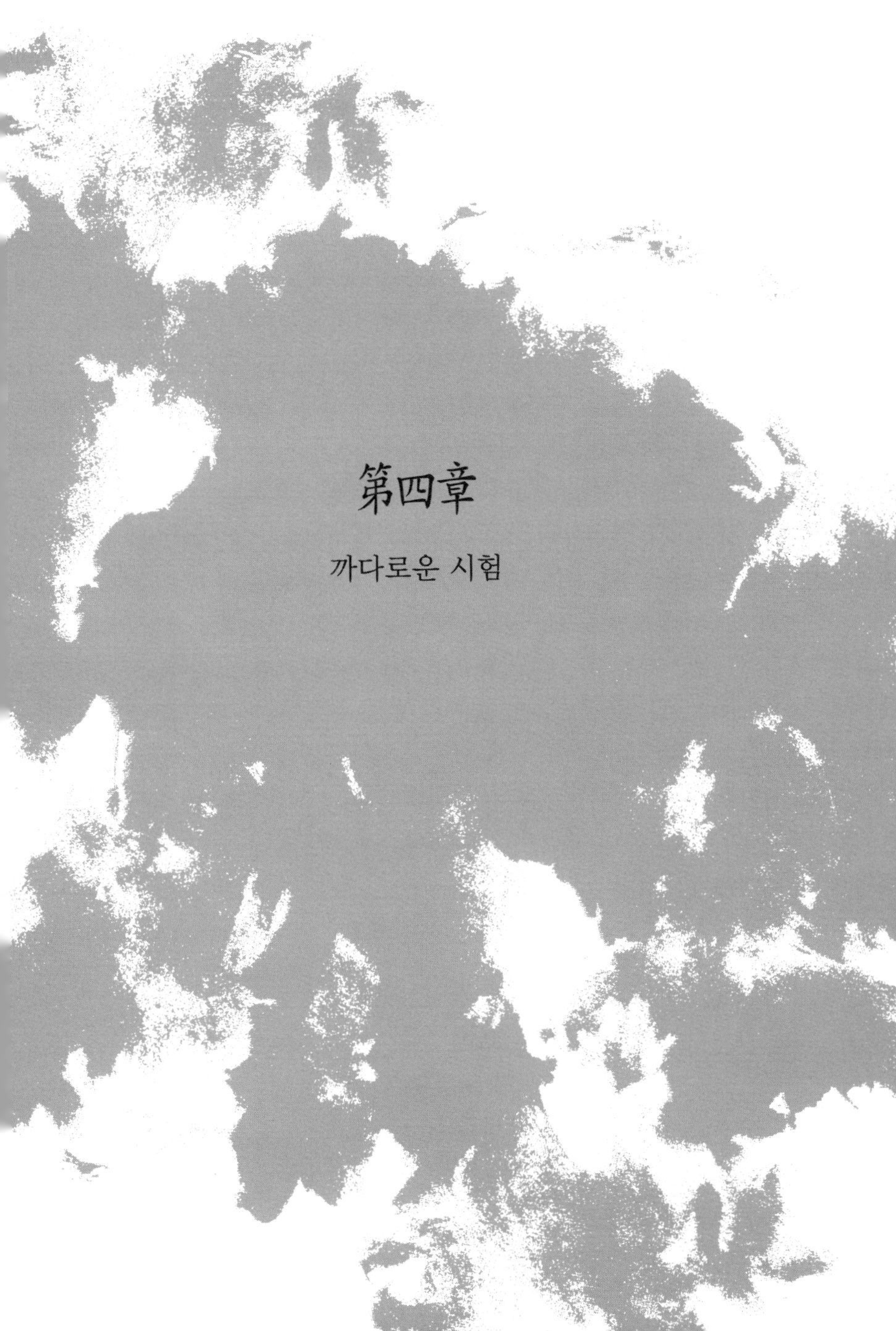

第四章

까다로운 시험

까다로운 시험 1

훈련장은 보통 때 받던 곳에서 조금 떨어진 곳에 있었다.

높다란 둔덕이었는데, 한쪽 귀퉁이가 폭우에 싹둑 잘려 나간 듯 자그마한 절벽으로 변한 곳이었다.

절벽 맞은편에 백팔룡이 각기 조별로 사이좋게 모여 앉아 있었다.

호광이 백팔룡들 앞으로 나서며 크게 외쳤다.

"이번 시험은 미리 예고한 듯이 독연에 대한 훈련입니다! 미리 말하는데, 눈 밝고 콧구멍 작은 지렁이만 살아남을 겁니다! 저기 저쪽에 보면 철창이 보일 겁니다!"

호광이 두툼한 손가락으로 가리킨 곳은 절벽 위에 아슬아슬 놓여져 있는 우리였다.

말이 우리였지 겉으로 보기엔 쇠로 만든 감옥과 다름없었
다.

위는 철판으로 막혀 있고, 나머지 좌우, 앞뒤는 철창으로 가
로막혀 있었다.

백팔룡의 시선이 일제히 철창 우리를 바라보고 있다는 걸
확인한 호광이 입을 열었다.

"지렁이들이 철창 안에 들어가면 밖은 철문으로 막힙니다."

호광의 말에 따라 철창 옆에 서 있던 네 명의 부교두가 팽팽
히 잡고 있던 줄을 놓았다.

그러자 철장 위에 연결되어 있던 거대한 철판이 내려와 쾅
하는 소리와 함께 철창을 감쌌다.

전후좌우 모든 방향이 거대한 철판으로 막히자, 철창은 커
다란 정육면체 쇳덩어리로 변했다.

호광이 말했다.

"이제 부교두 하나가 올라가 천장에서 독탄을 떨어뜨립니
다."

마치 예행 연습이라도 하는 것처럼 부교두 하나가 쇳덩이
위로 냉큼 올라가더니 품 안에서 무언가를 꺼내 드는 시늉을
하며 크게 외쳤다.

"준비!"

부교두는 허리를 굽혀 천장에 뚫려 있는 뚜껑을 열고는 손
으로 무언가를 집어넣는 시늉을 하며 다시 외쳤다.

"투입!"

부교두가 다시 작은 천장 위 뚜껑을 닫고 냉큼 내려왔다.

호광이 거기까지 확인하고는 말했다.

"이제 곧 독탄이 터집니다. 독연이 나옵니다. 그럼 여러분은 각오를 단단히 해둡니다. 그리고 조금 후면……."

부교두가 바둑판처럼 칸이 나눠진 커다란 나무 판을 들어올렸다.

나무 판 위엔 왼쪽 칸에 하나부터 여섯까지의 숫자가, 맨 윗칸에는 적(赤), 황(黃), 청(靑), 녹(綠), 흑(黑), 자(紫)의 여섯 가지 색의 점이 나란히 찍혀 있었다.

숫자와 점이 교차되는 곳엔 각기 획수 많은 글씨가 빼곡히 적혀 있어 눈이 어지러울 지경이었다.

호광이 말했다.

"정면에 보이는 철판 중앙에 저 판때기가 떡하니 나타납니다. 각자 들어가기 전에 저쪽 의자에 앉아 있는 부교두를 통해 두 개의 나무패를 받게 됩니다. 하나엔 지정하는 색이, 또 다른 하나엔 숫자가 적혀 있습니다. 예를 들어, 황색을 지정받고 다시 넷이란 숫자가 지정되면, 그 두 개가 교차되는 곳에 적혀 있는 해오라기 사(鷥)를 읽어야 합니다. 그리고 기억해 두어야 합니다. 잠시 후 판때기가 사라지고 문이 열리면 각자 지렁이들은 나란히 걸어나와 자신에게 지정된 글자를 크게 외칩니다. 아가리가 째지도록 복창합니다. 알겠습니까?!"

"옙!"

백팔룡들이 일제히 시원스럽게 대답했다.

하지만 마음까지 시원한 건 아니었다.

다른 것도 아닌 독 연기였다.

좁은 공간에서 눈이 씰룩댈 게 분명한데 거기다 조그만 구멍 사이로 지정된 글자를 읽는다는 건 불가능에 가까운 일이었다.

호광이 주위를 둘러보고는 다시 말했다.

"나중에 볼 판때기, 이거 아닙니다. 지금 죽어라 외워봐야 소용없습니다. 그리고 저 철로 만든 우리 안에는 각기 두 조가 나란히 손잡고 들어갑니다. 이때까지의 방법과는 달리 자신이 도전하고 싶은 조를 지정할 수 있습니다. 즉, 만만해 보이는 지렁이 한 조를 다른 한 조가 지정합니다. 이건 도전입니다. 물론 도전을 받아들이고 안 받아들이고는 지목받은 조원의 마음입니다. 그렇게 해서 반은 떨어지고 나머지 반은 맛있게 밥을 먹습니다. 자, 어느 조부터 시작하겠습니까?"

백팔룡들은 난데없는 이야기에 둘레둘레 주위를 둘러보기 바빴다.

차례차례 순서가 돌아오는 게 아니라 각기 만만한 조를 지정해 그 두 조만이 겨루는 것이었다.

자연히 가장 덜떨어지고 질이 낮은 조를 선택하는 게 유리했다.

제일 먼저 구조의 조장 엄경이 번쩍 손을 들었다.

호광이 엄경을 보고 고개를 끄덕였다.

"구조 조장이 먼저 손을 들었습니다. 매우 싸가지있는 행동입니다. 구조 조장은 상대를 지정해야 합니다. 어느 조입니까?”

확실히 이번 시험에는 구조에게 운이 따르는 게 틀림없었다.

평소 구조와 십육조는 꼴찌를 도맡아 사이좋게 나눠가지는 사이였고, 자연 이번 시험에도 다른 조의 지목을 가장 많이 받을 조가 될 거란 건 분명했다.

하지만 이번 시험은 독과 관련된 시험이었고, 약초꾼으로 생활해 온 조원이 하나 있는 만큼 자신이 있었다.

엄경이 큰 목소리로 외쳤다.

“우리 구조는 십육조를 원합니다.”

“그럴 줄 알았습니다. 십육조는 구조의 도전을 받아들일 겁니까?”

호광의 물음에 십육조 조장 가하준이 인상을 찡그리며 대답했다.

“물론입니다. 우리 십육조는 도전을 두려워하지 않습니다.”

말은 그렇게 했지만 사실 반은 잘됐다 싶고 나머지 반은 찜찜하기 그지없었다.

다른 잘나가는 삼조 등의 도전이 아니라는 점에선 안도했지만, 실력이 비등한 구조가 저렇게 자신만만하게 도전한다는 점에서는 불안했다.

“좋습니다. 구조와 십육조, 대결합니다. 두 조는 나란히 나무패를 받습니다.”

호광의 말에 두 조는 나란히 줄을 맞추어 부교두에게 나무패 두 개를 받았다.

각자 패에 적혀 있는 색과 숫자를 확인하고는 굳은 표정으로 쇠 우리 안으로 걸음을 옮겼다.

그러나 긴장으로 잔뜩 구겨진 십육조에 비해 구조는 무언가를 정신없이 얼굴에 처바르기 시작했다.

한 명이 가죽 포대에서 무언가 진득진득한 맑은 액체를 꺼내 각자 손바닥 위에 부어주자 그걸 얼굴에 정신없이 발랐다.

그 다음에는 웬 식물의 잎을 찢어 동그랗게 만든 것을 콧구멍 안에 쑤셔 넣었다.

거기서 그치지 않았다.

또 다른 푸른 잎을 꺼내더니 이번엔 눈가에 대고 비벼대는 것이 아닌가.

얼마의 시간이 지나지 않아 구조 사람들의 얼굴은 번질번질 윤이 나고, 콧구멍은 불룩했으며, 눈가는 너구리처럼 푸른 물이 들고서야 안심했다는 표정으로 쇠 우리 안으로 들어갔다.

호광이 고개를 끄덕이고는 큰 소리로 외쳤다.

"시합 개시!"

호광에 말에 따라 전후좌우 사방에 철판이 닫히고 부교두 중 한 명이 철판 위로 올라섰다.

마치 독연이 두섭다는 듯 멀찌감치 떨어진 채 의자에 나란히 앉아 구경하던 제이교두 민청에게 제삼교두인 엄조가 특유의 웃음과 함께 둘었다.

"흐으으, 내기하자. 넌 어느 조에 걸겠냐?"

민청이 짧게 대답했다.

"없어."

엄조가 대답이 마음에 든다는 듯 고개를 끄덕였다.

"흐으으, 내 생각도 그렇다. 우린 둘 다 이길 거다. 으흐흐."

엄조의 목소리는 보기보다 커서 듣고 있는 모든 백팔룡의 등줄기에 식은땀이 흘러내렸다.

철판 위로 올라간 부교두가 아주, 너무나, 지극히 조심스런 태도로 품 안에서 조그마한 함을 꺼냈다.

그리고는 부들부들 떨리는 손가락으로 커다란 콩알만 한 크기의 누런 환단 하나를 꺼내 들고는 흘깃 호광의 눈치를 보았다.

호광이 눈을 부릅뜨자 부교두가 꿀꺽 마른침을 삼키더니 무릎을 꿇고 조심스럽게 외쳤다.

"준비!"

누가 들어도 부교두의 목소리가 떨리고 있다는 걸 알 수 있었다.

부교두가 조그마한 뚜껑을 열고는 더욱더 조심스런 태도로 환단을 떨어뜨리며 외쳤다.

"투입!"

우다다!

부교두는 냅다 뚜껑을 닫고는 올라섰던 속도보다 몇 배는 빠르게 냉큼 철판에서 내려섰다.

그리고도 모자라 아예 멀찌감치 떨어진 곳으로 도망가듯 달려간 후에야 발을 멈추고 뒤돌아보았다.

숨 한두 번 몰아쉴 시간이 지난 후, 쇠로 만든 우리 안에서 작은 소리가 들렸다.

펑—!

귀 기울여 듣지 않으면 들리지 않을 소리였지만, 그것은 바로 독개 소상춘이 정성스럽게 만들었다는 독탄이 터지는 소리가 분명했다.

그리고는,

"꾸—에—에—에—엑—!"

갑자기 쇠 우리 안에서 돼지 멱따는 소리가 울려 퍼졌다.

"아—이—고—! 엄—니—!"

"살—려—주—세— 꾸—에—엑—!"

"항—복—! 무—조—건— 항—보— 꾸에엑!"

처절했다. 설령 지옥에 빠졌다 해도 저런 비명 소리는 토해 내지 못할 거란 생각이 들 정도로 처절하기 짝이 없었다.

하지만 비명 소리보다 더욱 무서운 상황이 벌어지고 있었다.

"……"

단말마의 짧은 비명 뒤로 우리에선 더 이상 아무런 소리도 들리지 않았다.

잠시 후 멀찌감치 떨어져 있던 부교두 중 하나가 조심스럽게 들고 있던 밧줄을 당겼다.

그러자 철컹 하는 작은 쇳소리가 들렸다.

호광이 크게 외쳤다.

"자, 이제 글자를 읽습니다! 색깔과 숫자가 일치하는 글자가 본인이 읽어야 하는 글자입니다! 자, 다 읽었습니까? 그럼 닫습니다!"

부교두가 밧줄을 늘어뜨렸다.

철컹─!

하지만 너무도 무서운 사실 하나.

비명 소리 이후에 쇠로 만든 우리 안에서는 대답 소리는커녕 인기척도 나지 않고 있었다.

그걸 보고 있던 백팔룡들이 웅성거렸다.

"저거, 죽은 거 아냐?"

"이거 너무 살벌하잖아!"

"조장, 아예 밥 굶는다고 말해! 어서!"

호광이 부릅뜬 눈으로 주위를 둘러보며 소리쳤다.

"지렁이들, 너무 시끄럽습니다! 시끄러운 조는 저 안에 두 번 처넣습니다! 나 호광이 그렇게 합니다!"

소란은 금방 평정되었다.

호광은 만족스럽다는 듯 다시 한 번 주위를 쓱 훑어보고는 부교두들에게 명령했다.

"자, 이제 문을 엽니다. 안에 있는 지렁이들은 각자 자신이 본 글자를 말합니다."

동서남북 네 방향으로 멀찌감치 떨어져 있던 네 명의 교두가 각자 밧줄을 조심스럽게 잡아당겼다.

끼이익—!

철판은 무거운 무게에 어울리는 굉음과 함께 천천히 틈을 벌리며 위로 들어올려졌다.

그리고 그 사이로 자욱히 피어오르는 황색 연기.

밧줄을 잡아당겨 철문을 열어가던 네 교두의 얼굴이 굳었다.

마치 저주스런 악귀라도 보듯 말없이 불안한 시선으로 연기가 바람결에 멀리 흩날려 가는 걸 볼 뿐이었다.

이윽고 활짝 날개를 펼친 새처럼 닫혀 있던 네 방향의 철문이 완전히 들리자 사람들은 그 안에서 축 늘어져 있는 열두 명을 볼 수 있었다.

두 눈은 완전히 까뒤집혀 허연 흰자위만 보였다.

눈뿐만 아니라 코와 입에선 알지 못할 분비물로 번질거렸다.

누구는 우리 구석에 얼굴을 처박은 채 엉덩이를 높게 위로 치켜든 자세로 굳어 있었고, 누구는 열 손가락에 피를 흘리고 있었다.

아마도 마지막 순간까지 철문을 박박 긁은 모양이었다.

그제야 백팔룡은 왜 우리를 쇠로 만들었으며, 또 철판으로 겉을 막았는지 알 수 있었다.

저런 상태에선 아무리 무공의 고수라도 철판을 뚫고 나올 수는 없었다.

또 절벽에 가까운 언덕에 우리를 가져다 놓은 이유도 알았다.

바람이 쌩쌩 부는 언덕에서만 저 독탄을 터뜨릴 수 있을 것이다.

그래야 더 피해가 심해지기 전에 황색 연기가 넓게 퍼져 멀리 보낼 수 있기 때문이리라.

부교두들은 황색 연기가 사라진 후에도 우리 안에 들어가지 않았다.

그렇게 독연의 기운이 아직 남아 있을지 몰라서 보낸 시간이 무려 일각이 넘었고, 그제야 헝겊으로 코와 입을 막은 부교두 셋이 천천히 우리 안에 들어가 반쯤 시체가 된 열두 명을 꺼내왔다.

눈을 까뒤집은 채 입에 거품을 물고 나란히 뻗어 있는 열두 명을 보며 호광이 물었다.

"자, 이제 자신이 본 글자를 하나씩 말합니다. 말 못하는 건 보지 못한 걸로 간주합니다. 구조, 본 사람 없습니까?"

당연히 대답이 없었다.

"그럼 십육조, 본 사람 없습니까?"

십육조 역시 대답이 있을 리 없었다.

호광이 고개를 끄덕였다.

"두 조는 안타깝게도 탈락입니다. 앞으로 더욱 분발 바랍니다."

호광의 말이 끝나자 세 명의 교두가 차례로 숨만 붙은 시체들을 질질질 한쪽으로 끌고 가 내팽개쳤다.

"자, 다음 조 도전합니다."

호광이 주위를 둘러보며 물었다.

백팔룡들은 모두 겁에 질린 눈으로 호광의 부릅뜬 눈을 쳐다볼 뿐이었다.

2

백팔룡들은 숨소리도 내지 않았다.

산에서 자란 약초꾼이 만든 비법의 액체를 얼굴에 처바르고, 콧구멍을 막고도 모자라 너구리처럼 눈에 약초를 발랐어도 아무런 소용이 없지 않은가.

조용한 적막을 백팔룡 중 한 무리가 깨뜨렸다.

서로 머리를 맞대고 '귀식대법(龜息大法)'이 어쩌고저쩌고, 횡경막을 들어올려 숨통을 막느니 어쩌니 중얼중얼거리고 있었다.

그걸 보고 있던 허주가 한숨을 내쉬었다.

"귀식대법이라……. 하긴, 삼조라면 가능하겠지. 정통으로 무공을 배운 두인이 많으니."

"귀식대법? 거북이가 숨 쉬는 방법이라니, 그게 뭐냐?"

진완이 묻자 허주가 고개를 끄덕였다.

"거북이가 물속에서 숨을 오래 참잖나. 그걸 두고 말하는 거야. 일종의 숨을 멈추는 고상한 방법이지. 고수들만 하는 거야.

나도 못한다고. 삼조니까 저런 방법을 쑥덕거릴 수 있는 거지."

진완이 별거 아니라는 듯 피식 웃었다.

"할 게 없어 거북이를 흉내 내다니! 그럼 진짜 거북이로 만들어주면 될 거 아니겠어?"

허주가 이건 또 무슨 소린가 싶어 진완을 멀뚱멀뚱 쳐다봤을 때, 저쪽에서 삼조의 조장 이응이 번쩍 손을 들었다.

"저희가 해보겠습니다."

호광이 반색하며 대답했다.

"오! 삼조 조장이 도전합니다. 이 호광이 기대하는 조입니다. 그래, 삼조는 어느 조를 상대할 겁니까?"

이응이 고개를 돌려 진완을 노려보며 말했다.

"우리 삼조는 감히 진완이 조장으로 있는 십일조와 겨루길 원합니다."

진완이 어이없다는 듯 이응을 쳐다보다 피식 웃었다.

"저 개자식들이!"

제일 먼저 반두홍이 발끈했다.

"무량수불~ 된통 걸렸구나!"

허주가 두 눈을 질끈 감았다.

"독갈룡, 이럴 땐 욕을 해도 돼!"

소극적인 옥기영마저 얼굴을 붉게 물들였다.

육상산은 손수건으로 이마를 닦는 손길이 빨라졌고, 손형인은 불편한 다리를 접어 뒤로 보내며 차가운 숨을 내뱉었다.

안 그래도 재수없던 삼조의 도전에 십일조 조원 모두가 후끈 달아오른 것이다.

호광이 물었다.

"삼조가 도전했습니다. 십일조는 도전을 받아들일 겁니까?"

진완이 고개를 끄덕였다.

"당연하지!"

이웅이 그런 진완을 비웃듯 쳐다보고 있었다.

삼조와 십일조가 천천히 걸어나와 두 개의 줄을 이루며 나란히 섰다.

나머지 백팔룡이 호기심이 잔뜩 담긴 눈으로 두 조를 바라보았다.

삼조는 비록 재수없긴 했지만 가장 빼어난 성취를 보여주고 있었다.

조장도 괜찮았고, 조원들 하나하나가 든든한 뒷배경을 지닌 고수급이었다.

하지만 남들을 깔보는 거만한 태도가 가장 마음에 안 들었다.

다른 한 조, 즉 십일조는 가장 화제가 되는 조였다.

실력도 종잡을 수 없고 조장도 개망나니다.

기련노마의 제자인 옥기영만 미끈한 외모에 괜찮은 솜씨를 지녔을 뿐 비 맞은 쥐 꼴인 도사 하나에 뚱보, 거기다 뒷골목 건달패에 다리를 저는 사람까지, 눈에 차는 사람은 하나도 없었다.

하지만 왠지 정이 가는 조라는 점은 분명했다.

다른 조를 돕는 일에 가장 열심이었다.

어려운 일이 닥쳤을 때 십일조가 제일 앞장서서 길을 뚫었다.

저러다 쫓겨나는 거 아닌가 싶을 정도로 가장 열심이었고, 가장 문제를 많이 일으켰다.

그래서 실력은 삼조에 비할 게 아니지만 백팔룡들의 마음은 하나같이 십일조가 이기길 바라고 있었다.

아니, 저 밉살스런 삼조의 콧대를 납작 눌러줬으면 하고 바랄 정도였다.

백팔룡의 열여덟 조 중에 가장 대비되는 두 조가 나란히 서서 부교두로부터 나무패 두 개를 전해 받았다.

진완이 흘깃 손에 든 두 패를 바라보았다.

하나엔 적(赤) 자가, 다른 하나엔 사(四) 자가 적혀 있었다.

'뻘건 줄에 네 번째 칸이라……'

진완이 기억해 두려 할 때, 밉살스런 이응의 목소리가 들렸다.

"이번 일은 요행수 따윈 없어. 누가 더 실력이 좋은가 확실히 재볼 수 있는 일이지. 너희들 중 옥기영 외에 귀식대법을 알고 있는 자가 있을까?"

"우린 말이야."

진완이 혀로 입술을 핥고는 대답했다.

"거북이 흉내 따윈 안 내도 된다고."

이응이 순간 눈을 동그랗게 떴지만 곧 두 눈에 비웃음을 가득 담아 웃으며 말했다.

"좋아. 기절은 하지 말라고. 추한 꼴은 보기 싫으니."

반두홍이 지지 않겠다는 듯 이를 으드득 갈았다.

"씨펄! 언 놈이 기절하는지 한번 보자고! 난 이를 악물고서라도 버텨낼 테니까!"

서로 마주 보며 으르렁거릴 때 호광이 크게 외쳤다.

"자, 그럼 두 조는 저 안으로 들어갑니다! 후딱후딱 들어갑니다! 뒤처져서 꿈틀거리는 지렁이는 두 번 들여보냅니다!"

호광의 말이 떨어지기가 무섭게 삼조와 십일조가 얼른 철문 안으로 들어갔다.

"씨팔! 으스스하군!"

반두홍이 가래침을 찍 뱉다가 인상을 찌푸렸다.

부교두들이 대강 청소를 했다고는 하지만 아직도 바닥엔 토악질한 분비물로 걸죽했다.

"시합 개시!"

호광의 큰 목소리와 함께 드디어 철문이 천천히 위에서 내려오고 있었다.

짙은 그림자가 사람들 머리 위로 내리깔리더니 드디어 쿵 하는 둔중한 소리와 함께 주위는 캄캄하게 변했다.

부교두가 독탄을 투입하기 위해 철문 위를 밟고 올라서는 소리가 들렸을 때, 진완이 씨익 웃으며 작은 소리로 외쳤다.

"시작!"

그 말이 신호였다.

　제일 먼저 옥기영의 손바닥이 옆에 있는 큼지막한 웅패의 가슴을 때렸다.

　비록 웅패가 종남파의 맥을 이은 고수였지만, 또 다른 고수인 옥기영의 갑작스런 기습까지 막아낼 수는 없었다.

　퍽―!

　“크흑―!”

　웅패가 두 무릎을 꿇는 것과 동시에 반대쪽에서 또 다른 소리가 튀어나왔다.

　휘익―

　손형인의 왼발이 허공을 가볍게 가르더니 서원달의 정수리에 박힌 것이다.

　아무리 서원달이 십팔난도문에서 이름난 고수라 해도 손형인의 빠른 발까지 막아낼 수는 없었다.

　“컥!”

　짧은 비명과 함께 서원달이 비틀거렸다.

　낙양칠수재라 거들먹거리던 상관패는 도사 허주가 맡았다.

　일단 허리를 바짝 숙인 허주가 상관패의 가랑이 사이로 고개를 쑥 디밀고는 양쪽 손으로 상관패의 허벅지를 바짝 안으로 끌어당겼다.

　“어, 어?”

　놀란 상관패가 어떻게든 떨어뜨리려 했지만 허주가 양다리를 안은 채 어깨로 밀자 넘어지지 않을 도리가 없었다.

　육상산의 무기는 바로 그 거대한 덩치였다.

삼조 중 나머지 두 명을 한꺼번에 거대한 배로 철창 끝으로 밀어붙였다.

반두홍은 육상산의 등 뒤로 기어오르다시피 올라가서는 두 명의 얼굴을 신나게 두들겼다.

비록 빠른 기습이었지만 어둠 속이 아니라면 이렇게 성공하지 못했을 것이다.

십일조는 삼조의 위치를 이미 파악해 둔 후 빠르게 움직였지만 삼조는 그러지 못했기 때문이다.

갑작스런 변고에 제일 놀란 건 독탄을 투입하기 위해 철판 위로 올라선 부교두였다.

안 그래도 강력한 독탄을 함에서 꺼내느라 가슴 떨려 죽겠는데 갑작스레 바닥 아래에서 알지 못할 소리가 들려왔기 때문이다.

퍽— 퍽— 퍽— 쿵—!

"야, 이 개종자들아!"

"무량수불~!"

"이건 반칙이닷!"

"반칙이 어디 있어, 이 개새끼들아!"

잠시 멍하니 있던 부교두는 손에 든 독탄을 보고서야 정신을 차릴 수 있었다.

그는 얼른 철문 바닥에 있는 작은 뚜껑을 열고는 크게 외쳤다.

"준비!"

천장 중앙에서 작은 빛이 쏟아져 들어오자 일방적이던 전세가 금방 바뀌었다.

제일 먼저 상관패가 자신의 두 다리 사이에 머리를 처박고 매달려 있던 허주의 등짝을 후려갈겼다.

"꽥!"

손형인의 화려한 발 그림자를 서원달이 양손으로 막았다.

빠빠박!

"비겁하군!"

웅패가 노해 부르짖으며 옥기영의 활짝 펴진 양 손가락을 주먹으로 맞서갔다.

밖에 나란히 줄 맞춰 앉아 있던 다른 백팔룡들은 눈을 동그랗게 뜨고 서로의 얼굴을 나란히 쳐다보았다.

'어떻게 된 게 이 두 조는 들어가자마자 시끄럽냐?'

영문 모를 시선이 오갈 때, 천장 위에 있던 부교두가 크게 외쳤다.

"투입!"

그 소리에 뒤늦게 진완이 움직였다.

물론 상대는 삼조의 조장 이응이었다.

이미 그렇게 덤빌 줄 알았다는 듯 이응은 가볍게 한 손을 들어올려 진완의 얼굴을 내려쳤다.

퍽 하는 소리와 함께 진완은 주위가 환해지는 듯한 느낌이 들었다.

아무리 몸이 단단해졌다 해도 상대는 걸음마 때부터 무공을 익혀온 사람이다.

하지만 진완에게도 나름대로의 비장의 무기 하나는 있었다.

결코 멈출 줄 모르는 뚝심, 바로 그것이었다.

퍽— 퍽— 퍽—

짧은 순간 진완의 얼굴에 이응의 주먹이 내리꽂혔다.

하지만 그래도 밀리지 않고 앞으로 걸은 덕분에 이응의 어깨를 붙잡을 수 있었다.

갑작스런 기습에 이응의 정신이 혼란스럽고 주위가 소란스럽지 않았다면 불가능한 일이었다.

바로 그 순간 천장의 조그마한 구멍에서 노란 콩알만 한 독탄이 뚝 떨어졌다.

"지금이야!"

진완이 외쳤다.

허주가 빠르게 상관패의 두 다리 사이로 파고들어 뒤로 돌아가더니 상관패의 널찍한 등판을 밟고 위로 솟았다.

마치 솔개가 병아리를 채듯 허공에 뜬 허주가 독탄을 가로채 손에 넣었다.

그 순간 비록 얼굴을 다섯 번 더 얻어맞고 어깨에 다섯 번의 공격을 받긴 했지만, 진완은 이응의 어깨를 붙잡은 손을 놓치지 않고 바짝 끌어당긴 다음 커다란 오른 주먹을 이응의 명치에 쑤셔 넣는 데 성공했다.

"컥—!"

이응이 숨이 막히는지 입을 쩍 벌렸다.

바로 그때, 허주가 손에 넣은 독탄을 이웅의 아가리에 던져 넣었다.

꿀꺽—!

이웅이 무언가를 삼키는 소리와 함께 천장의 자그마한 뚜껑이 닫혔다.

"성공이야!"

진완의 기쁜 환호성이 우리 안을 가득 채웠다.

갑작스런 변고에 모두의 손길이 멎었을 때, 또 다른 작은 소리가 이웅 뱃속으로부터 튀어나왔다.

펑—!

그건 분명 독탄이 터지는 소리였다.

3

진완이 뒤로 물러섰다.

적당한 적수를 찾아 한바탕 드잡이질을 벌이던 십일조 조원들 역시 손을 멈추고는 진완을 따라 천천히 뒤로 물러섰다.

반대로 삼조는 이웅의 주위로 몰려들었다.

"뭐야, 뭐야? 응? 어떻게 된 거야?"

상관패가 주위를 둘러보며 외쳤지만 방금 전 무슨 일이 있었는지 아무도 보질 못했다.

더구나 천장의 뚜껑이 닫힌 지금은 더더욱 상황 파악이 되질 않았다.

"이봐! 조장! 정신 차려!"

웅패가 이웅의 양어깨를 붙잡고 흔들며 물었지만, 지금은 이웅이 어떤 표정을 짓고 있는지 알 수가 없었다.

이웅의 반응은 말이 아닌 울림이었다.

끄으으윽!

부글부글대는 걸죽한 용암이 끓어 넘치듯 이웅의 뱃속 저편에서 무언가 끓어오르는 울림이 느껴질 뿐이었다.

그때 철컥 하는 소리와 함께 정면에 있던 철벽 중앙에서 하얀 빛무리에 휩싸인 커다란 널빤지가 튀어나왔다.

스스로 빛을 내는 것은 아니었다. 단지 너무도 어두운 우리 안이라 그렇게 보였을 뿐이다.

빛에 의지해 확인해 본 이웅의 얼굴은 그야말로 샛누랬다.

길거리를 걷다 보면 발에 차이듯 만날 수 있는 누렁이보다도 더 누랬다.

삼조가 이웅을 돌볼 것인지, 아니면 널빤지에 쓰여진 글자를 읽어야 할지 몰라 우왕좌왕할 때, 야속하게도 널빤지가 눈앞에서 사라졌다.

"니미럴!"

어울리지 않게도 종남파의 맥을 이은 웅패가 욕설을 내뱉었다.

이웅을 안고 부축하느라 글자를 읽어내지 못했기 때문이다.

하지만 펄펄 끓고 있을 웅패의 마음보다 더 다급한 일이 눈앞에서 벌어지고 있었다.

"딸꾹—"

정신을 잃고 있는 이웅이 딸꾹질을 시작한 것이다.

공포스럽게도 이웅의 콧구멍과 입에서 누런 연기가 풀풀 새어 나왔다.

"꾸에에엑—!"

그 순간 이웅의 양 겨드랑이 사이에 팔을 집어넣고 마주 보며 안고 있던 웅패가 토악질을 시작했다.

토사물이 고스란히 이웅의 낯짝에 쏟아져 내렸다.

이젠 이웅의 콧구멍뿐 아니라 귓구멍에서까지 노란 한줄기 연기가 피어오르자 우리 안에 있던 모든 사람들은 철벽에 기댄 채 눈을 부릅떴다.

다행히 그 순간 철문이 천천히 위로 들리기 시작했다.

철문 밖에서 긴장한 채 바라보던 백팔룡들은 어이가 없었다.

삼조와 십일조는 뭐가 달라도 다를 거라 기대했다.

하지만 이렇게까지 멀쩡하리고는 상상도 하지 못했다.

철창 안의 사람들은 서로를 노려보고 으르렁거린다는 것만 빼면 너무나 멀쩡했다.

단지 십일조 조장의 얼굴이 약간 부어오르고 한줄기 코피를 흘린다는 것과 삼조의 조장이 누렇게 뜬 얼굴로 아직도 토악질을 하고 있는 곰 같은 웅패의 품에 안겨 있다는 것만 빼면 들어가기 전과 별달리 달라진 게 없었다.

부교두가 멀뚱멀뚱 쳐다보다 천천히 다가가 문을 열었다.

"피해!"

허주의 외침이 마치 신호라도 된 것처럼 삼조 조장 이웅과 웅패만을 남겨놓고 나머지 열 명이 우르르 철창 밖으로 서둘러 빠져나왔다.

부교두가 철장 안으로 들어가 이리저리 살폈지만 어느 곳에도 독탄의 흔적은 발견되지 않았다.

부교두가 진완의 뒤통수에 대고 물었다.

"독탄은? 불량품이었나?"

진완이 뒤도 돌아보지 않고 대답했다.

"삼켰수."

"누가?"

부교두가 두리번두리번 살피다 아직 철장 안에 남아 있는 두 명을 보고야 말았다.

귓구멍과 콧구멍으로 한줄기 노란 연기가 새어 나오는 이웅과 그 앞에 무릎을 꿇고 이웅을 안은 채 온갖 분비물을 토해내고 있는 웅패를 본 부교두의 눈이 화등잔만 하게 커졌다.

바로 그때였다.

"꺼어억—!"

이웅이 시원하게 트림을 토해냈다.

"꾸에에엑—!"

역시나 박자 맞추어 웅패가 토악질을 시작했고, 그걸 본 부교두가 입을 크게 벌렸다.

"꾸에에엑—!"

상황이 어떻게 돌아가고 있는 것인지 제일 빨리 눈치 챈 것은 역시 교두 셋이었다.

그리고 세 교두 중 공포의 독탄 곁으로 다가갈 생각을 한 것은 역시나 미친 게 분명한 적발귀 엄조였다.

엄조는 바람처럼 달려가 철장의 문을 열고는 부교두의 뒷덜미를 잡아 멀리 던졌다.

그 다음 웅패를 이웅의 몸에서 떼어내고는 역시나 멀리 던졌다.

이제 남은 것은 코와 귀에서 좀 더 많은 노란 연기를 내뿜고 있는 이웅뿐이었다.

엄조는 인상을 잔뜩 찌푸리고는 조심스럽게 이웅의 뒷덜미를 잡고 철장을 나온 후 이웅의 엉덩이를 발로 냅다 걷어찼다.

뻥— 피유우우우—

둔탁한 타격음과 함께 이웅은 볼썽사나운 모습으로 바람을 가르며 절벽 아래로 떨어졌다.

독탄을 삼킨 이웅은 움직이는 폭탄이었다.

"하악~ 하악~ 하악~"

헐떡이는 이웅의 눈과 코, 그리고 귀에서는 노란 연기가 끓는 물주전자 주둥이에서 수증기가 빠져나오듯 삐익 하는 소리와 함께 새어 나오고 있었으니까.

엄조의 방식이 무지막지하긴 했지만, 지금의 상황에선 최선의 선택이었다.

조금 높은 절벽이었지만 이응의 무공을 감안하면 타박상 정도에 그칠 게 분명했다.

그리고 백팔룡은 그 순간 독연에 대비한 훈련은 불가능한 것이란 걸 깨달았다.

수백 번 독탄에 노출되는 훈련을 거친다 해도 반응은 항상 같았을 거란 걸 무공 높은 엄조가 확실히 보여주고 있었기 때문이다.

이응을 발로 찬 뒤, 곧바로 허리를 접고 엎드린 엄조가 토악질을 시작했다.

"꾸에에엑—!"

한바탕 소란 아닌 소란이 지나간 후, 호광이 눈을 부라리며 자신 앞에 서 있는 열 명을 쳐다보았다.

아직 절벽 아래에서 기절한 채 기어오르지 못하고 있는 이응과 한쪽 구석에서 정신을 잃은 채 큰대 자로 뻗어 있는 웅패를 뺀 나머지 사람들이었다.

철탁탑 호광이 콧구멍을 벌렁거리며 물었다.

"자, 이제 자신이 본 글자를 하나씩 말합니다. 말 못하는 건 보지 못한 걸로 간주합니다. 삼조, 본 사람 없습니까?"

삼조의 남은 네 명은 서로의 얼굴을 쳐다보았다.

그나마 서원달이 주저주저하며 손을 들어올렸다.

"녹색의 육 번, 뉘우칠 참(懺) 자를 보았습니다."

"맞습니까?"

호광이 나무패를 나눠주던 부교두를 보며 물었다.

"삼조의 서원달, 참 자가 맞습니다."

"좋습니다. 그럼 다른 조원은? 대답이 없다는 건 보지 못한 걸로 간주합니다. 나머지 삼조 중 본 사람은 없습니까?"

대답이 없었다.

그저 원기 서린 눈으로 십일조를 노려볼 뿐이었다.

호광이 고개를 끄덕였다.

"삼조, 탈락입니다. 밥 없습니다. 그럼 나머지 십일조는?"

허주가 자랑스럽다는 표정으로 손을 번쩍 들었다.

"청색의 두 번째 칸, 땔나무 초(樵) 자가 분명합니다."

부교두가 맞다는 듯 고개를 끄덕였다.

그때, 진완은 자신의 옆에 나란히 서 있던 독갈룡 반두홍이 혼잣말처럼 중얼거리는 걸 들을 수 있었다.

"씨발……."

그때 손형인이 작지만 분명한 태도로 호광을 향해 말했다.

"녹색 다섯째 칸, 잘 수(睡)."

호광이 고개를 끄덕였다.

"부교두가 맞다고 합니다. 그럼 맞은 겁니다. 그럼 다음."

호광이 육상산 옆에 서 있는 옥기영을 보며 물었을 때, 진완은 다시금 반두홍이 고개를 푹 숙인 채 나지막하게 중얼거리는 소리를 들었다.

"쌍."

호광의 질문을 받은 옥기영이 말했다.

"저는 흑색의……."

그때 옥기영의 말을 끊고 진완이 손을 번쩍 들었다.

"어이, 첫째 교두 아저씨!"

호광과 옥기영이 진완을 쳐다보자 진완이 태연하게 말했다.

"소용없수. 우리 탈락이우. 밥 안 줘도 된다구요."

"…그게 무슨 뜻입니까? 진완 훈련생은 알기 쉽게 설명합니다."

호광이 부리부리한 눈으로 진완을 쏘아보며 묻자 진완이 싱긋 웃었다.

"난 글을 못 읽어!"

"……!"

호광은 아무 말 없이 진완을 쳐다보다 큰 소리로 외쳤다.

"십일조도 탈락!"

그 말을 기다렸다는 듯 진완이 몸을 홱 돌려 백팔룡의 자리로 걸어갔다.

눈을 동그랗게 뜨고 있던 나머지 십일조 역시 졸래졸래 진완의 뒤를 따라 걸었다.

제자리로 돌아온 반두홍이 진완의 어깨를 툭툭 치며 낄낄거렸다.

"난 조장도 글을 모르는 줄은 몰랐네. 이거 더 친근감이 드는데? 나도 날 데려갔던 꼰대가 글을 알려주려고 했지만, 미친 듯 밖으로만 싸돌아다녀 글을 배우지 않았거든. 내가 살았던 곳에선 글공부 따윈 소용없었다구."

그 모습을 뒤에서 지켜보던 육상산이 한심하다는 듯 말했다.

"넌 조장이 글을 모른다고 생각하나?"

"그럼?"

영문 모르겠다는 듯한 얼굴로 반두홍이 묻자 육상산이 한숨을 쉬며 말했다.

"조장은 널 창피하게 만들고 싶지 않았던 거다. 다른 백팔룡들 앞에서 말이야."

잠시 후, 그제야 무슨 뜻인지 알겠다는 듯 반두홍의 얼굴이 일그러졌다.

반두홍이 고개를 푹 숙였다.

"씨발, 그런 거였냐?"

창피함에 얼굴이 화끈 달아올랐는지 반두홍의 대가리에 새겨진 전갈이 붉은색으로 변했다.

진완이 괜찮다는 듯 반두홍의 어깨를 주먹으로 툭 치며 말했다.

"괜찮아. 사내는 갑빠야! 어느 놈은 글자를 잘 알고, 어느 놈은 멋있게 사는 법을 알지!"

그제야 반두홍이 씁쓸하게 웃으며 고개를 들었다.

"조장, 고맙다."

진완이 눈을 부라리며 말했다.

"그렇다고 니가 멋있게 산다는 뜻은 아니었어!"

"씨발, 나도 안다! 그래도 멋있는 조장을 둔 게 참 좋다!

씨발!"

반두홍의 이번 '씨발'에는 욕설을 싫어하던 옥기영마저도 빙그레 웃었다.

시험은 그 뒤로도 일곱 번이 더 치러졌다.

진완의 조가 시험을 치른 후 호광이 눈을 부라리며 '안에서 치고받는 건 괜찮습니다. 죽이지만 않으면 됩니다. 하지만 독탄, 딴 놈 아가리에 처박는 건 안 됩니다. 잘못하면 사람 죽습니다'란 말에 분위기가 조금 가라앉았지만 이미 백팔룡은 독탄의 위력을 직접 눈으로 봐서 그런지 체념한 듯 고개를 푹 숙이고 철창 안으로 들어갔고, 널브러진 채 들려 나왔다.

그렇게 백팔룡 중에서는 독탄 시험에 통과한 조가 단 하나도 없게 되었다.

으슥한 저녁이 되어 호광의 '오늘은 참 아쉽습니다. 전부 밥 없습니다. 또 밖에서 자야 합니다. 비가 와도 밖에서 잡니다. 눈이 와도 밖에서 잡니다. 다 니들이 잘나지 못한 탓입니다'란 말을 끝으로 훈련은 끝났다.

세 교두와 여덟 부교두가 모두 제자리로 돌아가고, 황량한 동산엔 백여덟 마리 지렁이가 지친 몸뚱이를 땅바닥에 누이고 꿈틀거리고 있었다.

그중 한 마리인 진완이 출출한 배를 쓰다듬으며 입맛을 쩝쩝 다실 때, 육상산이 유들유들 웃으며 진완의 귓전에 대고 속삭였다.

"조장, 걱정 마. 이따 으슥한 밤이 되면 먹을 게 생기니까."

“무슨 뜻이야?”

“내가 누군지 잊었어? 호화상단의 전귀 육상산이다 이 말이야.”

“그래서?”

“돈이면 귀신도 부려. 그런 요물이 바로 돈이지. 그런데 까짓거, 부교두 하나 못 구워삶겠어?”

“그럼?”

진환이 묻자 육상산이 잔뜩 소리를 죽인 채 말했다.

“내가 비밀 쪽지 하나 써주면 그게 곧 돈이다 이거야. 가까운 당포(當鋪)에 내밀면 곧 돈으로 환전이 가능하거든. 이따가 뒷간 뒤로 가면 우리 조 먹을 건 비밀스러운 곳에 묻혀 있을 거라고. 깔고 자기 좋게 모포도 몇 개 준비해 두라고 했으니까.”

“그으래?”

진환의 눈빛이 반짝였다.

진환은 벌떡 몸을 일으켜 앞에서 커다란 얼굴로 해실해실 웃고 있는 육상산의 멱살을 잡아당긴 후, 두툼한 귓전에 대고 조그맣게 속삭였다.

“그렇다면 몇 개 더 준비해 줘야겠어.”

第五章

고수의 눈물

고수의 눈물 1

　서럽고 차가우면서도 사람 울컥하게 만드는 물건이 있다면 백팔룡은 주저없이 '밤이슬'이라 답할 것이다.

　그것도 시험에 떨어져 주린 배를 부여잡고 땅바닥에 누운 채 맞이하는 밤이슬은 정말이지 참기 어려운 물건이었다.

　그렇게 밤이슬을 맞으며 쳐다본 밤하늘은 유독 더 밝았고, 그래서 더 서러웠다.

　백팔룡들 나이가 몇 살만 더 어렸어도 이미 훌쩍훌쩍 울어 댔을지도 몰랐다.

　하지만 누가 뭐래도 오늘 밤 가장 서러운 사람은 따로 있었다.

　너무도 잘난 사람인, 아니, 너무도 잘난 사람이었던 삼조의 조장 이웅이었다.

이웅은 퀭한 눈으로 밤하늘을 쳐다보았다.

홀쭉해진 뺨에 느껴지는 두 줄기 물기는 그저 달이 너무 밝은 탓이리라.

오늘따라 바람까지 을씨년스러웠다.

'무심련의 련주 자리가… 이럴 가치가 있는 것일까?'

이웅이 저도 모르게 진지한 태도로 삶을 반추하고 있을 때, 무언가 저쪽에서 투박한 발자국 소리가 들렸다.

이웅은 고개를 돌려 그 검은 그림자를 쳐다보았다.

"잉?"

이웅은 그저 눈을 크게 뜨고 이상한 신음성만 토해놓을 뿐이었다.

지금의 상황에서는 자신을 키워준 어른 얼굴보다 더 잊지 못할 낯짝이 하나 있는데, 지금 눈앞에 보이는 그림자가 아무래도 그 낯짝과 비슷해 보였기 때문이다.

성질 같아선 한바탕하고 싶었다.

하지만 이미 그럴 기력은 하나도 남아 있질 않았다.

대신 생생한 상관패와 서원달이 그 그림자를 향해 욕설을 내뱉었다.

"이런! 네놈이 무슨 배짱으로 여길 왔느냐!"

다가온 그림자 진완이 웃으며 손을 흔들었다.

"어이, 흥분하지 말라구. 힘 빠지니까."

서원달이 눈을 까뒤집듯 노려보며 으르렁거렸다.

“지금 흥분을 안 할 수가…….”

툭―

서원달은 멍하니 진완이 발밑에 던져 놓은 보따리를 쳐다보
았다.

“이게 뭐냐?”

서원달은 입술을 혀로 축이며 말했다.

진완의 설명이 없어도 서원달은 그 안에 아주 맛있는 그 무
언가가 들어 있다는 것을 예민한 코로 느끼고 있었다.

아니, 코보다 먼저 꼬르륵 소리가 나는 뱃속이 먼저 냄새를
맡았는지도 몰랐다.

“신경 쓰지 말고 먹어. 힘은 힘대로 쓰고 못 먹어 배곯는 게
세상에서 제일 몹쓸 짓이니까.”

서원달의 머리 속엔 아무것도 남아 있지 않았다.

먹어! 먹어! 먹어! 먹어……!

진완의 말속에 들은 단 한 단어만 머리 속을 맴돌 뿐이었다.

“아참, 그 밑에 보면 두툼한 담요도 있을 거야. 푹신하진 않
아도 밤이슬 막아줄 정도는 돼.”

두툼한 담요! 두툼한 담요! 두툼한 담요! 두툼한……!

서원달은 갑자기 한기가 느껴져 소피 본 후처럼 진저리쳤
다.

상관패는 뼛속까지 낙양칠수재가 맞았다. 지금도 입가엔 침
한줄기를 흘러내리면서도 체면을 차리고 있었다.

“어허, 이래도 되는지 모르겠네. 그래도 여기선 밥을 금지시

켰는데……."

진완이 피식 웃었다.

"지들이 안 준다는 거잖아. 우리가 알아서 먹겠다는데 뭐 어쩌겠어. 일단 꿀꺽 삼키고 나면 손을 넣어 뱃속에서 꺼낼 거야, 어쩔 거야."

'하기야 그렇지. 하지만 호광 하는 짓 보면 그러고도 남을 놈 같던데……. 한데 이 자식, 우습게만 봤는데 배짱도 좋고 배포도 크고 담력도 괜찮네. 십일조 조장이라 우습게봤는데 딱 조장감이로구나.'

삼조의 머리 속에는 이런저런 생각이 얽혔지만 시선만은 큼직한 보따리에서 떨어질 줄을 몰랐다.

그때 이응이 힘없는 목소리로 말했다.

"가져가게."

'으응?'

이건 또 무슨 개소린가 하는 눈초리를 삼조 조원들이 일제히 이응 조장을 쳐다보았다.

이응이 퀭한 눈으로 진완을 노려보며 힘없이 말했다.

"우리 삼조, 아직 죽지 않았네. 다른 사람도 아닌 십일조의 도움 따윈 필요없어."

진완이 그답지 않게 진지한 눈빛으로 이응을 쳐다보았다.

"니가 조장이냐?"

"무슨 뜻으로 묻는 것이냐?"

"니가 지키려는 게 네 알량한 자존심이냐, 아니면 삼조 조원들이냐, 그걸 묻는 거지.”

“……!”

이응은 저도 모르게 자신의 조원들을 쳐다보았다.

모두들 자신의 얼굴을 쳐다보고 있었다.

만약 자신이 받지 않겠다고 말한다면 그들 역시 힘차게 고개를 끄덕여 동의해 줄 것이다.

그들은 연신 뱃속에서 꼬르륵 소리가 나면서도 참을 것이다.

자신을 조장으로 기꺼이 인정하고 있었기 때문에 가능한 일이었다.

그런데 자신은? 스스로 조장다운 행동을 했던가?

조장이라면 뭔가 달라야만 했다. 과연 다른가?

이응은 한 무리의 우두머리라면 그 소속원들을 위해 희생해야 한다고 생각해 왔고, 그렇게 살아왔다고 자부했다.

설령 그게 목숨이라도 때때로 위기가 닥치면 초개같이 버려야 한다고 굳게 믿었다.

그런데 희생해야 할 게 목숨이 아닌, 목숨보다 더한 ‘자존심’이 될 수도 있다는 사실을 지금 이 순간 처음 깨달았다.

이응이 한숨을 쉬고는 대답했다.

“예로부터 원(怨)은 뼈에 새기고 은(恩)은 영혼에 새기란 말이 있다. 물건은 받겠다. 대신 부탁이 있으면 말하라. 나 이응에게. 이건 삼조의 사람들과는 상관없는 일이다. 그러니까 나 이응에게 부탁하라.”

진환이 피식 웃었다.

"거참, 부담 갖지 말라니까 그러네."

"몸은 편해져도 마음이 불편해질 것 같아서 그렇다. 지금이 아니라도 좋다. 언제든 원하는 때에."

"좋아, 그럼 부탁하지."

기다렸다는 듯 말하는 진환의 얼굴을 '역시 이놈은 이런 놈이었어' 라는 생각과 함께 이응이 퀭한 눈으로 쳐다보았다.

진환이 말했다.

"어이, 삼조 조장. 배 채운 다음 저 뒤로 나와. 아참, 잊을 뻔했네. 오늘 밥과 잠자리는 호화상단의 전귀 육 나으리가 베푸는 거야. 너희들 것뿐만 아니라 다른 조한테도 다 돌렸으니까 부담 갖지 말고. 호화상단의 전귀 육 나으리가 꼭 전해달라더군. 그럼."

진환이 몸을 돌려 제자리로 돌아갔다.

그래도 삼조는 다른 조와 다른 점이 있었다.

보따리의 냄새를 맡자마자 덥석 잡아간 다른 조들과는 달리 삼조는 그래도 진환의 모습이 멀리 사라질 때까지 기다리는 여유와 자존심은 있었기 때문이다.

'진환, 눈여겨봐야겠군!'

어쩌면 련주 자리를 두고 겨룰지도 모른다는 불길한 예감에 이응은 진환의 등을 한참이나 노려보았다.

물론 손엔 큼직한 닭다리 하나를 들고서.

2

"말은 전했어?"

자리에 돌아온 진완에게 육상산이 두툼한 눈꺼풀을 치켜 올리며 물었다.

"물론이지. 호화상단의 전귀 육 어르신이 베푸는 거라고 말해놨어. 어이, 거지도사랑 기련소마(祁連少魔)는?"

허주가 고개를 끄덕였다.

"내가 맡은 조는 다 돌렸지. 구조는 너무나 황공해서 더러운 내 발바닥까지 핥으려 들더군. 무량수불~"

옥기영은 곰곰이 생각에 잠겼다가 진완이 말한 기련소마가 자신을 뜻하는 거란 걸 깨달았다.

하긴 스승이 기련노마로 불리니 자신이 기련소마로 불리는 거야 어쩌면 당연한 일일지도 몰랐다.

아니, 기련괴물이라 불려도 괜찮았다. 아무리 못해도 도사 허주의 '거지도사' 보다는 백번 낫지 않은가.

잘못하면 자신 역시 '곱상한 계집애' 로 불릴 뻔했다는 걸 깨닫자 더욱 '기련소마' 가 마음에 든 옥기영이 미소를 지으며 고개를 끄덕였다.

"십육조 역시 마찬가지였어. 부탁 있으면 말하라더군. 지옥불만 빼놓고 다 뛰어들겠다고 하던데?"

진완이 피식 웃고는 육상산에게 물었다.

"어이, 돼지새끼. 구하라는 건 구했나?"

육상산이 끄덕였다.

"구하기 어려웠어. 돈을 많이 써야 했다고."

진완이 수고했다는 듯 육상산의 어깨를 다독이고는 이번엔 독갈룡 반두홍에게 물었다.

"개대가리, 대강 계획은 짰어?"

반두홍이 고개를 저었다.

"제길, 정보가 부족해. 이건 우리 뒷골목에서도 큰 건수라고. 만만하게 덤빌 일이 아니란 말이야."

손형인이 맞다는 듯 옆에서 고개를 끄덕였다.

진완이 그럴 줄 알았다는 듯 웃으며 말했다.

"어려워야 더 재밌지. 개대가리랑 망둥어는 머리를 잘 맞대 보란 말이야. 알았어?"

개대가리 반두홍과 망둥어 손형인이 나란히 고개를 끄덕였다.

'망둥어?'

무슨 뜻인지 몰라 손형인을 바라보던 옥기영이 저도 모르게 무릎을 탁 하고 쳤다.

제법 괜찮게 생기긴 했지만 손형인의 두 눈은 남들보다 두 배쯤 튀어나와 있었다.

앞에서 보고 옆에서 보고 뒤집어 봐도 영락없는 망둥어였다.

옥기영은 언제부터 이들이 막역한 사이가 되었는지 궁금해
졌다.

'거지도사' 허주, '기련소마' 옥기영, '돼지새끼' 육상산,
'개대가리' 반두홍, '망둥어' 손형인.

절묘하게 어울리는 별명이었지만, 그보다 그렇게 불리고도
태연히 진완을 쳐다보는 십일조 조원들이 더 신기해 보였다.

분명 독기 빼면 시체인 반두홍마저 자부심을 가지는 '독갈
룡' 대신 '개대가리' 라 불렸지만 별다른 발작을 하지 않았다.

도리어 조심스레 진완에게 묻기까지 했다.

"어이, 미친 조장. 정말 하긴 할 거야?"

"해야지. 그러니까 우리도 든든하게 먹어둬야 한다고."

진완이 고개를 끄덕이는 걸 보고서야 조원 모두가 진완을
'미친 조장' 이라 부르기로 했다는 걸 알 수 있었다.

그때였다.

"흐으, 뭐 하냐?"

옥기영은 뒷덜미의 솜털이 곤두서는 걸 느꼈다.

기척을 숨기고 이렇게 가까이 다가올 수 있는 사람은 몇 되
지 않았다. 그리고 저 특이한 말투는?

얼른 뒤돌아본 옥기영은 아니나 다를까, 불붙은 듯한 붉은
머리카락의 주인공 적발귀 엄조를 볼 수 있었다.

막 오리 다리를 집어 들고 한입 물었던 개대가리 반두홍이
눈살을 찌푸린 채 조그맣게 중얼거렸다.

"씨발, 엿됐네."

백팔룡 중에 독연 시험을 통과한 조는 하나도 없었다.

그 결과 밥도 없고, 숙소도 없었다.

그런데 자신들은 지금 두툼한 모피 위에서 신나게 만두와 고기를 뜯고 있지 않은가!

엄조가 광기로 번질거리는 눈동자를 데구루루 굴리며 물었다.

"뭐 하냐? 흐으, 너희들, 뭐 먹냐?"

모두 긴장으로 굳어 있을 때, 진완이 유들유들하게 웃으며 말을 건넸다.

"아, 보면 모르슈? 여기 옆에 와 앉으슈. 만두가 제법 맛있수."

너무도 태연한 태도에 도리어 엄조가 머리를 벅벅 긁으며 물었다.

"너희들, 흐으… 먹으면 안 되는 거 아니었냐?"

혀로 입술을 핥자 번질거리는 입술 때문에 엄조의 얼굴은 더더욱 미친놈다웠다.

진완이 자신 옆의 빈자리를 손바닥으로 툭툭 치며 말했다.

"안 되긴, 우리가 우리 힘으로 찾아 먹겠다는데 뭘. 여기 앉으슈. 늦으면 국물도 없수."

엄조가 냉큼 진완의 옆에 쪼그리고 앉았다.

마치 말 잘 듣는 붉은 털 개 한 마리를 보는 것 같았다.

엄조가 맘에 든다는 듯 히죽 웃으며 말했다.

"난 오리 고기가 좋더라. 흐흐흐……"

진완이 오리를 잡고는 다리 하나를 북 찢어 엄조에게 내밀었다.

엄조가 냉큼 잡아채서는 입에 넣고 우걱우걱 씹었다.

그 모습을 본 십일조 조원들은 일제히 자신들의 미친 조장에게 감탄했다.

역시 조장은 달랐다.

조장은 미친개를 다루는 법을 알고 있었다.

아니면 죽이 잘 맞아 돌아갈 만큼 조장 역시 미쳤거나…….

엄조가 오리 다리를 입에 넣고 볼을 오목하니 오므려 가볍게 한번 빨자 오리 다리가 뼈로 변해 엄조의 입에서 나왔다.

굉장한 묘기를 보는 듯한 눈빛으로 자신을 쳐다보자 엄조가 민망하다는 듯 웃었다.

"내가… 흐으… 좀 잘 먹지? 흐으."

"무심련에선 교두들 야참도 안 챙겨줘요?"

"안 준다. 원래 주는 거였냐? 흐으."

"그럼 밤도 긴데 교두들은 뭐 하우?"

"호광은 서류 정리, 민청은 무공 닦고, 난 개나 쥐 잡으러 다닌다. 흐으."

"개나 쥐는 왜?"

"그냥. 흐으……."

그랬다. 엄조는 진정 미친놈이었다.

"그나저나 호광 교두가 서류 정리를 한다구요?"

진완이 못 믿겠다는 듯 물었다.

"진짜다. 호광, 애들 자료 정리하고, 게다가 매일 특이점과 보충해야 할 모자란 점, 꼬박꼬박 적어 넣는다. 애가 보기보다 꼼꼼하다. 흐으……."

진완이 색다른 점을 발견했다는 듯 입술을 오므리고 작은 탄성을 토했다.

"호오~"

"호광, 책임감있다. 흐으… 만두도 맛있네? 흐으……."

"민청 교두는?"

엄조가 민청 애기가 나오자 눈살을 찌푸렸다.

"민청, 눈도 깜빡 안 한다. 맨날맨날 눈 반짝반짝한다. 민청은 매일 방에 앉아 무기 닦는다. 책 본다. 내공 수련한다. 눈 반짝반짝 밤샌다. 흐으……."

"그럼 민청 교두 눈물 흘리는 거 못 봤단 말이우?"

"못 봤다."

"그래도 하품하면 눈물이야 나겠지. 사람인데."

"절대 아니다. 민청 눈알, 항상 반짝반짝거린다. 그 자식, 하품해도 눈물 안 난다. 신기한 놈이다. 지 부모 죽었다 해도 눈 반짝반짝할 놈이다. 흐으, 나보다 더 이상한 놈이다."

"설마……."

믿기지 않는다는 듯 진완이 고개를 젓자 엄조가 펄쩍 뛰었다.

"진짜다. 내기해도 좋다."

흥분했는지 입에 든 오리 고기 파편이 마치 암기처럼 튀어나왔다.

진환이 가볍게 고개를 기울여 피하며 물었다.

“무슨 내기?”

“내 머리카락 다 건다. 거기다 내가 모아둔 쥐 꼬리 천이백마흔두 개도 건다. 흐으…….”

진환은 역시 미친놈답다는 생각에 피식 웃었다.

“됐수, 오늘 밤 눈물 흘리는 꼴을 볼 테니까. 어이, 돼지새끼. 그것 좀 줘봐.”

진환이 손을 내밀자 육상산이 엄조의 눈치를 보다가 품속에서 무언가 꺼내 진환의 손바닥 위에 올려놨다.

작은 상자 하나.

하지만 그걸 보는 엄조는 마치 귀신을 본 듯 눈을 부릅떴다.

“그… 그거, 눈에 익은 물건이다. 그건…….”

“맞수. 어렵게 구한 거우. 호화상단의 전귀 육 나으리도 한참 애먹고야 겨우 두 개를 구할 수 있었수.”

진환이 마치 보물이라도 된 것처럼 함 뚜껑을 쓰다듬으며 태연하게 말했다.

“오늘 이걸 터뜨릴 거우. 교두들 방에.”

엄조가 벌떡 몸을 일으키고는 몸을 부르르 떨었다.

“그거 위험하다. 오늘 나도 꿰엑 했다.”

“민청 교두 눈물 흘리는 거 안 보고 싶수?”

엄조의 붉게 충혈된 눈알이 데구루루 굴렀다.

“헤에… 흐으… 보고 싶다.”

"보고 싶으던 아저씨도 끼시우."

엄조가 다시 냉큼 진완의 옆에 쪼그려 앉았다.

"흐으……."

"아저씨는 저기 개대가리랑 망둥어랑 얘기 나누슈. 뒷골목
에서 뒤통수 치는 법은 개대가리가 잘 알고, 망둥어가 꽤 세심
한 면이 있으니 계획을 다듬을 거요."

미친놈이라고 눈이 없는 건 아니었다.

진완이 손가락으로 가리키지 않았는데도 엄조는 제일 개대
가리를 닮은 반두홍의 앞으로 쪼그리고 앉은 채 발끝으로만
쪼르르 걸어가서 앉았다.

"흐으……."

엄조가 얼른 재미있는 계획을 들려달라는 듯 반두홍을 보며
활짝 웃었다.

반두홍이 얼른 고개를 숙였다.

"……."

비록 말은 없었지만 사람들은 반두홍이 속으로 무슨 욕설을
외치고 있을지 너무도 잘 알고 있었다.

밤이 깊었다.

밤하늘 한가운데로 날아올랐던 달님도 고개를 갸우뚱 외로
젖히고는 잠들 채비를 마쳤을 시각, 동산에 나란히 백여 개의
머리통이 얹혔다.

백팔룡이었다. 일조부터 십팔조까지 나란히 어깨를 맞댄 채

160 검단하

언덕 위에 엎드려 있었다.

오른쪽으로 사십여 장쯤 내려간 구릉에 백팔룡의 숙소가 있고, 그 반대편에 나란히 열 지어 서 있는 목옥들이 바로 교두와 부교두들의 숙소였다. 그중 앞으로 삐죽 튀어나온 세 채가 바로 호광과 민청, 그리고 엄조의 거처다.

엎드려 언덕 아래를 쳐다보는 백팔룡의 앞으로 진완이 나섰다.

왼발로 언덕 위의 흙을 지그시 눌러 밟자 왼발 끝이 땅속에 단단히 박혔다.

오른발은 뒤로 빼내어 땅을 디딘 후 허리를 폈다.

이어 두 손을 가슴 앞에 모아 쥔 후 크게 심호흡을 했다.

이제 모든 준비는 끝났다.

진완은 언덕 아래 교두들의 목옥을 보며 인상을 찌푸렸다.

'개대가리 속에서 나온 생각이 그렇지 뭐. 망둥어라고 별수 있나?'

두 사람이 짠 계획이라는 게 허망할 정도로 간단했다.

'복잡하게 생각할 거 없어. 엄조만 우리 편에서 움직여 준다면 이 판은 우리가 거저 먹는 거지. 괜히 머리 싸매고 작전을 짰네, 씨발.'

'지나치게 간단한 거 아냐?' 하는 진완의 질문에 개대가리 반두홍의 대답이 그랬다.

진완은 양손으로 감싸쥔 돌멩이의 냉기를 느끼며 언덕 아래 교두들의 목옥까지의 거리를 계산했다.

사십여 장. 조금 버거운 거리였지만 위에서 아래로 던지는 것이니 조금만 신경 써 던진다면 얼추 가능할 것도 같았다.

꾸욱, 돌멩이를 힘주어 잡자 돌이 이빨로 손바닥을 물었다.

다시 힘을 뺐다가 잡기를 반복하자 차가운 돌멩이에서 조금씩 온기가 느껴졌다.

진완이 중심을 오른발로 옮기고 왼발은 무릎을 굽힌 채 가슴께로 치켜 올렸다.

한껏 뒤로 젖혔던 몸을 앞으로 퉁겨내며 오른손을 크게 휘저었다.

쒸—이—잉—!

돌이 날았다.

꿀꺽.

지켜보던 백팔룡들이 저도 모르게 마른침을 꿀꺽 삼켰다.

호광은 이 시간까지도 서류에 파묻혀 있었다.

손형인이라는 꼼꼼한 아이가 맨 처음 정리를 잘해준 덕분에 그 뒤로는 칸을 맞추어 적어 넣기만 하면 되었다.

지금 하는 일도 그 다리가 불편한 아이에게 맡기면 수월하겠지만 백팔룡의 평가를 백팔룡에게 맡길 수는 없었다.

그러고 보면 그 다리 불편한 손형인 역시 십일조의 조원이었다.

이래저래 십일조와 얽힌 게 많다는 생각과 함께 뻐근한 뒷목을 손으로 잡으며 목을 뒤로 젖히고는 생각했다.

‘피곤하군.’

그 빌어먹을 하얀 귀신 때문에 몇 날 밤을 샌 탓일지도 몰랐다.

사건이 종결되었다니 이젠 편안히 잠자리에 들어도 됐지만, 한번 깨진 생활 주기는 호광 같은 고수도 쉽게 되돌리기 힘들었다.

바로 그때였다.

쿵―!

무언가 둔탁한 물건이 창문을 강하게 때렸다.

호광이 번개 같은 신형으로 창문을 열고 내려섰다.

쿵―!

바로 옆 목옥에서 조금 전 들었던 작지만 둔탁한 소리가 또 한 번 들려왔다.

민청의 목옥이었고, 소리의 여운이 끝나기도 전에 어느새 민청이 호광 옆에 나란히 서 있었다.

“뭐지?”

호광이 민청의 유리알같이 투명한 눈을 보며 물었다.

“…….”

민청이 대답없이 유리알 같은 눈으로 언덕 위를 노려보았다.

무언가 희끄무레한 것들이 언덕 위에 나란히 줄지어 있었다.

‘백팔룡?’

호광은 그럴 거라 생각하면서도 고개를 갸웃거렸다.

누군가 자신들의 창문에 돌을 던진 모양이다.

만약 여기가 아닌 다른 곳에서 봤다면, 또 지금 같은 상황이 아니었다면 크게 칭찬했을 것이다.

저 정도 거리에서 돌을 던져 창을 맞추었다는 것도 어려웠지만, 정확히 창문을 노린다는 것은 더더욱 어려운 일이었기 때문이다.

멀리서 자신들이 잠도 못 자고 나온 꼴을 구경할 뿐, 여기까지 올 담력은 없는 놈들이었다.

그래도 혹시 몰라 호광과 민청은 얼른 주위를 둘러보았다.

간혹 백팔룡 중엔 진완처럼 호랑이 간을 수십 개 처먹은 듯한 겁을 상실한 백팔룡도 있었으니까.

하지만 주위에선 아무런 인기척도 느껴지질 않았다.

하긴 부교두급 이상의 무공을 지니지 않고서야 가까이 온 상대의 기척을 못 느꼈을 리 없다.

"엄조는?"

호광이 민청에게 물었지만 돌아오는 대답은 투명한 눈알 한 쌍뿐이었다.

호광이 이해가 안 간다는 듯 미간을 찡그리고 혼잣소리처럼 말했다.

"또 들판에 쥐 잡으러 다니는 건가?"

민청이 슬쩍 언덕 위를 쳐다보다 말없이 몸을 돌려 창문을 통해 방 안으로 들어갔다.

‘겨우 낮에 있었던 훈련에 대한 불만을 이런 식으로 풀다니, 한 번만 더 돌을 던지면 내일은 입에 단내가 나도록 굴릴 테다’ 라고 생각하며 호광 역시 방 안으로 들어왔다.

호광이 다시 의자에 앉아 이제 잠자리에 들어야겠다는 생각과 함께 서류를 접어 책상 한 귀퉁이에 각을 맞춰 쌓았다.

호광이 막 펼쳐져 있던 마지막 서류를 접어 올릴 때, 무언가 서류 틈에 끼워져 있던 것이 데구루루 굴렀다.

책상 끝까지 도르륵 굴러간 그것이 바닥으로 떨어졌다.

그게 노란 콩알처럼 생긴 것이란 생각과 함께, 어디선가 분명 보았다는 기억이 호광의 머리 속에 떠오르자 호광의 두 눈이 커다란 사발만큼이나 커졌다.

“흐으, 잘했지? 잘했지? 엄조, 잘했지? 흐으…….”

엄조가 진완의 옆에 쪼그리고 앉아 언덕 아래를 내려다보며 연신 괴이한 신음 같은 웃음을 흘렸다.

그래도 뭔가 찜찜했는지 붉게 충혈된 눈알을 데구루루 굴리더니 진완에게 물었다.

“난지 모르겠지? 난 개나 쥐 잡으러 다닌 걸로 알겠지?”

“그럴 거우.”

진완이 웃음을 참는 듯한 얼굴로 대답했다.

“흐으……..”

엄조가 다행이라는 듯 특유의 웃음소리를 냈다.

하지만 엄조의 기대와는 달리 누가 봐도 엄조의 솜씨였다.

만약 엄조가 아니라면 그 누가 호광과 민청의 눈을 속이고 방 안에 들어갈 수 있었겠는가.

또한 엄조 정도의 실력이 아니고서야 그 누가 그토록 빨리 신법을 발휘해 그 짧은 시간 동안 방에 들어갔다 나올 수 있겠는가.

엄조만 빼고 다 아는 사실을 엄조만 몰랐다.

엄조가 안도했다는 듯 고개를 목옥 쪽으로 돌렸을 때, 그것을 볼 수 있었다.

펑―!

굉음과 함께 창문이 수십 조각으로 쪼개져 나갔다.

호광과 민청이 창문을 깨고 다급하게 튀어나왔기 때문이다.

하지만 채 눈을 깜빡이기도 전에 허리를 새우처럼 굽힌 채 두 사람은 허공에서 땅으로 철퍼덕 떨어졌다.

그리고는,

"우웨에엑―!"

고수도 눈물은 있었다.

또한 콧물도.

엄조가 두 손바닥을 탈탈 털며 일어섰다.

좋은 구경은 끝났다. 목옥에선 아직도 노란 연기가 뭉실뭉실 쏟아져 나오고 있었지만 이쯤에서 돌아가는 게 의심을 사지 않을 것이다.

"네 덕분에 좋은 구경 했다. 흐으, 민청도 지 눈물 처음 구경했을 거다. 흐으……."

"돌아가려구요?"

진완이 묻자 엄조가 고개를 끄덕였다.

"두 교두는 정신없다 해도 부교두 애들이 의심한다. 지금도 물을 바가지로 목옥에 처넣고 있다. 저래선 독탄 연기 없애지 못한다. 내가 가서 알려줘야지. 흐으……."

"그러시던가. 아참, 삼조 애들이 수고했다고 선물 준비했다 하더만, 그거나 들고 가슈."

"선무~울?"

엄조가 눈알을 데구루루 굴렸다.

누구로부터 잘했다는 이야기는 들어본 기억이 별로 없었다.

게다가 잘했다고 선물이라니? 이런 경험은 처음이었다.

삼조 조장 이응이 굳어진 얼굴로 종이에 싼 오리 고기를 내밀었다.

"흐으……."

엄조가 덥석 잡았다.

독탄은 단 두 개뿐이었다. 그 두 개를 교두 방에 각기 나눠 터뜨렸다. 독탄만 아니라면 걱정할 게 없었다.

더구나 선물을 주는 놈이 진완이었다면 좀 찜찜했을 거다.

어찌 됐든 땅바닥에 처박고 고생시킨 게 자신이었으니까.

하지만 선물을 준비한 사람이 삼조 조장 이응이라면 걱정할 게 없었다.

항상 반듯하고 교두에게 잘 보이기 위해 노력하는 놈이었으니까.

단지 걸리는 게 하나 있다면, 지금 이응의 낯짝이 죽어라 싫어하는 일을 억지로 떠맡게 된 듯한 떨떠름한 표정이라는 거였지만, 엄조는 거기까진 신경 쓰지 않았다.

"좋다. 가져간다. 더 늦기 전에 난 가봐야겠다. 흐으⋯⋯."

엄조는 뒤도 돌아보지 않고 목옥 쪽으로 달렸다.

가슴에 안은 오리 고기의 온기가 가슴을 따뜻하게 데워주고 있었다.

'미안하니까 호광이하고 민청이에게 다리 하나씩 줘야지.'

엄조의 발걸음이 멈췄다.

가슴에 안은 오리는 두 마리, 오리는 다리가 두 개.

그래서 다리는 모두 네 개였는데, 먹을 사람은 셋.

'넷 나누기 셋은?

엄조가 머리 속으로 생각했지만 답은 나오지 않았다.

엄조는 인상을 찌푸렸다가 곧 환하게 웃었다.

얼른 품에 안은 종이를 풀어 서슴없이 다리 하나를 쭉 찢어냈다.

'넷 나누기 셋보다는 셋 나누기 셋이 딱 떨어지겠지. 그래, 일단 하나 먹고 가져가서 나눠 먹는 거야.'

엄조가 혀로 입술을 핥은 다음 크게 오리 다리 하나를 입 안에 처넣었다.

부석―

무언가 이물질이 씹히는 느낌이 든다 싶었을 때,

펑―!

진완이 틀렸다. 독탄은 두 개뿐이 아니었다.

3

아침 훈련 시간, 달라진 건 별로 없었다.

백팔룡은 여전히 훈련장에 모여 있었고, 단상 위에 마련된 세 개의 의자에는 교두 셋이 나란히 앉아 있었다.

하지만 변한 것도 있었다.

일단 세 교두의 눈과 뺨이 변했다.

퀭한 두 눈, 홀쭉한 두 뺨, 게다가 눈가엔 시커멓게 기미까지 껴 있었다.

또 하나 변한 게 있다면, 보통 때 나란히 줄지어 서 있던 여덟 명의 부교두가 단 한 명밖에 없다는 것이었다.

두 명은 훈련에 쓰일 장비를 가지러 갔고, 나머지 다섯 명은 땀을 뻘뻘 흘리며 세 교두가 새로 머물 목옥을 짓고 있었다.

독탄 연기가 배어 있는 목옥은 이미 사람이 살기엔 불가능한 곳이 되었기 때문이다.

호광과 민청이 퀭한 두 눈으로 백팔룡을 노려보았다.

성질 같아선 하나하나 목을 뎅겅 치고 싶었지만, 훈련생에게 놀아났다는 걸 스스로 인정하는 꼴이 되기 때문에 그러지 못했다.

범인을 색출한다 해도 이 중에 범인은 없을 것이다.

누가 감히 자신의 방 안에 이목을 숨기고 들락거릴 정도의 고수가 있단 말인가.

그렇다면 그놈은 훈련생이 아닌 교두를 하고 있어야 했다.

호광과 민청이 흘깃 엄조를 보았다.

사실 세 교두 중 엄조의 상태가 가장 안 좋았다.

얼마나 독기가 심했던지 붉은 머리카락까지 듬성듬성 빠져 머리 안이 훤히 들여다 보일 정도였다.

독탄을 삼킨 삼조의 조장 이웅에 비교해 보면 독탄은 뱃속보다 입 안에서 터지는 게 더 위험하다는 것만 깨달을 수 있었다.

'저놈은 아닐 게야.'

호광과 민청은 그렇게 생각했다.

엄조라면 그 짧은 시간에 방 안에 자신들의 이목을 속이고 독탄을 두고 나올 만한 실력이 있었다.

하지만 만약 엄조가 그랬다면 왜 스스로 독탄을 이빨로 깨문단 말인가.

'그럼 누구지?'

호광과 민청은 머리를 굴렸지만 쉽게 범인이 떠오르지 않았다.

제일 먼저 의심이 가는 놈은 진완이었지만 진완의 실력을 잘 알고 있는 교두들로서는 혼란만 더해갈 뿐이었다.

엄조 역시 꿀 먹은 벙어리처럼 아무 말 없이 백팔룡을 노려볼 뿐이었다.

자신이 독탄을 씹었다. 하지만 누가 그랬다고 밝힐 수는 없었다.

저놈들이 오리 고기를 줬다고 말하면 호광과 민청이 '왜?' 하고 물을 것이고, '그야 수고했다고 준 거지' 라고 하면 '뭘 수고했는데?' 하고 물을 것이 아닌가.

그렇게 되면 '내가 사실 니들 방 안에 독탄을 놔뒀거든' 하고 대답해야 할 텐데 그럴 수는 없지 않은가.

그래서 세 교두는 백팔룡만 노려보며 더운 콧김만 내쉴 뿐이었다.

그때 저 멀리서 푸드덕거리는 소리가 들렸다.

마치 부글거리는 거품 속에 빨대를 집어넣고 거친 숨을 내뿜는 듯한 소리는 분명 말의 투레질 소리였다.

아니나 다를까, 부교두 둘이 줄로 목을 꽁꽁 묶어 힘들게 끌고 오는 것은 분명 말이었다.

백팔룡이 동시에 눈을 크게 떴다.

말. 분명 재갈이 물리고 등에 안장을 올렸으며, 목에 갈기가 있고 네 발굽으로 힘차게 땅을 구르고 있으니 말이 틀림없었다.

하지만 저건 말이 아니었다.

보통 말의 대가리가 위치하는 높이에 어깨가 있었다.

등도 길고 넓어서 호광 같은 덩치도 셋이 너끈히 올라갈 만했다.

흩날리는 갈기는 여자들의 긴 머리보다 더 길이가 긴 것 같 았다.

한마디로 엄청난 거구의 검은 말이었다.

말의 근육은 마치 지금이라도 몸에서 튕겨져 나갈 것처럼 부풀어 있었다.

고삐를 나란히 나눠 쥐고 있는 부교두들이 말이 한번 요동 칠 때마다 이리저리 술에 취한 듯 비틀거릴 정도였다.

잘생긴 거구의 검은 흑마는 분명 길이 들지 않은 야생마였 다.

야생마 중에서도 대장 노릇을 하던 놈이 분명했다.

아직 단 한 번도 사람의 탑승을 허락하지 않은 꼬장꼬장한 자존심을 자랑하는 거칠고 흉포한 성격의 말을 보며 백팔룡은 기가 죽어 부릅뜬 눈만 끔뻑댔다.

백팔룡의 늘라는 표정을 즐기듯 한참을 바라보던 호광이 자 리에서 일어났다.

"이번 훈련은 마술(馬術)입니다. 즉, 말을 다루는 법을 배우 는 겁니다. 원래는 한참 후에 배울 종목이었습니다만 오늘 배 웁니다. 나 호광이 그렇게 결정했습니다."

호광은 아직도 길길이 날뛰는 말을 가리키며 미소 지었다.

"저 말입니다. 여러 지렁이들은 저 말 위에 올라갑니다. 말 을 다루는 법? 간단합니다. 안 떨어지면 됩니다. 떨어져도 안 밟히면 됩니다. 물론 처음부터 그럴 수는 없습니다. 몇 번 떨어지고 엉덩방아 찧습니다. 괜찮습니다. 내 엉덩이 아닙니다. 물론 여러분은 백팔룡입니다. 남과 달라야 합니다. 여러분은 처음부터 안 떨어져야 합니다. 말등에 올라 꼭 붙어 있어야 합니다. 떨어지면? 괜찮습니다. 벌칙, 간단합니다. 말에 올라탈 수 없으면 말이 여러분을 올라타면 됩니다. 즉, 저 말을 업어야 합니다. 그럼 됩니다. 불가능하다고 생각합니까? 가능합니다. 나 호광이 가능하게 만들 겁니다."

호광이 씨익 웃었다.

그 웃음과 두 부교두가 고삐를 꽉 쥐고 당기고 있는 데도 길길이 날뛰는 말을 보며 백팔룡들은 오금이 저려왔다.

호광의 말은 저 말을 못 타게 되면 말 밑에 데구루루 굴려 집어넣고 말발굽으로 자근자근 밟게끔 하겠다는 뜻이었다.

보통 말도 아니고 덩치가 두 배는 더 큰 말이었다.

말 뒷발길질에 채이면 가슴이 으깨져 죽어나간다 했으니 큰 덩치의 야생마 말발굽 밑에 집어넣겠다는 말은 자신들을 죽이겠다는 뜻이었다.

물론 죽진 않을 것이다. 또 호광이 훈련생이 죽게끔 놔두지도 않을 것이다.

단지 죽는 게 더 낫겠다는 생각이 들 정도로만 살려둘 것이다.

그게 더 무서웠다.

푸흐흐흥!

어디 한번 죽어보라는 듯 검은 말이 두 발을 번쩍 들었다.

힘이 어찌나 센지 잠시 방심한 채 고삐를 쥐고 있던 두 부교두의 몸이 허공으로 붕 떠올랐다.

진완이 그 모습을 보고는 고개를 돌려 물었다.

"니들 중 말 타본 놈 없어?"

절레절레. 일제히 고개를 저었다.

있을 리 없었다. 신분이 낮은 사람이 말에 올라타는 것만으로도 죄가 되는 세상이었다.

거지도사 허주가 입을 열었다.

"내가 본 책에 의하면 말을 탄다는 것은 곧 중심을 맞추는 게 가장 중요한데, 그 중심을 맞추려면……."

"타봤어?"

진완이 물었다.

절레절레. 허주가 고개를 저었다.

"씨발! 아가리 닥쳐!"

보다 못한 반두홍이 욕설을 내뱉었다.

책을 통해 말을 타는 법을 배운다? 그게 가능하다면 칼 그림 그려진 책을 보고 도법을 못 깨달을 것도 없었다.

진완이 돼지새끼 육상산을 보고 물었다.

"넌? 너, 돈 많잖아. 게다가 호화상단의 전귀 나으리시고."

육상산이 고개를 끄덕였다.

"말이야 많지. 좋은 말들로만. 하지만 난 마차를 타든가 가마를 탔을 뿐이라고."

멀리서 거대한 말을 쳐다보고 있던 반두홍이 인상을 찌푸리며 욕을 해댔다.

"제길, 여자 올라타는 일이라면 자신있는데 말이야."

진환이 대답했다.

"괜찮아. 암컷이라 생각해. 넌 잘할 거야. 그래서 우리 조에선 독갈룡 어른부터 시작하는 거지."

반두홍이 눈알을 부라리며 진환을 쏘아봤다.

"어이, 미친 조장. 내가 듣기론 다리뼈 하나가 부러져야 말 타는 법을 배운다고 했어. 다 배웠다 싶었을 때 목뼈가 부러져 죽지 않으면 비로소 말을 다루는 실력이 있다 인정하던데? 게다가 저놈은 야생마라고. 어이, 미친 조장. 니가 미친 척하고 호광 교두보고 모범을 보이라고 해봐. 씨발."

"말하면 저 자식이 하겠냐? 아예 각오하고 나온 거 같은데."

진환과 반두홍은 툭탁대고, 허주는 끊임없이 무량수불을 중얼거렸다.

육상산이 흠뻑 젖은 손수건으로 이마를 닦고, 하얀 옥기영의 얼굴이 좀 더 창백하게 변하며, 손형인이 아픈 다리를 주무르며 눈을 감았을 때, 한 사람이 훈련장에 모습을 드러냈다.

하얀 학창의에 날아갈 듯 가볍게 섭선을 부쳐 대는 노인, 바로 삼기수사 심상천이었다.

백팔룡은 한눈에 심상천을 알아보았다.

맨 처음 무심련 안으로 들 때 가짜 백팔룡을 가려내느라 이런저런 질문을 꺼내고 몸을 검사했던 사람이 바로 심상천이었기 때문이다.

한참 흥이 끓어오르던 참인데 여긴 무슨 일로 왔느냐는 눈빛으로 호광이 바라보자 심상천이 맵시있게 섭선을 접었다.

"본의 아니게 방해를 하게 됐구려. 여러 교두들께 넓은 이해를 바라오."

"무슨 일입니까? 설령 연무 과정 중에는 위진천 련주라 해도 방해하지 못합니다. 나 호광은 그렇게 들었습니다."

심상천이 씁쓸하게 웃었다.

"폐관 수련 중인 련주가 여기 올 리 있겠소? 련 안에 큰일이 벌어졌으니 나 삼기수사가 이렇게 온 것이지."

"무슨 일이십니까?"

호광이 퀭한 눈을 부라리며 심상천을 보고 물었다.

무심련 윗대가리들이 또 무언가를 꾸미고 있는 모양인데, 평소 간섭 많은 윗대가리에게 불만이 많았던 호광의 태도가 좋을 리 없었다.

심상천이 쓴웃음을 지었다.

"이리 말하면 알 것이네. 서방정토회(西方淨土會) 때문이지."

"서방정토회? 저도 서방정토회에서 옥나찰(玉羅刹)이 온다는 말은 들었습니다. 그런데 그게 저나 백팔룡과 무슨 상관입니까?"

심상천이 이제야 이야기할 만하다 싶었는지 다시 섭선을 펴 얼굴에 대고 살랑살랑 부쳤다.

"그러게나 말일세. 하지만 옥나찰이 이상한 요구를 하니 나나 무심련의 여러 어른들께서나 곤란할 따름이지.”

“요구라니? 무슨 요구 말입니까?”

“옥나찰이 서방정토회의 대표라는 건 자네도 알겠지? 서방정토회는 항상 두 사람이 이끌어가는데 그중 하나가 옥나찰이니 곧 서방정토회의 주인이라 할 수 있지.”

“…….”

호광이 아무 말 없이 심상천의 얼굴을 쳐다보았다.

“옥나찰이 말하길, 서방정토회의 주인이 왔는데 왜 무심련에선 주인이 안 나오냐고 하더군. 원로원에서 주인은 폐관 중이라 우리가 대신 나왔다고 하니까, 무례한 행동이라며 자신은 주인하고만 얘기하겠다더군. 만약 그게 불가능하다면 백번 양보해서 다음 련주가 될 사람이 나오라고, 그 사람과 얘기하겠다고 하는데 과연 다음 련주가 될 사람이라면 누굴 가리키는 것이겠나?”

“백팔룡?”

“바로 그걸세. 어디서 듣긴 들었는지 백팔룡 중에서 다음 련주가 탄생할 거란 걸 아는 거지.”

심상천이 짜증난다는 듯 섭선을 소리나게 탁 접었다.

“한마디로 우릴 곤란하게 하겠다는 말이네. 우리와의 협의를 유리하게 하겠다는 뜻이지. 경험 없고 미숙한 어린 백팔룡과 말이야.”

“그래서 백팔룡을 데려가겠다는 말씀이십니까?”

호광의 물음에 심상천이 한숨을 내쉬었다.

"휴우, 어쩌겠나. 아쉬운 쪽은 우리인데. 더욱이 만만하게 볼 수도 없는 상대지 않나. 한마디로 이쪽에서 황제가 왔으니 너희 쪽에서도 황제가 못 나오면 황태자라도 나오라는 말인데, 사실 명분상으로야 옳으니 트집 잡을 수가 없다는 게 문제지."

호광이 고개를 저었다.

"안 됩니다. 백팔룡을 다 데려가면 말에 깔릴 놈이 없게, 아니, 훈련상에 차질이 오게 됩니다. 나 호광, 그 꼴은 못 봅니다."

"다 데려가겠다는 말이 아니네. 그저 대표로 몇 명만 데려가면 되겠지. 겉으로 보기에 번듯하고, 말귀 알아듣고, 제법 똑똑한 그런 놈, 아니, 백팔룡으로 말이네."

"그런 지렁이를 원하시는 거라면 있긴 있습니다. 삼조!"

호광이 고개를 돌리고 외치자 이웅이 만면에 웃음을 띠며 일어났다.

이웅의 뒤를 이어 웅패와 서원달, 그리고 상관패 등의 조원이 이웅의 뒤를 따라 나란히 일어섰다.

호광이 고개를 끄덕이고는 심상천에게 말했다.

"제법 꿈틀댈 줄 아는 놈들이니 써먹기 좋습니다. 생긴 낯짝이나 실력도 좋아 성적도 최상위권입니다. 나 호광은 이들을 추천합니다."

심상천이 맘에 든다는 듯 웃었다.

"좋네. 많은 숫자도 아니고 여섯 정도라면 훈련에도 지장이 없겠지. 너희들은 내 뒤를 따라오거라.”

이웅이 으스대듯 거만하게 걸어나갔다.

다른 사람도 아닌 자신이었다.

자신이 조장으로 있는 조가 백팔룡의 대표로, 또한 무심련의 차기 련주감으로 뽑힌 것이다.

모두 선망의 눈으로 지켜볼 때 어디선가 굵은 목소리가 들렸다.

“어이, 여기도 있수!”

“……?”

심상천이 저도 모르게 뒤를 돌아보았다.

그러자 저쪽에서 두툼한 손바닥 하나가 하늘 높이 솟아 있고, 그 밑엔 눈에 익은 낯짝 하나가 보였다.

“……!”

심상천의 눈꼬리가 파르르 떨렸다.

결코 잊을 수 없는 그 낯짝이 입을 열었다.

“어라? 노인장! 그 노인장 맞지요?”

‘그래, 맞다! 맞다마다! 말귀 못 알아먹던 그 노인이 바로 나다! 쓸데없는 거 많이 아는 정신 나간 노인네가 바로 나고!’

심상천은 속으로 울부짖으며 진완의 얼굴을 노려보았다.

진완이 반갑다는 듯 씩 웃으며 말했다.

“거기, 나도 좀 갑시다.”

第六章

옥나찰

진완으로서는 이런 좋은 기회를 결코 놓칠 수 없었다.

어떻게 된 게 독탄을 교두 아가리 안에 터뜨려도 쫓겨나질 않았다.

이래저래 볼 꼴 못 볼 꼴 많이 보았다.

위진천 련주 낯짝도 보고 그의 마누라도 안아보았다.

동굴 속 괴노인은 또 뭐란 말인가.

그 모든 게 입 밖에 내놔서는 안 될 비밀 중의 비밀이란 건 진완도 잘 알고 있었다.

또 호광 말대로라면 누군가 저 위에서 자신을 눈여겨보고 있는 놈이 하나 있다는 말인데, 정녕 살 떨리는 이야기였다.

만약 이대로 아무 말 없이 사라져 도망친다면 또 다른 사단이 날지 몰랐다.

놈들이 뒷조사를 하다 자신이 가짜라는 사실이 밝혀진다면 모르긴 해도 여러 놈 목이 달아날 것이다.

내심 고민될 때, 운 좋게도 이런 경우가 찾아온 것이다.

모르긴 해도 서방정토회의 옥나찰이 만만한 놈은 아닐 것이다.

진완이 생각했다.

'아니, 옥(玉) 자가 들어간 걸 보면 년일지도……'

그럼 더 잘된 일이었다.

무심련을 대표하는 백팔룡, 그 백팔룡 중에서도 뽑혀 나온 자신이 서방정토회 주인인 옥나찰 앞에서 깽판을 놓는다면?

그 길로 발로 엉덩이를 뻥 차서 내쫓을 것이다.

진완으로서는 그 옥나찰 앞에 목숨을 걸고서라도 나타나야 할 이유가 있는 것이다.

"안 됩니다!"

"아니 된다!"

호광과 심상천이 동시에 외치고는 놀라 서로를 바라보았다.

갑자기 두 사람의 가슴에 훈훈한 이해심이 생겨났다.

'저놈도 고생 많이 한 모양이군. 진완 때문에.'

그렇게 생각하니 상대가 갑자기 안되어 보였다.

호광이 큰 목소리로 말했다.

"십일조는 백팔룡을 대표하기엔 모자란 점이 많습니다! 먼저 점수는……"

호광이 눈을 끔뻑끔뻑 떴다 감았다.

생각해 보니 꽤 높았다.

나무패를 빼앗아 밥을 먹게 할 때도 어찌 됐든 일등이었다.

비록 방법은 틀렸지만 자신이 괜찮다고 말하지 않았던가.

또 힘을 합쳐 수렁을 건너는 시험에선 스스로 희생해서 다른 조원들을 건네주었다.

희생정신, 그게 마음에 들어 또 점수를 담뿍 줬다.

범인 찾아오기. 거기선 점수가 깎였다.

하지만 그래 봐야 범인을 못 찾은 조와 별다를 게 없었다.

진완이 없을 때 몇 번 하위권으로 뒤처지긴 했지만 몇 개의 시험에선 최고의 점수를 받았다.

아니, 호광 자신이 점수를 담뿍 주었다.

다른 이를 위한 희생정신, 그리고 앞뒤 가리지 않는 저돌적인 행동, 하얀 귀신에게 납치된 조원들을 찾기 위해 뛰어다니던 동지애, 그런 것에 잠깐 맛이 갔었기 때문이다.

삼조보다는 못해도 기억을 되살려 보니 꽤나 괜찮은 성적이었다.

'가만, 어쩌면 이등일 수도 있겠군.'

기억을 되살린 호광의 가슴에 대못을 박는 듯한 둔중한 고통이 밀려왔다.

그때, 가슴에 또 다른 대못을 박는 백팔룡이 있었다.

"저희 구조는 십일조를 우리의 대표로 추천합니다!"

구조 조장 엄경이 손을 번쩍 들며 외쳤다.

“저희 십육조 또한 십일조를 추천합니다! 그저 점수로만 우리들의 대표를 뽑을 수는 없습니다!”

십육조 조장 가하준 역시 손을 번쩍 들며 외쳤다.

호광의 퀭한 눈이 씰룩거렸다.

저 구조와 십육조는 도맡아놓고 나란히 사이좋게 꼴찌를 차지하는 조였다.

그런 놈들이 감히 백팔룡의 대표를 운운하다니!

그런데 그런 놈이 한둘이 아니었다.

“저 역시 그렇게 생각합니다!”

“저 또한 그렇습니다!”

“진완을 추천합니다!”

얼추 봐도 손 든 놈이 반수는 훨씬 넘어 보였다.

진완이 있는 십일조. 백팔룡들에게는 가슴을 뻥 뚫리게 하는 시원한 존재였다.

감히 자신들은 숨도 쉬질 못하는 존재에게 막말을 해대고, 어려움에 처해 있을 때는 쫓겨날 걸 각오한 듯 제일 먼저 희생했으며, 매달려 있을 때는 구해주고 대신 파묻혔고, 춥고 배고플 때는 먹을 것과 덮고 잘 모포도 나눠준 조다.

게다가 어젯밤 구경했던 광경은 또 얼마나 통쾌했던가!

거기에 상대로 뽑힌 삼조는 또 어땠는가.

지들이 잘난 건 알고 있지만 그걸 너무 티내고 다녔다.

다른 조원들을 무시했고, 제법 삼조와 견줄 만한 능력이 있는 육조와 십사조마저도 눈 아래 두고 깔보기가 일쑤였다.

삼조가 나간다면? 당연히 십일조도 나가야지!

백팔룡들 생각이 그랬다.

호광이 어금니를 으드득 갈며 말했다.

"좋습니다. 십일조도 갑니다. 단, 훈련은 미뤄집니다. 삼조와 십일조가 돌아온 다음 마술 훈련을 시작합니다. 오늘은 대신 땅속에 처박힌 채 콧구멍만 내밀고 살아남는 법에 대한 훈련이 있겠습니다. 콧구멍만 내밀어야 합니다. 땅 밖으로 좀 더 삐져 나온 부분이 있다면 민청이 썽둥 잘라낼 겁니다."

옆에서 듣고 있던 민청이 유리 눈알을 반짝이며 고개를 끄덕였다.

"안 되네!"

심상천이 뒤늦게 부르짖었다.

저 빌어먹을 놈을 데리고 옥나찰 앞으로 가라고? 절대 그럴 수는 없었다.

하지만 고개 돌려 쳐다보는, 붉게 충혈된 채 독 오른 호광의 눈빛을 보곤 심상천은 얼른 고개를 끄덕였다.

"알았네. 그러지."

"저쪽으로 가면 뭐가 나오우?"

진완이 물었다.

심상천의 한쪽 눈썹이 꿈틀댔지만 얼른 표정을 풀었다.

자신은 이들을 옥나찰 앞에 데려다만 주면 끝나는 일이었다.

그때까지만 참으면 되었다. 그 후엔 다른 어떤 놈 속이 뒤집어지겠지만.

"숭무염영웅비(崇武念英雄碑)가 나오지. 마교와의 싸움에 희생된 여러 영웅들을 안치한 묘와 그 앞의 비석을 두고 말하는 것이다. 모두 존경심을 가지고 대하기에 항상 조용하고 감히 그 앞을 지나가지 않아 인적이 드문 곳이지. 또 멀리 떨어지지 않은 곳에 감옥이 있다. 희대의 마두를 가둬두어 징벌을 내리는 곳이지. 또 무심련에서 앞뒤 가리지 않고 까불다 갇힌 놈도 많고."

심상천이 일부러 강조해서 끝말을 이어갔지만, 역시나 진완은 심드렁한 표정이었다.

하지만 속마음까지 그런 건 아니었다.

비밀 통로가 연결되어 있던 석관이 바로 숭무염영웅비 뒤에 있던 거대한 묘란 걸 알았기 때문이었다. 또한 동굴 속 괴노인이 있는 곳은 아마도 감옥이 틀림없었고.

땅속 깊은 비밀 통로로 그 두 곳이 연결되어 있다는 사실을 아는 사람은 분명 몇 안 될 것이다. 그중 하나가 바로 진완 자신이었고.

진완이 '그래, 내가 저길 통해 저쪽까지 간 거였군' 하고 거리를 눈대중으로 재고 있을 때 심상천이 한숨을 쉬며 말했다.

"영웅비가 감옥을 바라보게끔 지은 데는 이유가 있다. 영웅비가 마교의 마두들과 무심련에서 죄지은 자들을 내려다보며 위압감을 주게 만든 것이니까. 특히 무심련의 말 안 듣는 종자들을 말이야.”

진완이 고개를 끄덕였다.

“마교의 마두라……. 거참, 마교라 해도 묘한 매력이 있는가
보우. 그렇게 막아도 사람들이 미친 듯 믿는 걸 보면.”

“당연하지. 가장 손쉬운 극락행을 약속하니까. 명존(明尊)
과 암존(暗尊), 둘이면서 하나인 신을 믿기만 하면 말이다.”

“그런 거였수?”

“그렇지. 사실 이번 서방정토회 역시 마교와 맥이 닿아 있단
다.”

“……?”

“잘됐군. 서방정토회와 옥나찰을 만나면 어떻게 대해야 할
지 모를 테니 미리 알려줄 겸 설명을 해줘야겠구나. 일월신교
와 서방정토회 모두 오래전 저 멀리 파사국에서 흘러들어 온
것이다. 교리는 간단하지. 세상은 밝음과 어둠으로 나눠진다.
마찬가지로 선과 악도 그렇지. 그에 따라 극락과 지옥도 나뉜
다. 간단하지? 착한 사람은 밝게 살다 극락 가고, 악인은 어둡
게 살다 지옥에 간다. 이게 교리의 처음과 끝이다.”

“그렇구랴.”

“교리는 간단하지만 사람은 복잡하지. 그래서 사람 따라 교
리의 해석이 바뀌었다. 언젠가 한번 대략 삼억 삼천삼백삼십
삼 년마다 어둠과 밝음이 바뀌는데, 그때 진정한 밝음과 어두
움이 가려진다 믿지. 그때가 되면 밝음의 신인 명존이 스스로
내려와 어진 이를 돌보고, 어둠의 신인 암존이 내려와 악한 이

를 벤다고 한다.”

“그럼 문제될 게 없는 거 아니우? 들어보니 다른 종교와 그리 다를 것도 없는 거 같은데.”

“항상 그렇듯 일부 사람들이 문제지. 스스로 그때를 지금 현실에서 보고자 하는 사람들이 있었으니까. 그래서 종말과 새로운 시대를 앞당기려 일천군(日天君)을 만들고 월지후(月地后)를 만들었지. 특히 월지후, 즉 소수나찰이 재림하여 악인들을 베고 나면 어쩔 수 없이 일천군이 함께 내려와 어진 이를 데려간다고 믿었으니까.”

“…….”

“그런데 사람이 어찌 신을 만들겠느냐. 결국 마공을 익힌 여자 하나만을 만들어내었지. 그것도 무시무시한 여자를. 또한 악한 사람이라 지목한 게 힘있고 권력있는 사람들이었고, 거기엔 무공을 익혀 백성을 핍박한 무인들도 포함되었지. 원래 일월신교가 힘없고 가난한 무지렁이들의 종교였으니 힘과 권력, 그리고 무공을 지닌 자를 좋게 볼 리 없었지. 아무튼 그래서 일월신교가 마교로 지목당했고, 우리 무심련이 세워진 거다.”

“원래 나쁜 종교는 아니었나 보구려.”

“세상에 나쁜 종교도 없고 좋은 종교도 없다. 똑똑한 놈들이 많이 믿는 종교와 덜떨어진 놈들이 믿는 종교 두 개밖에 없는 게지.”

심상천이 무심련에 속해 있는 무인답지 않게 냉소적으로 말했다.

어쩌면 무인이라기보다 학자가 더 어울리는 책귀신이어서 그런지도 몰랐다.

그래서 더 객관적이고, 또 냉소적이었다.

무조건 마교를 죽일 놈이라고 떠들어대는 다른 놈들보다는 마음에 들어 진완이 고개를 끄덕이며 물었다.

"그런데 서방정토회는 왜 여기 온 거우? 원래 같은 신을 믿는다면서? 그놈들도 결국 마교 아니우?"

"마교든 아니든 멀리 떨어져 있으니 신경 쓸 거 없다. 또 일월신교의 교리와는 비슷하면서도 달라. 하지만 일월신교의 암종파들이 우리에게 쫓기면 어디로 튀겠느냐. 결국 따지고 보면 같은 교리에 같은 신을 모시는 서방정토회로 튀겠지. 둘이 힘을 합치면? 큰일이 날 테니까 무심련에서도 신경을 바짝 곤두세우고 있는 것이고."

"비슷하면서도 다르다……?"

"그래, 서방정토회는 조직부터 다르다. 빛을 상징하는 남자와 어둠을 상징하는 여자 둘이서 서방정토회를 이끌지. 하지만 지배하는 머리가 둘이면 분란은 뻔한 법. 그래서 서방정토회에선 돌아가면서 회주가 되지. 먼저 남자가 통치하면서 어린 여자를 키운다. 남자가 늙어 죽으면 이번엔 여자가 물려받아 통치하면서 다시 남자의 후계자인 어린 남자를 키우지. 그렇게 돌려가면서 지배한단다."

"그럼 이번에 오는 옥나찰이란 게……."

"그래, 지금 서방정토회를 이끄는 금사자(金獅子)가 키운 여인이지. 즉, 차기 서방정토회 회주가 될 여자야. 그래서 어쩌면 차기 무심련주가 될 너희들에게 관심을 가지는 것일지도 모르고."

"그런 거였수?"

"그래, 그래서 문제가 더 미묘하다. 마교의 부흥을 막기 위해서는 서방정토회의 협조가 필요한데, 현재 회주인 금사자의 입장에선 일월신교를 뒤집어엎은 암종파의 출현이 반가울 리 없지. 그냥 이대로 통치하고 싶으니까. 하지만 옥나찰은? 금사자가 죽어야 다음 회주가 되는데, 금사자는 지금도 첩을 삼백 명을 거느릴 정도로 건강하거든. 그래서 혹시 마교의 잔당들과 손을 잡고 항거할 마음이 있을지도 모른다 이 말이다."

"마교의 힘을 빌어 금사자를 죽이고 지가 회주가 되고 싶어 할 거다 이거구랴?"

"그렇지. 우리로서는 어떻게든 서방정토회의 도움이 필요하고, 서방정토회의 회주 입장에서도 기존 질서를 무너뜨릴 마교의 준동이 달갑진 않을 텐데, 과연 옥나찰의 마음도 그럴까 하는 게 문제라는 게지."

"……."

"왜 갑자기 말이 없느냐?"

"거, 무림인이란 게 꽤나 골치 썩으며 사는 존재다 싶어서 그러우. 아무튼 옥나찰에게 잘 보여야 할 게 무심련이니……."

"그렇지."

제법 알아들었다 싶어 심상천이 기특하단 눈빛으로 진완을 봤을 때, 진완이 활짝 웃으며 입을 열었다.

"거기 가면 먹을 건 많겠구랴!"

네놈이 그럼 그렇지. 심상천의 콧구멍이 벌렁거렸다.

2

진완은 걸어가면서 옥나찰이란 게 대단하긴 한가 보다 하고 생각했다.

삼조와 십일조의 조원들은 둘레둘레 주위를 구경하고 있었다.

오자마자 백팔룡에 들었기 때문에 정작 무심련 구경을 하지 못했다.

더구나 준비성이 철저해 일찍 도착한 삼조 조장 이웅마저 무심련의 제일 깊숙한 중심지로 와본 것은 처음인 듯 주위만 두리번거렸다.

경계 태세도 달랐다.

옥나찰 때문인지 골목에는 돌아다니는 사람도 없을뿐더러, 길의 교차점마다 날카로운 눈매의 무사들이 지키고 있었다.

무심련과 서방정토회 간의 회합을 막고자 난입할지도 모를 마교 무리들을 대비한 것이었다.

심상천이 한곳을 보다가 눈을 크게 떴다.

"허허, 전검전(戰劍殿)과 투도각(鬪刀閣)까지 나섰군."

"무슨 말이우?"

진완이 묻자 심상천이 손가락으로 한 방향을 가리켰다.

"저것 봐라. 전검전의 주인인 취우소검(吹牛笑劍)과 투도각의 주인인 주구곡도(住口哭刀)가 나와 있지 않느냐."

진완은 별 이상한 명호도 다 있다고 생각하며 심상천의 손가락을 따라 고개를 돌렸다.

그러자 사십대 정도의 두 장정을 볼 수 있었다.

한 사람은 뒷간에서 석 달 된 변비를 한꺼번에 해결하고 나온 듯 사람 좋아 보이는 웃음을 짓고 있었고, 다른 한 사람은 뒷간에서 똥 싸다 갑자기 불려 나온 듯 억울해하는 표정이었다.

진완이 대비되는 두 사람의 얼굴을 보며 물었다.

"그런데 왜 그런 이름을 가진 거우?"

진완은 이해하지 못했다.

소를 불다란 뜻의 취우(吹牛)란 말은 곧 거짓말을 뜻하니 취우소검이란 한마디로 웃고 있는 구라쟁이 검객이란 뜻이었다.

또한 입 안에 살다란 뜻의 주구(住口)란 사실 '입 닥쳐!' 란 뜻의 욕이었으니, 주구곡도란 울상을 지은 채 입 다물고 있는 도객이란 뜻이었다.

웃는 구라쟁이 검객과 울상에 입 다문 도객.

웃기지도 않았다.

하지만 겉모습까지 그런 것은 아니었다.

긴 검을 옆에 차고 웃고 있는 구라쟁이 검객과 커다란 도를 등 뒤에 찔러 넣은 채 울상을 하고 있는 굳은 입의 도객은 한눈에 보기에도 살기가 펄펄 흘러넘쳤다.

심상천이 그들과는 눈빛도 마주치기 싫다는 듯 외면하며 설명했다.

"그들을 우습게보지 말아라. 살인 기술만을 전문적으로 익힌 자들이니까. 어디 마교의 분타가 발견됐다는 소식이 들려오면 제일 먼저 출동하는 사람들이거든. 말 이전에 칼이 먼저 나가고, 목이 떨어진 후에야 '너희들, 마교지?' 하고 묻는 놈들이니까. 옆에만 가도 피비린내로 머리가 지끈거릴 정도란다. 보통 우리는 취우검(吹牛劍), 주구도(住口刀)라 부르지. 아니면 더 짧게 소검(笑劍)과 곡도(哭刀)라 부르든가."

"취우소검이라……. 왜 구라쟁이라 불리는 거우?"

심상천이 당연한 거 아니냐는 듯 눈을 동그랗게 떴다.

"그야 입만 열면 말하는 내용의 삼 할이 거짓말이니까. 또 주구곡도는 말수가 없어 벙어리다시피, 아니, 너희들도 이제 겪게 될 것이니 구태어 내 입으로 말할 필요는 없겠지. 지켜보면 알게 될 것이다."

저 멀리 서 있던 소검과 곡도가 바쁜 듯 한쪽으로 바삐 발을 놀려 사라졌다.

그걸 보고 있던 심상천이 중요한 이야기라는 듯 눈을 반짝이며 말했다.

"너희들은 곧 옥나찰을 만나게 된다. 그저 얼굴만 보여주고 돌아오면 되는 일이니 걱정할 것은 없다."

심상천의 말에 진완이 인상을 찡그렸다.

'낯짝만 보여주고 돌아오면 된다는 이야기에 속아 지금 요 모양 요 꼴이 됐다우!'

심상천이 손가락 하나를 치켜세우고는 말했다.

"하지만 몇 가지 주의할 점이 있다. 첫째, 옥나찰의 모습!"

사람들의 시선이 자신의 손가락에 집중했다는 걸 확인한 심상천이 미소를 지었다.

"뭐라고 말해야 하나. 옥나찰이라 면전에 대고 말하는 건 괜찮다. 원래 여자는 파괴를, 남자는 창조를 뜻하는 게 서방정토회의 교리니까. 하지만 옥나찰 앞에서 금해야 할 한 가지 단어가 있다면 그건 바로 코끼리와 돼지지. 사람들이 옥저상(玉猪象)이라 놀리거든. 왜 그런가 하면, 그 여자가 덩치가 조금 크다. 아니, 많이 크다고 해야 맞지. 그러니 처음 보고 놀라는 모습을 보여 일을 그르치지 말거라. 그리고 또 하나!"

심상천이 숨을 고르고는 다시 입을 열었다.

"옥나찰은 너희들을 만만하다 여기고 갖은 수법을 다 쓸 것이다. 어떨 때는 힘을 보여주어 공포심을 갖게 하거나, 감언이설로 귀를 솔깃하게 만들지도 모르지. 너희 백팔룡은 단 한 가지만 명심하면 된다. 너희들은 아무것도 아니다. 그저 어르신들이 알아서 하실 일입니다만 입 밖으로 내면 된다. 알겠느냐? 어르신들이! 알아서! 하실! 일입니다! 이렇게 말해야 한다. 명

심해라. 이게 다 너희들을 위한 일이자 무심련을 위한 일이니
까.”

심상천은 흡사 다섯 살 아이에게 주의를 주듯 눈에 힘까지
주어 부릅뜨고는 백팔룡을 훑어보았다. 특히 진완을 쳐다볼
때는 콧구멍까지 벌렁거리며 더욱 눈에 힘을 주었다.

하지만 이번엔 진완이 아닌 이응이 먼저 딴지를 걸었다.

못마땅하다는 듯 미간에 주름까지 잡으며 이응이 말했다.

“삼기수사 어르신의 걱정은 잘 알겠으나 우리가 그리 우매
하다고 생각하진 않습니다. 자고로 옛 영웅들 중 약관 이전에
두각을 나타낸 사람들이 많았습니다. 또한 옥나찰의 말이 틀
리지도 않습니다. 우리 백팔룡 중에서 차기 무심련 련주가 나
올 테니까요. 미리 앞을 헤아려 일을 만들어가는 것은 저 역시
여러 어르신들께 비해 모자람이 없다 자부합니다. 무공 또한
아직 모자란 점이 많으나 나이에 비하자면 성취가 부족한 건
아니라 생각합니다.”

심상천이 피식 웃었다.

“바로 그것이다. 그래서 무심련 여러 어른이 걱정하는 것이
지.”

“……?”

이응이 무슨 뜻이냐는 듯 심상천을 쳐다보았다.

“바로 자신을 속이지 못하는 것이지. 너희들은 힘이 있으면
그걸 내보이고 싶어한다. 아는 게 있으면 입 밖으로 내뱉어야
한다. 무슨 일이건 일단 저지르고 싶어한다. 적어도 어른들이

라면 그렇지 않다. 강호 칼밥을 많이 먹은 자일수록 자신의 실력을 삼 푼 정도 숨긴다. 적을 만났을 때 웃는 낯으로 반길 줄안다. 짐짓 미련하게 얼굴을 꾸며 상대를 속이기도 한다. 하지만 너희들은 그렇지 않다. 무심련을 이끄는 사람들은 모두 그점에 능하다. 옥나찰 역시 그럴 것이다. 너의 뜻은 갸륵하나그 말은 곧 패를 모두 보인 채 도박의 고수와 도박을 하겠다는말이다. 잊지 말아라. 너희들은 별것 아니다. 그러므로 너희들이 해야 할 말은 단 하나, 바로 '어르신들께서 알아서 하실 일입니다!', 바로 이것이다. 잊지 말아라. 어르신들께서 알아서하실 일입니다!"

아무래도 심상천이 맡은 일이 이것인 듯싶었다.

'어르신들께서 알아서 하실 일입니다'를 백팔룡의 머리 속에 단단히 박아 넣는 일.

하지만 얼른 제 능력을 보여주고 싶어 안달이 난 삼조 조장이웅보다 판이나 뒤집어놓지 않으면 다행이다 싶은 진완이 먼저 고개를 끄덕였다.

"노인장, 걱정 마시우! 어르신들이 알아서 하실 일입니다!됐지요? 그럼 갑시다."

진완은 배를 쓰다듬으며 빙그레 웃고 있었다.

"저게 뭐야?"

개대가리 반두홍이 눈을 부릅뜨고 앞에 있는 천막을 바라보았다.

말이 천막이지 그 크기가 작은 동산이나 커다란 무심련의 전각 못지않았다.

천막은 무심련 내에서 모든 무인들을 모아놓고 회합을 하는 커다란 마당에 떡하니 자리 잡고 있었다.

천막 앞 오른편엔 서방정토회에서 온 듯한 오십여 명의 알록달록한 복장의 무인들이 열과 횡을 맞추어 정렬하고 있었고, 왼편에는 그와 비슷한 숫자의 무심련 무인들이 절도있는 동작으로 꼿꼿이 서 있었다.

서방정토회 무인들 뒤로는 난생처음 보는 커다란 동물 세 마리가 머리통에 붙은 기다란 채찍을 들어올리고는 '뿌우우~' 하고 우는 소리를 냈다.

개대가리 반두홍이 눈을 더욱 크게 부릅떴다.

"씨발, 저건 또 뭐냐?!"

허주가 고개를 끄덕였다.

"저건 코끼리라 하지. 상서로운 동물이라 했는데, 상서로운지는 몰라도 크기 하나는 엄청나군."

진완 역시 놀란 얼굴로 입을 열었다.

"한 마리 잡으면 백팔룡이 석 달 열흘은 충분히 뜯겠군."

코끼리를 본 육상산이 손수건으로 이마를 닦기 시작했다.

"나도 말로만 들었어. 서역에선 무거운 물건을 옮길 때나 전쟁을 할 때 저걸 쓴다고 하더군. 한 마리 사볼까?"

삼조에 속해 있는 큰 덩치의 웅패가 십일조의 분위기에 물든 듯 중얼거렸다.

"교두가 말을 타랬으니 다행이지 저걸 타랬다면 도망가고 말 거야."

심상천이 재미있다는 듯 웃고는 말했다.

"저것 보아라. 만만치 않지? 다 서방정토회의 위세를 보여주려는 수작이다. 우리가 숙소를 정해줬음에도 일부러 저렇게 커다란 천막을 치고 있는 게야. 나도 북방 초원에서 파오를 보긴 했다만, 저렇게 큰 파오는 처음 봤다. 자, 늦기 전에 들어가자꾸나."

백팔룡과 심상천은 양옆으로 나란히 정렬해 있는 무인들 사이로 걸어갔다.

서방정토회 무인들은 눈알을 부라리며 일부러 위압적인 시선으로 내려다보고 있었고, 상대적으로 무심련 무인들은 과연 이들이 잘해낼까 싶어 걱정 어린 눈으로 지켜보고 있었다.

심상천이 천닥 입구를 가리고 있는 천을 들어올리며 낮은 소리로 한 번 더 주의를 주었다.

"어르신들께서 알아서 하실 일입니다. 잊지 말거라!"

심상천이 안으로 들어서자 나머지 열두 명의 백팔룡이 뒤를 따랐다.

그리고는 발을 멈추고 입을 쩍 벌렸다.

천막은 넓었다. 그리고 화려했다.

화려한 문양으로 주위를 꾸몄고, 처음 보는 기진이보를 주렁주렁 나무에 열매가 열리듯 잔뜩 매달아놓았다.

천막 끝에는 아리따운 소녀 이십 명이 앉아 처음 보는 악기

를 연주하고 있었는데, 그 곡조가 묘하고도 야릇하기 짝이 없
었다.

한가운데 있는 커다란 탁자 주위로 각기 양편의 수뇌진이
앉아 있었다.

그리고 탁자의 끝엔 나란히 두 사람이 앉아 있었는데, 왼편
에 앉아 있는 사람이 눈에 익었다.

백팔룡들의 입관식에서 원로원을 대표해 맨 처음 단상에 올
라 '에, 그래설라므네'를 중얼댔던 원익완(元益完)이란 노인이
었다.

원익완은 백팔룡 중에 진완이 껴 있는 걸 보고는 눈을 부릅
떴다.

하지만 열두 명의 백팔룡은 원익완을 보고 있질 않았다.

원익완의 바로 옆, 바로 그 자리에 조금 전 보았던 코끼리
한 마리가 앉아 있었다.

정녕 코끼리였다.

볼살은 늘어져 양쪽 어깨에 얹혀져 있었고, 코는 볼살 사이
에 파묻혀 숨을 어떻게 쉬나 싶을 정도였다.

뱃살은 아래로 축 늘어져 땅에 닿을 정도였는데, 몇 겹이나
접힌 뱃살 때문에 가슴이 어디 붙어 있는지 모를 정도였다.

게다가 거구라서 퉁퉁한 손가락 하나가 거짓말 하나 안 보
태고 진완의 팔뚝만 했다.

다행히 눈알만은 유리알처럼 맑았는데, 그 투명한 눈알이
열두 명의 백팔룡을 호기심 어린 시선으로 쳐다보고 있었다.

그제야 백팔룡들은 왜 옥나찰이 옥저상, 즉 옥으로 만든 돼지코끼리라 불리는지 알 것 같았다.

눈알은 옥이고, 몸은 돼지 코끼리. 정말이지, 괴상한 여자였다.

아니, 여자란 말을 들어서 여자라 알 뿐 직접 봤다면 괴물이지 사람으로는 생각하지 못할 것이다.

돼지코끼리가 입을 열었다.

어울리지 않게도 목소리는 청아했다.

"그대들이 차기 무심련을 이끌어갈 동량들이군!"

심상천이 장포를 살짝 걷고 맵시있게 가볍게 한 걸음 걸어나가며 포권을 취했다.

"예, 그렇습니다. 옥나찰의 말씀에 따라 한걸음에 달려온 상태라 옷차림이 예의에 맞지 않음을 하량하소서."

옥나찰이 맑게 웃었다.

"괜찮네. 도리어 사내의 땀 냄새가 여기까지 나는 듯해서 나로서는 기쁘기 짝이 없군. 그래, 급하게 온 듯하니 내 한 잔의 차를 내리지. 과연 열두 명 중 누가 내 차를 마시겠는가?"

처음부터 미묘한 신경전이었다.

열두 명의 백팔룡은 일제히 서로의 눈치를 보았다.

옥나찰의 찻잔을 받는 일, 그것은 여러 무심련의 어른들 앞에서 다음번 차기 련주감으로 인정받는 일이었기 때문이다.

이웅이 얼른 턱을 들고 성큼 앞으로 걸어나가 포권을 취했을 때, 이응의 뒤통수에서 커다란 목소리가 튀어나왔다.

진완이 그답지 않게 예의를 갖추어 깍듯이 포권을 취하며 크게 외쳤기 때문이다.

“어르신들이! 알아서! 처먹으실! 일입니다!”

갑작스런 외침과 내용에 커다란 천막 안에 싸늘한 바람이 불었다.

3

옥나찰이 옥처럼 반짝이는 눈으로 진완을 쳐다보다 피식 웃고는 옆에 앉은 원익완을 쳐다보았다.

“중원에 오길 잘했다는 생각이 드는군요. 재미있는 사람도 많이 만나볼 수 있으니.”

“저건 재미있는 게 아니라 특이하다고 해야 하고, 특이하다기보단 지랄 맞다고 해야 하는 거라오. 우리 무심련 안에선 저 아이 하나만 특이하다오. 부디 그 점을 알아주시오.”

원익완이 한숨을 내쉬며 대답했다.

옥나찰이 투실투실한 뺨을 흔들었다.

옥나찰 나름대로는 그게 미소를 짓는 것이었다.

“그래도 제 눈엔 꽤나 신선하게 보입니다. 제가 데리고 있는 아이들은 하나같이… 아니, 직접 보시는 게 낫겠군요.”

옥나찰이 고개를 돌렸다.

고갯짓에 따라 볼살이 흔들렸고, 목살이 요동쳤으며, 거기에 따라 뱃살이 출렁거렸다.

그 모습을 본 무심련 무인들은 모두 멀미가 나는 듯 인상을 찡그렸다.

"염혼(炎魂)."

옥나찰이 청아한 목소리로 누군가 부르자 한 아이가 위로 솟구쳤다.

허공에서 몸을 빙그르르 접더니 곧 세 바퀴를 돌고서야 식탁 위에 떨어졌다.

멋진 회전이었다.

하지만 그저 눈을 즐겁게 하는 화려함보다는 적을 죽일 때 쓰는 실전적이고 깨끗한 몸놀림이었다.

이제 갓 열서넛 정도? 아이라기엔 컸고, 사내라 부르기엔 한참이나 모자란 소년이었다.

천막의 규모만큼이나 식탁 또한 컸다.

거대한 침상 하나 정도의 너비라 염혼이라 불린 소년이 올라갔지만 그리 비좁아 보이지 않았다.

옥나찰이 다시 원익완에게 말했다.

"이번 사절단으로 중원의 말과 글을 할 줄 아는 아이를 고르다 보니 모자란 점이 많습니다."

거짓일 것이다. 아무나 고른 게 저 정도 실력이면 서방정토회에서 알아주는 고수는 위진천 련주 정도의 실력이라야 했다.

옥나찰의 고개가 다시 정면을 향하더니 물었다.

"너는 나를 어떻게 생각하느냐?"

옥나찰의 질문에 염혼이 무릎을 꿇고 두 손은 땅을 짚고는 말했다.

"하늘이라 생각합니다."

낮고 껄끄러운 목소리였다.

옥나찰이 고개를 끄덕이곤 다시 물었다.

"네 목표는 뭐냐?"

"주인을 대신하여 죽는 겁니다. 그래서 극락에 가는 겁니다."

"내가 널 버리면?"

"저는 죽어 지옥에 떨어집니다."

"그럼 너는?"

염혼의 고개가 더욱 공손히 땅을 향했다.

"주인님만을 위해 삽니다."

옥나찰이 만족스러운 듯 고개를 끄덕이곤 원익완을 보았다.

"저희 아이들은 이렇습니다."

원익완의 눈동자가 흔들렸다.

부럽다! 정말 부럽다! 백팔룡 전부 드릴 테니 저 아이, 나 주시오!

그런 말이 목구멍까지 솟구쳐 올랐지만 내뱉을 수는 없었다.

사실 저런 점이 마교의 무서움이었다.

결코 죽음을 두려워하지 않는다는 점, 죽어 약속된 극락 세계로 갈 수 있다는 굳은 믿음.

그것이 마교도들을 뿌리뽑는 데 어려운 점이었다.

옥나찰이 주위를 돌아보며 말했다.

"작디작은 충성심이지요. 누가 원한다면 이 아이와 대련해 보시겠소? 죽여도 괜찮다오. 나로서는 아까울 게 없으니까. 그렇지?"

마지막 말은 염혼에게 한 말이었다.

"네, 저는 주인의 명이라면 다 받들어 모십니다. 주인의 명을 이행하다 죽으면 극락에 갑니다."

"내가 알기론 네가 백아홉 번을 겨루어 삼백이십 명의 수급을 취했지?"

"불경스럽게도 그 뒤 몇 번을 더 싸웠습니다."

마치 죄인이 죄를 고백하듯 염혼의 머리가 식탁에 쿵 하고 떨어졌다.

"그래?"

"예, 무심련으로 오던 중 세 번을 더 겨루었고, 열여덟의 수급을 더 취했습니다."

"그것까진 몰랐구나."

"성숙노괴와 그의 일곱 제자를 베었고, 노호칠괴 일곱을 베었으며, 법륜사왕과 그의 두 사제를 베었습니다."

무심련의 무인들이 놀라 서로의 얼굴을 쳐다보았다.

선인은 결코 아니었으니, 베어져 죽은 게 다행인 사람들이었다.

문제는 그들의 무공이 높다는 데 있었다.

절정의 무인은 아니었지만 한 지역의 패자는 충분히 되는 사람 열여덟을 베었다는 것은 염혼의 무공이 무시 못할 만큼 강하다는 것을 나타내 주고 있었다.

그것도 아직 어린 소년에 불과하다는 걸 생각하면 놀랄 만한 일이었다.

옥나찰이 주위를 살펴보며 말했다.

"잔치엔 무릇 여흥이 있어야 하는 법이오. 이 아이 능력이 눈에 찰 정도는 아니지만 한 수 놀아볼 만은 할 것이오."

명백한 도발이었다.

또한 그 도발을 참지 못하는 사람이 하나 있었다.

전검전의 주인인 취우소검이 등을 의자에 깊숙이 기대고는 팔짱을 꼈다.

"으흠……."

취우소검, 또 다른 말로 소검이라 불리는 장년인이 고개를 기울여 염혼을 꼬나보며 입을 열었다.

"차라리 죽이는 게 쉽지 굴복시키는 건 어려워. 연회에서 피를 볼 수는 없으니 대략 십오 초? 십오 초를 준다면 저자를 꺾어 보이겠소만."

옥나찰이 깔깔거리며 웃었다.

"하하하, 전검전주 능력이면 그리 말씀하실 만하지요. 하나, 소검의 말은 삼 할이 거짓이니 세 배를 더 곱해야겠지요.

곧 사십오 초는 필요할 겁니다. 물론 염혼은 공격다운 공격도 못해보고 부지런히 도망 다녀야 사십오 초를 채울 수 있겠지요.”

소검이 웃는 얼굴로 고개를 저었다.

“그럴지도. 하지만 죽이는 데는 단 삼 초면 충분하오. 아, 물론 내 말을 세 배 튀겨도 좋소.”

소검의 말대로라면 구 초 안에 죽일 수 있다는 뜻이었다.

소검의 말이 끝나기가 무섭게 초상집에 온 듯 울상을 짓고 있던 곡도가 말없이 손가락 다섯 개를 펴 보였다.

자신이라면 오 초 내에 죽일 수 있다는 뜻이었다.

옥나찰의 눈이 가늘게 변했다. 아마도 빙긋 웃는 모양이었다.

“전검전의 주인과 투도각의 주인이라면 그럴 수도 있겠지요. 염혼!”

염혼이 고개를 들고 옥나찰을 바라보았다.

“검이 있느냐?”

옥나찰의 물음에 사내는 겉옷 자락 한 겹을 걷고는 꼬챙이처럼 기다란 검을 꺼내 보였다.

옥나찰이 웃으며 고개를 끄덕였다.

“좋구나. 날 죽여라.”

염혼은 주저하지 않고 발끝으로 탁상을 찍고는 솟구쳐 올랐다.

“어엇!”

군웅들이 일제히 놀란 신음성을 토해내었다.

옥나찰이 꺼낸 말이 무슨 뜻인지 머리 속에서 채 해석되지 않았을 짧은 시간에 이미 염혼의 칼끝은 옥나찰의 가슴을 파고들었다.

꼬챙이치고는 꽤나 긴 길이의 검이었다.

검은 옥나찰의 옷을 꿰뚫고는 반 이상 박혀 있는 상태였다.

"이게 무슨?"

보고 있던 심상천이 눈을 부릅뜨고 부르짖을 때, 정작 원로원을 대표하여 옥나찰 옆에 앉아 있던 원익완은 가벼운 한숨만을 내쉬었다.

심장에 칼이 꽂힌 옥나찰은 깔깔 웃었다.

"네 실력이 많이 늘었구나."

옥나찰의 말과 동시에 깊이 박혔던 칼이 점점 빠져나오기 시작했다.

두툼한 살이 접힌 사이로 밀려나오는 칼에는 단 한 점의 피도 묻어 있지 않았다.

염혼이 더욱 힘주어 칼을 박아 넣었지만 여전히 칼끝은 천천히 밀려 나오고 있었다.

결국 쇠꼬챙이처럼 얇은 검신이 포물선을 그리며 휘어지다 결국 챙 하는 소리와 함께 중간이 부러졌다.

염혼이 급히 뒤로 물러서더니 무릎을 꿇고 소리쳤다.

"주인의 무위는 이미 하늘에 닿았습니다! 미천한 이 몸은 감히 수를 더 피울 수 없습니다!"

옥나찰이 살 사이로 두 개의 손가락을 집어넣고 헤집었다.

너무나 거대한 살덩어리 속이라 한참을 헤치고야 파묻힌 나머지 반 동강 난 칼을 꺼내 들 수 있었다.

옥나찰이 반 동강 난 칼을 가볍게 던지자 칼은 깊이 고개를 파묻고 있던 염혼의 머리 바로 위에 꽂혔다.

옥나찰이 웃었다.

"이렇습니다. 주인의 명이라면, 그게 설령 주인의 목숨을 해하는 일이라도 주저함이 없지요. 이게 바로 충직함이 아닐는지요."

저건 정말 안 부럽다는 표정으로 원익완이 고개를 절레절레 저었다.

옥나찰이 고개를 돌려 진완을 쳐다보았다.

"거기 목소리 큰 백팔룡, 자네는 이런 수하가 있는가? 말 한 마디에 모든 것을 거는 수하가?"

진완이 아니꼽다는 듯 옥나찰을 바라보다가 고개를 돌려 개대가리 반두홍에게 짧게 말했다.

"짖어!"

순간 반두홍의 눈이 화등잔만 하게 커졌다.

하지만 곧 번질거리는 세모꼴 눈동자로 돌아가더니 으르렁거렸다.

"씨발, 이 새끼가 미쳤나!"

아이고, 두야! 중요한 손님을 앞에 두고 짖어보라는 놈이나 또 거기 맞추어 욕설을 내뱉는 놈이나!

　삼기수사 심상천과 원익완이 동시에 손으로 머리를 짚었을 때, 진완이 다시 고개를 돌려 이번엔 거지도사 허주를 보고 말했다.
　"짖어봐!"
　다행히 허주는 욕설을 내뱉진 않았다.
　"무량수불~!"
　그저 눈을 질끈 감고 진언을 외울 뿐이었다.
　진완이 옥나찰을 바라보며 그것 보라는 듯 싱긋 웃었다.
　"보셨수? 난 개는 안 키워!"
　순간 옥나찰의 눈동자가 반짝였다.
　진완이 어깨를 으쓱하며 다시 말했다.
　"말은 죽어라 안 들어 처먹어도 사람만 키우지! 됐수?"
　옥나찰이 재미있다는 듯 고개를 들고 깔깔 웃었다.
　굵은 턱밑의 푸짐한 살이 웃음소리에 맞추어 끊임없이 위아래로 요동쳤다.
　옥나찰이 웃음을 멈추고는 진완을 노려보았다.
　"네 말대로라면 내가 데리고 다니는 물건이 사람이 아니라 개라 말한 것이겠구나. 그래, 사람 키우는 백팔룡 자네의 재주는 무엇이지?"
　"별다를 거 없수. 그냥 잘 처먹는다는 거? 물론 누구보다는 못하겠지만."
　아이고, 저 자식! 돼지 얘기와 코끼리 얘기는 하지 말랬더니 아예 처먹는다는 얘기로 옥나찰 부아를 지르는구나!

심상천과 원익완은 머리가 터져 나갈 것 같은 통증에 양손으로 관자놀이를 지그시 눌렀다.

하지만 옥나찰은 도리어 싱긋 웃었다.

"그랬군. 그래, 자네가 잘 먹는 건 무엇인가?"

"별거없수. 그저 콩 한쪽 즐겨먹는다는 것밖에는. 그게 좀 짜릿한 맛이거든."

"그래? 나도 한번 맛보고 싶구나."

"왜? 식욕이 댕기슈? 하나 드릴까?"

그 말이 끝나기가 무섭게 진완이 품 안에서 작은 상자를 꺼내 뚜껑을 열고는 작은 물건을 꺼내 옥나찰에게 휙하고 던졌다.

"으악!"

삼조의 조장 이응이 눈을 부릅떴다.

저 상자, 눈에 많이 익었다.

이응뿐 아니라 다른 백팔룡 열 명의 반응도 이응과 다를 것은 없었다.

콩알은 콩알이었다. 그저 색이 노랗고 조금 크다는 게 다를 뿐.

돌팔매 실력 하나만은 누구에게 뒤지지 않는 진완이었다.

자연 노란 콩알은 마치 화살처럼 옥나찰의 면상으로 쏘아져 갔다.

그러나 옥나찰은 전혀 당황하지 않았다.

옥나찰의 코끼리 다리같이 굵은 팔뚝이 흐릿해지는 듯하더니 두툼한 손가락 사이에 조그마한 콩알이 끼워져 있었다.

옥나찰이 눈가로 콩을 집어 올려 살피며 말했다.

"이것은 콩이 아닌 듯싶은……."

그 순간이었다.

펑—!

콩알이 산산조각나며 노란 연기가 피어올랐다.

바로 옆에 있던 원익완이 놀라 몸을 일으키며 외쳤다.

"이것은 독개의?!"

하지만 말을 잃은 듯 원익완은 멍한 눈으로 옥나찰을 바라보았다.

뿜어져 나온 노란 독연은 마치 보이지 않는 투명한 막에 둘러싸인 것처럼 옥나찰의 손 주위에만 머물러 있었다.

옥나찰이 싱긋 웃고 진완을 보며 입을 동그랗게 모았다.

쉬—익—!

마치 빨대로 물을 빨아들이는 것처럼 동그랗게 만든 옥나찰의 두툼한 입술 사이로 독연은 빨려 들어가고 있었다.

난생처음 보는 마술을 구경하는 것처럼 모든 사람이 눈을 동그랗게 뜨고 옥나찰을 바라보았다.

옥나찰은 그렇게 독연을 빨아들여 삼키고는 배를 쓰윽 문질렀다.

"맛이 괜찮구나. 단지 향이 좋지 않으니 사람이 먹을 만한 건 아닌 듯싶구나."

진완이 태연하게 껄껄 웃으며 옆에 있는 이응의 어깨를 쳤다.

“이놈이 그걸 잘 처먹수! 믿어도 좋수. 본 놈만 해도 백 명은
넘으니.”
　이웅의 얼굴이 사색이 되었다.

第七章

협상

금강불괴, 만독불침.

몸에 칼이 들어가지 않으며 독에도 중독되지 않을 만큼 고강한 수준을 일컫는 말이었고, 지금 옥나찰의 수준이 그와 비슷한 정도까지 오른 듯했다.

염혼이란 자의 칼도 들어가지 않고 독개 소상춘의 독탄도 별 영향이 없을 정도라면 어느 정도 고강한 고수가 아닌 한 별다른 위해를 가하지 못할 게 분명했다.

옥나찰은 재미있다는 시선으로 백팔룡을 하나하나 지켜보며 굵은 손가락으로 의자 손잡이 위를 톡톡 치며 중얼거렸다.

"확실히 재미있군. 재미있어. 원 어르신?"

원익완이 이 괴물이 또 무슨 말을 할까 싶어 옥나찰을 바라보았다.

옥나찰이 두툼한 입술을 열었다.

"백팔룡과 개인적으로 이야기를 나누고 싶은데……. 또한 의상도 갈아입어야겠고."

원익완이 무슨 말이냐는 듯 눈을 동그랗게 떴다가 곧 좌우로 고개를 흔들었다.

"안 될 일이오. 아직 어린 데다 저 중에 누가 차기 련주가 될지도 모를 일이오."

옥나찰이 웃었다. 웃음소리 하나만은 청아했다.

"내가 잡아먹을까 봐 그러는 건가요?"

"옥나찰께선 별말씀을 다 하시는구려. 저들은 아직 날개조차 달지 않은 용에 불과하다오. 큰일은 우리들과 말씀하시는 게……."

"그런 얘기가 아니에요. 우리 정토회와 무심련의 우의를 다지는 일 아니겠어요? 사실 교류도 없었고, 그래서 믿음도 없었으니 지금부터 쌓아가야 하지 않을까 싶어 드리는 말씀이지요. 그저 나란히 무릎 맞대고 앉아 이런저런 세상살이 이야기를 나누는 것이야말로 가장 빨리 친해지는 일이라 믿습니다. 사실 그래야 다음 기회에 얼굴을 마주쳐도 어색함이 없겠지요."

원익완은 고개를 돌려 백팔룡을 보았다.

설령 옥나찰이 백팔룡을 우걱우걱 씹어 먹는다 해도 마교의 일만 해결할 수 있다면 한 마리쯤 던져 줄 수도 있었다.

특히 저 뒤에 팔짱을 끼고 서 있는 곰만 한 덩치의 밉살스런 백팔룡이라면 더더욱 좋았다.

사실 강호상에도 두 단체의 지도자가 친선을 도모하기 위해 모일 때면 형식적인 인사 후에 저녁 늦게 거방진 술자리가 마련되곤 했다.

가식적인 만남이 아닌 인간적인 관계를 맺기 위해서였다.

하지만 이번 경우엔 여러모로 곤란했다.

일단 위진천 련주가 없었으며, 상대 대표자가 겉모습이야 어떻든 여자가 아닌가.

창기를 끼고 술을 먹기도 그렇고, 늙은 원익완이 대작을 해 주기도 그랬다.

모양새야 서방정토회의 차기 지도자인 옥나찰과 무심련의 차기 련주 후보인 백팔룡이 차라도 한 잔 한다면 나쁠 게 없었다.

원익완이 인상을 찡그리며 말했다.

"하나 아직 어리고 강호 일을 잘 모르니……."

옥나찰이 원익완의 속마음을 짐작했다는 듯 맑은 소리로 웃었다.

"원 어르신은 걱정 마세요. 설령 이야기를 하다 우의를 나눌 좋은 일이 있다 해도 결정은 원 어르신을 비롯한 여러 무심련 어른들과 함께할 테니까요."

"그렇다면야……."

나쁠 게 없었다. 설혹 수작을 피워 무언가 다른 일을 꾀한다

해도 결정은 자신이 하면 되었다.

어찌 보면 백팔룡에게 호기심을 가지고 개인적으로 이야기를 나누려는 것인지도 몰랐다.

설령 옥나찰이 백팔룡 중 하나를 잡고 협박한다 해도 지금 이 자리는 무심련의 안마당일뿐더러 나머지 백팔룡은 넘치도록 있었다.

원익완이 주위를 둘러보며 다른 무심련 고수들의 의향을 살폈다.

나쁠 것 없다는 표정을 읽은 후에야 고개를 끄덕였다.

"뭐, 이런저런 사사로운 이야기를 나누다 보면 그게 교분이 되는 것이니… 아참!"

원익완이 깜빡했다는 듯 서둘러 말했다.

"한 명과 이야기를 나누도록 하시오. 설령 그가 차기 련주가 안 되더라도 백팔룡과 옥나찰의 만남이라는 것 하나만으로도 의미가 있을 거요."

그래야 했다. 마음 같아선 백팔룡 모두를 소개시켜 줘도 괜찮았지만 진완 저 자식 하나만은 필히 뒤로 빼내어야만 했다.

저놈 성질상 또 어떤 참신한 방법으로 옥나찰의 심기를 뒤집어놓을지 상상이 가지 않았기 때문이다.

"저야 상관없습니다."

옥나찰이 고개를 끄덕이자 원익완이 흘깃 멀리 서 있는 삼기수사 심상천을 바라보았다.

'얼른 추천해 봐! 진완 저 자식만 빼고!'

원익완의 눈빛이 그렇게 말하고 있었다.

심상천이 얼른 고개를 끄덕이고는 말했다.

"여기 이응이란 백팔룡을 추천합니다."

호광이 추천한 백팔룡이었다. 겉모습도 괜찮았고, 어른 모실 줄도 알았다.

짧은 시간 옆에서 지켜본 느낌으로는 야심이 지나치게 많다는 게 단점이었지만 그저 이야기만 나누는 일에 걱정할 것은 없었다.

원익완도 마다할 일이 아니었다. 그저 진완이 아니라는 점에 안도의 한숨과 함께 말했다.

"먼 길에 휴식이 필요하실 것 같기도 하구려. 저희야 괜찮으니 잠시 쉬면서 좋은 이야기를 나누도록 하시오."

이응이 한 걸음 앞으로 나섰다.

마치 자신이 무심련의 주인이 된 듯 턱을 치켜 올리고 가슴을 편 당당한 걸음새였다.

원익완은 제법 무심련을 대표할 만한 허우대라 생각했는지 마음에 든다는 듯 고개를 끄덕였다.

옥나찰이 두툼한 손을 들어올리자 한쪽에 도열해 있던 열 명의 남자가 앞으로 걸어나왔다.

뒤로 물러서 있어 눈에 안 띄었을 뿐 앞으로 나서자 백팔룡은 일제히 입을 벌리고 멍하니 바라보았다.

온통 까맸다.

마치 먹물을 온몸에 쏟아 부은 것처럼 검어 하얗게 보이는 부분은 그저 흰자위뿐이었다.

입까지 헤벌리고 보는 허주의 어깨를 육상산이 툭 치며 말했다.

"묵적인이라네. 서역에선 노예로 거래되곤 하지. 그나저나 저렇게 덩치 좋은 놈이라면 꽤나 비쌀 텐데……."

육상산의 말처럼 열 명의 묵적인의 몸은 마치 미끈하게 잘 빠진 말의 근육과 다르지 않았다.

묵적인들은 옥나찰 옆에 나란히 다섯씩 나누어 서서 의자에 연결된 끈을 어깨에 둘러멨다.

"우워~"

자신들의 신호에 맞춰 몸을 일으키자 옥나찰의 의자가 천천히 위로 떠올랐다.

옥나찰이 의자 위에 앉아 손가락을 까딱거렸다.

"거기 잘생긴 백팔룡, 우리끼리 나눌 얘기가 많을 거 같군."

옥나찰이 한쪽 눈까지 지그시 감아 보이자, 이응이 마치 지옥으로 걸어 들어가는 죄인처럼 마른침을 꿀꺽 삼켰다.

이응은 정신이 없었다.

조금 전에 있었던 큰 천막과 이어진 또 다른 천막이었다.

아마도 옥나찰의 침실로 이용되는 천막인 듯, 한가운데는 코끼리 두 마리를 올려놔도 너끈할 침대가 있었고, 은은한 색의 등이 주위를 밝히고 있었다.

'거참, 취향도 독특하군.'

이웅은 주위를 둘러보다 얼굴을 붉혔다.

벽에는 각종 기이한 문양이 새겨져 있었는데, 자세히 들여다보니 벌거벗은 남녀의 교합 장면이 아닌가!

"거기 앉게."

간단한 손짓 하나로 묵적인을 내보내며 옥나찰이 말했다.

이웅이 옥나찰의 손짓에 따라 작은 탁자 앞에 마련된 의자에 엉덩이를 걸쳤다.

딱딱한 데다 조금 작은 듯싶었지만 지금 이웅은 거기까지 깊게 생각할 여유가 없었다.

아니, 어쩌면 옥나찰의 거대한 몸집 때문에 의자가 더더욱 작아 보이는지도 몰랐다.

"난디타? 까네? 쉬바루? 아이슈와르아?"

옥나찰이 부드럽고 맑은 목소리로 부르자 어디선가 여인 넷이 마치 바람처럼 나타났다.

전형적인 서역인인 듯했다. 검은 머리는 길었고 이마 한가운데는 붉은 점 하나가 찍혀 있다.

속눈썹은 젓가락을 올려놔도 안 떨어질 것처럼 길었고, 도톰한 입술은 붉은빛으로 촉촉했다.

약간 까무잡잡한 피부가 도리어 도발적으로 보여 이웅은 벌게진 얼굴을 푹 숙였다.

눈을 둘 데가 없었다. 앞에 나타난 네 여인은 하늘하늘한 망사를 걸치고 있어 속살이 훤히 비추어 보였다.

옥나찰의 머리를 매만지고 옷의 매듭을 풀어 갈아입히느라 팔을 들 때마다 여인들의 망사 옷을 통해 탐스런 가슴은 물론 그 한가운데의 유두까지 확실히 드러나 보였다.

아니, 더 도드라져 보일 정도였다.

탯줄이 끊어지자마자 백팔룡에 들었기 때문에 엄마의 젖도 본 적이 없는 이웅이었다.

더욱이 지금은 피가 끓어 넘치는 한창때였다.

바람결에 여인 옷깃만 펄럭거려도 아래가 뻐근해질 나이였는데, 벌거벗은 것보다 더 자극적인 여인들을 보자 온몸이 불타오르는 듯 뜨거워지는 것은 당연했다.

이웅은 의자어 엉덩이 끝만 걸치고 앉아 두 주먹을 무릎 위에 딱 붙여 올려놓고는 고개를 숙였다.

하지만 의지보다는 본능이 먼저였다.

아무리 목뼈에 힘을 주고 숙여도 눈알은 저도 모르게 위로 치켜떠 앞을 흘끔흘끔 살피느라 정신이 없었다.

옥나찰이 귀엽다는 듯 이웅을 쳐다보았다.

"귀엽구나. 성욕이란 식욕처럼 건강하다는 증거지. 죽 떠먹을 힘도 없는 사내는 물건 또한 썩은 나뭇가지와 다를 바가 없으니까."

아이고, 들켰나 보다 싶어 이웅은 두 다리를 바짝 더 오므렸지만 그 사이에 있는 물건은 계속 대가리를 위로 쳐들고 있었다.

옥나찰이 지금 이웅의 상태가 어떤지 알고 있다는 듯 눈을 게슴츠레 뜨며 말했다.

“권력이란 좋은 것이지. 자신이 원하는 모든 것을 가질 수 있으니까. 그렇지?”

“…….”

이응은 머리가 어지러울 지경이었다.

우연인지 아니면 일부러 그랬는지 모르겠지만 네 여인 중 한 명이 다리를 묘하게 얽어 꼰 자세로 이응에게 차를 따르고 있었기 때문이다.

육감적이면서도 자극적인 자세에 이응의 입술이 바짝 말라 갔다.

“내가 자네에게 한 가지 문제를 내겠네.”

옥나찰이 두툼한 엄지와 검지를 펴 들어 한 뼘을 만들어 보이며 물었다.

“이 정도 나무에 올라도 천하를 굽어볼 수 있다네. 어떻게 이런 일이 가능하겠는가?”

“모, 모르겠습니다.”

신열에 들뜬 듯 붉어진 이응의 얼굴을 보고 옥나찰이 깔깔 웃었다.

“바로 절벽 위의 나무, 그 위에 오르면 되지. 비록 나무의 높이는 보잘것없으나 그 높이가 높으니 그럴 수 있단 말이야. 그 절벽이 바로 권력이라네. 올라앉은 게 무엇이든, 설령 원숭이에 지나지 않더라도 절벽 아래 사람들을 내려다볼 수 있지. 그런 면에선 자네나 나나 원숭이보다 못하단 말이야.”

“……?”

이웅이 멍한 눈빛으로 옥나찰을 바라보았다.

옥나찰이 몸을 앞으로 기울여 이웅을 바라보았다.

투실투실한 옥나찰의 가슴이 탁자 위로 쏟아질 듯 떨어져 내렸다.

"자네나 나나 절벽 위에 오른 사람이네. 하지만 그 한 뼘, 그 한 뼘의 나무에 못 오르고 있지."

옥나찰이 짐짓 귀엽다는 듯 옆에 앉은 여인의 뺨을 손가락으로 부드럽게 쓰다듬었다.

"그 한 뼘! 그게 사람 죽이는 것이네. 원하는 게 바로 눈앞에 있는데 손에 넣지 못하지. 갈증으로 목이 타지만 결코 함부로 손을 내뻗을 수는 없네. 딱 한 뼘인데. 손을 뻗으면 닿을 수 있는 거리인데. 그 한 뼘 때문에!"

"……!"

이웅의 몸이 후끈 달아올랐다.

이번엔 성욕 때문이 아닌 권력이란 달콤한 말 때문이었다.

옥나찰의 맑은 눈이 반쯤 감겼다.

두툼한 입술을 달싹이며 달콤한 유혹처럼 속삭였다.

"한 뼘에 지나지 않지만 어쩌면 절벽보다 더 높은 높이일지 모르지. 하지만 나보다 자네가 더 한 뼘에 가까울 수 있다네. 나는 아직 젊어 언제 죽을지 모르는 금사자 때문에 골치 아프네만, 자네는 련주 자리가 보장되어 있지 않은가."

무심련주! 무심련의 주인! 무심련이라면 천하무림의 최고 높은 봉우리였다.

그리고 이제 옥나찰 말대로 한 뼘만 더 오른다면? 원하는 것은 모두 손에 넣을 수 있었다.

지금 눈앞의 미인들 역시 다르지 않을 것이다.

아니, 손을 뻗어 취하려 하지 않아도 강호의 모든 미인이 자신의 품으로 달려올 것이다.

바로 이응 자신의 품으로!

"하지만!"

옥나찰이 찬물을 끼얹듯 냉랭한 목소리로 말했다.

"자네는 그 한 뼘이 또한 문제지. 원숭이도 오를 수 있는 나무이지만 자네는 아직 못 오르네."

왜! 왜 내가 못 오른단 말이냐! 백여덟 명의 용 가운데 제일 먼저 선택받은 내가!

이응의 눈에 핏발이 섰다.

"아직 무심련에 보여줄 게 없기 때문이지."

"……!"

그랬다. 아직은 호광이나 민청, 그리고 엄조 같은 사람 같지 않은 놈들 손에서 굴려지는 주사위에 지나지 않는 것이다.

"그걸 내가 줄 수 있네. 그 한 뼘에 오를 만한 능력을 증명해 보일 수 있는 기회를 말이야."

이응의 몸이 마치 불구덩이에 빠진 듯 뜨거워졌다.

2

"으아아~ 암! 쩝."

진완은 기다란 하품을 젖은 빨래처럼 탁자 위로 축 늘어뜨려 놓았다.

진완뿐만 아니었다.

진완의 십일조 조원들은 마치 치열한 시험을 치르듯 탁자 위의 음식들을 먹고, 삼키고, 마셨다.

어느새 단단히 감염되었는지 얌전한 옥기영이나 소심한 손형인마저 앞뒤 가리지 않았다.

거기에 비해 이응이 조장으로 있는 삼조는 점잖게 의자에 앉아 있을 뿐이었다.

도리어 입에 들어가는 음식보다 의자 위에 앉아 있는 사람에게 더 신경을 쓰고 있었다.

지금 이 자리에 있는 이들은 실질적으로 무심련을 이끌어가는 사람들이었다.

전검전과 투도각, 그리고 원로원의 대표자까지 앉아 있었다.

그 외에도 아직 무심련의 조직을 알 수 없어 누가 어느 자리를 맡고 있는지 모를 뿐 권위와 근엄함을 온몸에 처바르다시피 묻히고 있는 대단한 사람들도 많았다.

삼조의 조원들은 그 사람들처럼 되고 싶었다.

무심련의 주인이란 자리에 대해 욕심이 없는 것은 아니었다.

하지만 이응이란 걸출한 인물이 있었다.

이응이 무심련의 련주가 된다면 저 대단한 사람들이 앉아 있는 자리에 자신들이 앉게 되는 것이다.

그것도 나쁘진 않았다.

전검전주나 투도각주 정도 되면 소림사 방장도 산문 밖까지 마중 나와 맞을 것이다.

그거면 충분했다.

그래서 삼조의 조원들은 서로 닮고 싶은 무심련 고수들이 의자에 앉아 있는 모습까지도 비슷하게 흉내 내려고 의자에 엉덩이를 비비적거렸다.

백팔룡을 데려왔던 심상천은 똥 마려운 표정과 함께 '급히 처리해야 할 일이 있었군요. 나중에 다시 오겠습니다' 하고 사라졌지만, 진완의 낯짝을 잠시라도 안 보고 싶어 자리를 피한 거란 걸 알 수 있었다.

"여러 백팔룡은 그 정도 먹었으면 돌아갈 만하지 않은가?"

원익완이 부드러운 어조로 물었다.

물론 상대는 진완이었고, 그래서 진완은 무슨 망발이냐는 듯한 시선으로 원익완을 쳐다보았다.

원익완이 웃었다. 억지로 짓는 미소라 그런지 뺨에 파르르 경련이 일었다.

"여러 백팔룡들께선 충분히 위용을 보이셨고, 또 대표로 이응이란 자가 들어갔으니 다른 백팔룡들은……."

원익완이 너무도 밝게 웃으며 말을 꺼냈다.

그 모습에 다른 무심련 고수들은 깜짝 놀라고 말았다.

저렇게 부드러운 어조로 한낱 백팔룡에 지나지 않는 아이들에게 조심스럽게 말을 건네다니.

하지만 원익완은 진완에게 된통 당한 적이 있었다.

개와 사람이 싸우면? 사람만 손해 보는 짓이다.

개가 문다고 사람이 같이 물면?

그날로 미친놈이 되는 것이다.

원익완의 생각이 그랬다.

진완은 개였고, 원익완은 사람이었다.

지금도 백팔룡 앞에서 행한 '에, 그래설라므네' 사건으로 인해 다른 원로원 놈들이 얼마나 놀려대는지 골이 지끈지끈할 지경이 아닌가.

미친개는 몽둥이가 약이 아니라 아예 멀리 둔 채 상종을 하지 않는 법이란 생각에 원익완이 억지로 부드러운 미소를 지을 때 진완이 대답했다.

"기다리슈."

"뭘?"

"배 채우려면 멀었수."

"허허……."

부스스—

원익완의 허탈한 웃음과 함께 움켜쥐었던 의자의 손잡이가 먼지로 화했다.

미친 듯 벌떡거리는 심장을 내공을 일으켜 억지로 내리누르며 원익완은 지그시 눈을 감았다.

'이번만 참으면 난 어쩌면 부처가 될 수도 있을 게야.'

다른 자리도 아니고 서방정토회 무인들이 보는 앞이었다.

그 앞에서 미친개 한 마리 잡기도 뭣한 일이 아니던가.

그래도 서방정토회 무인들 상당수가 중원 말을 모른다는 것이 다행이었다.

진환과 원익완을 번갈아 쳐다보던 전검전주 소검이 재미있는 물건을 봤다는 듯한 시선으로 진환을 쳐다보았다.

"다 먹었느냐? 너도 꽤나 먹는구나."

진환이 고개를 삐뚤게 돌려 소검을 쳐다보았다.

"나야 다 먹었지요. 단지 애들 배 채우려면 조금 더 시간이 필요하니까……."

소검이 한참 맛있게 먹고 있는 육상산을 보고는 이해가 간다는 듯 고개를 끄덕였다.

"좋은 지도자의 자세다. 나 역시 아이들이 출출해할 때 마침 지나가는 소를 보았지. 얼른 아이들 배를 채워주려 빠르게 검을 놀려 살을 떠내어 회 쳐 아이들을 먹였다. 그런데 내 검이 어찌나 빨랐던지 이놈의 소가 뼈만 남았는데도 그걸 깨닫지 못하고 계속 걸어가는 게야. 뼈만 남은 채 말이다. 딸그락! 음머~! 딸그락! 음머~! 그러면서 말이지. 물론 딸그락거리는 소리는 남은 뼈가 부딪쳐 나는 소리였고."

'구라쟁이!'

진환이 기도 안 찬다는 듯 피식 웃었다.

소검의 송충이 같은 눈썹이 움찔거렸다.

"넌 왠지 내 말을 안 믿는 것 같구나."

소검이 가슴에 안고 있는 검의 손잡이를 손가락으로 가볍게 훑었다.

진완이 고개를 저었다.

"믿수. 왜 안 믿겠수."

"좋은 태도다."

소검이 흐뭇하게 웃을 때 진완이 고개를 끄덕였다.

"소에게서 살을 도려내는 건 못 봤어도 뼈만 남은 채 걸어다니는 소는 보았거든요."

"그으래?"

소검이 의외라는 듯 한쪽 눈을 크게 뜨고 진완을 쳐다보았다.

"당연하지요. 아무튼 뼈만 남아 구슬프게 울며 산을 돌아다니는 소가 있길래 내가 부처께 빌고 진흙을 던져 뼈에 붙이니 철썩철썩 뼈에 붙은 진흙이 그냥 살로 변하는 것 아니겠수. 소가 두 앞발을 내게 꿇고 고맙다고 절을 하더라구요. 그래서 내가 물었수. '누가 네게 이랬느냐?' 소가 말하길, '재수없는 검객이 그랬수다' 그러더군. '어느 검객이더냐? 네가 그 검객을 기억할 수 있겠느냐?' 하고 다시 물으니 소가 '당연하지요. 그 못생긴 낯짝을 어찌 잊겠수. 살다 살다 그렇게 못생긴 낯짝은 처음이라오!' 그러지 않겠수? 참나, 세상은 요지경이라니까."

"구라쟁이! 소가 어찌 말을 하느냐!"

소검이 책상을 손바닥으로 쾅 내려치며 소리를 질렀다.

"제길! 뼈만 남고도 걸어다니는 소가 왜 말을 못해! 일단 아저씨가 먼저 뼈만 남고도 걸어다니는 소를 내 앞에 데려와 봐요! 내가 그놈 말하는 걸 보여줄 테니!"

소검의 눈꼬리가 파르르 떨렸다.

어라? 만만치 않은걸? 소검은 처음으로 강적을 만났다는 듯 긴장한 눈빛으로 진완을 쏘아보았다.

니가 이래도 날 안 쫓아낼래? 설마 서방정토회 무인들 앞에서 내 목이야 뎅겅 자르진 않겠지! 진완 역시 속으로 으르렁거리며 소검을 마주 쏘아보았다.

천막 안의 모든 사람들, 특히 전검전주의 성질을 잘 알고 있는 무심련 고수들의 시선에 호기심과 긴장이 가득 담겨 있을 때, 누군가 서투른 말로 외쳤다.

"옥나찰 납시오!"

옥나찰은 조금 더 야해진 복장으로 갈아입은 채 열 명의 묵적인과 함께 나타났다.

그리고 옥나찰 옆에는 한눈에 보기에도 얼굴이 시뻘겋게 달아오른 이응이 횡재했다는 표정으로 싱글벙글 웃으며 서 있었다.

게다가 축하할 일이 있다는 듯 야들야들한 옷을 걸친 무희가 옥나찰 뒤에서 춤을 추었고, 처음 보는 악기로 묘한 음색의 음악을 연주하기 시작했다.

옥나찰이 주위를 돌아보며 말했다.

“참으로 유익한 대화였습니다. 역시 중원엔 인물이 많아 아낌없이 흉금을 열고 기탄없는 이야기를 나누었습니다.”

이웅의 턱이 한 치쯤 더 올라갔다.

옥나찰이 그런 이웅을 보며 부드럽게 미소 짓고는 다시 입을 열었다.

“또한 식견 역시 높아 두 단체 간의 우의를 어찌 쌓을까 하는 점에서도 매우 뛰어난 제안을 하시더군요. 저 옥나찰은 소영웅의 말에 매우 놀라야만 했답니다.”

이웅의 턱이 다시 몇 치쯤 더 위로 올라가 뻥 뚫린 콧구멍 두 개가 커다랗게 보일 정도였다.

원익완이 긴장한 채 물었다.

“무슨 말이외까. 결정은 여러 무심련 원로들과 함께하기로……”

“그랬지요. 분명 그리 말했고, 그 말을 지키기 위해 여기 있는 겁니다.”

옥나찰이 고거를 끄덕이고는 다시 주위를 둘러보며 말했다.

“아시다시피 무심련과 서방정토회는 서로 마음은 있으나 먼 달을 대하듯 교류가 적었습니다. 그 이유는 역시 거리가 멀다는 점에 있지요. 저 역시 여기 오는 데 해를 넘겨야만 했으니까요. 그런 두 단체가 가장 필요한 것은 교류인데, 이 먼 거리를 극복하려면 단 한 가지 방법밖에 없습니다.”

글쎄, 그게 뭐냐구! 원익완이 미심쩍다는 눈빛으로 옥나찰을 바라보았다.

옥나찰이 다시 청아한 목소리로 이야기를 이어갔다.

"바로 파발이지요. 먼 거리 중간중간 역참을 두어 연락을 오가게 한다면 빠른 시일 안에 연락이 오갈 수 있을 겁니다. 만약 중원의 마교 암종이 서방정토회에 있거나, 혹은 빠져나갈 때 우리가 연락하면 짧은 시간 안에 무심련 측에 연락할 수 있을 것이고, 무심련에서 충분히 대응할 수 있게 되겠지요."

그걸 누가 모르나? 대강 얘기가 되었던 거잖냐구! 단지 그 형식과 기간에 대해 얘기하자고 만난 것이지! 원익완이 답답하다는 눈빛으로 옥나찰을 보았을 때,이번엔 옥나찰 대신 이응이 나섰다.

정중한 태도로 포권을 취해 보이며 입을 여는 이응의 표정엔 으스대는 기색이 역력히 떠올라 있었다.

"그 뒤는 제가 말하지요. 보통 때의 파발은 한 달에 한 번 띄워지게 됩니다. 연락을 맡은 사자가 무심련의 소식을 매달 한 번씩 서방정토회에 전하고, 또한 되돌아와 서방정토회의 소식을 무심련에 알려주는 식입니다. 이렇게 운영하다가 변고가 생기면 서로 고수와 연락병이 매일 오가게 됩니다. 빠르면 반년, 길면 일 년 가까이 걸리는 양쪽의 거리를 두고 한 달에 한 번 연락을 취할 수 있다는 점은 마교의 준동을 막는 데 매우 큰 힘이 될 것이라고 저 이응은 믿습니다."

이응은 특히 자신의 이름을 큰 목소리로 또박또박 말했다.

무심련의 대표로 대단한 실력자인 옥나찰과 단둘이 만나 담판을 지은 사람이 바로 나 이응이란 걸 알아달라고 광고하는 것과 다름없었다.

"생각은 참 좋군."

원익완이 예의상 고개를 끄덕였다.

이웅이 원익완이 무슨 말을 하려 하는지 알고 있다는 듯 거만하게 웃었다.

"물론 그 가운데 문제점이 없는 것은 아닙니다. 문제는 먼 거리에 있어야 할 수많은 역참을 운영하려면 역시 비용이 든다는 것입니다. 꽤나 많은 비용일 게 틀림없습니다. 그리고 또 하나, 언제까지 이 제도를 운영하느냐인데… 이 두 문제에 대해선 고맙게도 옥나찰께서 많은 양보를 해주셨습니다."

말로는 고맙다고 하면서도 이웅의 눈빛은 '그게 다 내 덕이라고!' 하고 소리치는 것만 같았다.

이웅은 살짝 고개를 숙여 옥나찰에게 감사함을 표한 뒤 다시 턱을 치켜들고는 사람들을 내려다보았다.

"옥나찰과 제가 대강 합의를 본 것은 칠 년입니다. 칠 년 정도면 마교 암종의 부흥을 어느 정도 감지할 수 있고, 필요하다면 더 늘릴 수도 있겠지요. 또 파발을 오가는 데 있어 서로 안부만 묻는 건 겉보기에 안 좋으니 서로 자그마한 예물로 정성을 표함이 어떠한가 하는 말씀이 있으셨습니다. 저 역시 동의한 부분이구요. 그 예물로 파발과 역참을 운영하는 비용으로 쓸 수도 있지 않겠습니까?"

옳거니! 내가 듣고 싶은 게 바로 그 부분이야! 원익완이 눈을 반짝이며 옥나찰을 보고 물었다.

“예물이라 하시면?”

옥나찰의 눈빛이 더욱더 투명해지는 듯싶더니 품 안에서 무언가를 꺼내 들었다.

그 순간 천막 안에 있던 사람들은 눈을 부릅떴다가 다시 반쯤 감아야 했다.

처음 보는 황홀한 빛에 눈을 떴다가 곧 영롱한 광채에 취해 반쯤 눈을 감았기 때문이다.

옥나찰의 손에는 일곱 가지 빛깔을 뿜어내는 어른 주먹만 한 구슬이 들려 있었다.

“칠채보왕주(七彩寶王珠)랍니다. 이 중에선 처음 보는 분도 계실지 모르겠군요.”

옥나찰의 눈과 목소리가 아무리 투명하고 영롱하더라도 구슬에 비하자면 쓰레기처럼 느껴질 정도였다.

3

칠채보왕주를 바라보던 원익완이 침을 꿀꺽 삼켰다.

탐나기도 하지만 이건 큰 문제였다.

상대가 저런 물건을 예물로 보낸다면 저것과 같은 가치의 그 무언가를 보내야 했다.

‘저 구슬 다섯 개면 무심련 한 달 운영비보다 많겠군. 안 그래도 빠듯한 살림인데 저걸 매달 보낸다면?

저건 너무 과한 예물이라 생각한 원익완이 막 고개를 저으려 할 때였다.

"우리 정토회에선 드물지 않지만 여기 중원에선 매우 희귀한 물건이라 들었습니다. 정토회 회주이신 금사자께선 무심련과의 교류를 매우 중히 여기신답니다. 부디 물리치지 마시고 받아주시기를……."

원익완이 가볍게 한숨을 내쉬며 말했다.

"받을 수 없소이다. 받을 수 없어. 여기선 칠채보왕주는커녕 삼채야명주도 보기 힘들다오. 그 귀한 물건을 받는다면 우리가 금사자께 보낼 예물이 너무 무거워지지 않을까 걱정되기 때문이오."

"걱정하실 거 없습니다."

옥나찰이 웃었다.

이응이 한 발 나서며 마치 자신의 큰 공적이라도 되는 것처럼 말했다.

"바로 그 부분에서 옥나찰께서 큰 양보를 해주셨다고 한 겁니다. 막상 이 협상을 이끌어낸 저 역시 믿을 수 없을 정도였으니까요."

협상을 이끌어낸 바로 이 부분이 이응이 진짜 말하고 싶은 부분이었다.

"그렇다면?"

원익완이 궁금하다는 듯 옥나찰에게 묻자, 옥나찰이 눈을 반쯤 감고는 말했다.

"황금입니다. 영원히 변치 않는 황금이야말로 정토회 회주께 어울리는 물건이지요."

'황금? 황금이라고?'

원익완은 칠채보왕주를 사려면 어느 정도의 황금이 있어야 하나 생각하다 다시 고개를 저었다.

칠채보왕주는 흠집 하나 없이 투명하고 맑았다.

또한 색까지 영롱하니 저 정도 품질이라면 황금을 수레에 가득 담아도 사지 못할 게 분명했다.

원익완이 고개를 저으려는데 이응이 한 발 나섰다.

"네, 황금입니다."

이응이 다시 고개를 돌려 옥나찰을 보며 방긋 웃었다.

"옥나찰께서 황금을 보여주시는 게 빠를 것 같습니다."

옥나찰이 고개를 끄덕이고는 다시 손을 품 안에 넣었다 빼고는 손가락 하나를 튕겼다.

그러자 허공을 날아 떨어진 황금이 탁자 위를 도르륵 굴렀다.

원익완이 탁자에 떨어진 황금의 크기를 확인하고는 눈을 크게 부릅떴다.

'에계~!'

믿을 수 없었다.

첫째, 황금의 크기가 겨우 쌀 한 톨 정도에 지나지 않는다는 점에 놀랐고, 둘째, 그 작은 황금을 저 두툼한 살찐 손가락으로 용케 집어 던졌다는 데 놀랐다.

원익완은 정신을 수습하려는 듯 숨을 골라 쉬며 쌀 한 톨 크기의 황금을 쳐다보다 고개를 갸우뚱거렸다.

칠채보왕주라면 무심련의 한 달 운영비의 이 할이 넘는 가치였다.

그걸 쌀 한 톨 크기의 황금과 맞바꾸자고? 우린 예물로 황금 한 톨 바치고 덥석 칠채보왕주를 들고 온다고?

이건 완전 날로 먹는 것 아닌가! 너무나 흡족한 제안이었지만 무심련의 체면상 받을 수 없는 조건이었다.

"이건 금사자가 미치지 않고서는, 아니아니, 너무 큰 아량을 베푸시는 게 아닌가 싶소이다. 우리 무심련에선 도저히 받아들일 수 없는……."

이응이 다시 앞으로 나섰다.

"물론 황금 단 한 톨은 아닙니다."

그럼 그렇지! 좋다 말았네! 원익완이 인상을 찡그렸을 때, 이응이 그럴 줄 알았다는 듯 빙긋 웃고는 다시 입을 열었다.

"만약 작은 황금 한 조각으로 저런 귀한 예물과 교환한다면 우리 무심련의 체면이 깎이는 것이겠지요. 옥나찰께 들으니 서방정토회에선 숫자 이(二)를 매우 귀하게 여긴답니다. 세상이 밝음과 어둠으로 나눠지니 하루에 두 번 태양과 달에게 기도를 드립니다. 또한 서방정토회를 다스리는 분 역시 금사자와 옥나찰 두 분입니다. 밝음과 어둠이 지나가면 하루가 지나가고, 나날이 밝음으로 나아가게 됩니다. 그래서 나날이 발전하게 됩니다. 그 뜻을 이어받아 우리 무심련에선 맨 처음 달엔 황금 한 톨을, 그 다음 달엔 황금 두 톨을, 그 다음 달엔 황금 네 톨을, 그렇게 달마다 두 배씩 수량을 늘려 예물로 드립니다. 이것은!"

이응의 목소리는 마치 커다란 사자후를 토하듯 힘이 들어가고 높이가 높아졌다.

"바로 무심련과 서방정토회의 우의를 다지자는 뜻입니다. 즉, 무심련에선 서방정토회가 매달 두 배씩 발전하라는 뜻에서 황금을 두 배씩 늘려가고, 정토회에선 우리 무심련이 영원히 지금 같은 영롱한 빛으로 반짝이란 뜻에서 매달 칠채보왕주를 보내오는 것입니다."

원익완이 고개를 숙이고는 물끄러미 쌀 한 톨 크기의 황금을 바라보았다.

이응이 원익완의 지금 마음을 짐작하겠다는 듯 활짝 웃었다.

"바로 거기에 옥나찰께선 커다란 양보를 해주셨습니다. 즉, 매달 두 배씩 높아지다 보면 혹시 황금의 가치가 칠채보왕주보다 높아지는 날이 올지 모르신다면서, 칠 년 후에는 다시 두 단체의 대표가 만나 예물 문제를 결정 짓자 하셨습니다."

'그거야 그렇지. 가만, 칠 년 후라……. 매달 두 배씩이면 황금의 양이 꽤나 많아지겠지. 그렇지만 저 조그마한 황금이 쌀 한 가마 이상이야 되겠어? 게다가 매달 칠채보왕주를 받으니 설령 칠 년 마지막 달에 칠채보왕주보다 더 높은 값의 황금을 주더라도 남는 장사가 아닌가!

거기까지 생각한 원익완이 고개를 끄덕이며 크게 외쳤다.

"뜻이야 더할 나위 없이 좋구랴!"

옥나찰이 그럴 줄 알았다는 듯 거대한 대가리를 끄덕거렸다.

이웅이 마치 못을 박겠다는 듯 크게 외쳤다.

"각기 역참을 두고 파발을 띄워 한 달에 한 번씩 상대를 방문한다. 쌍방은 각기 예물을 준비해 파발을 통해 교환한다. 무심련은 쌀 한 톨만 한 황금으로 시작해 나날이 서방정토회의 발전을 기원하는 뜻으로 매달 두 배씩 늘려가며, 서방정토회에선 매달 지금 이 자리에 보이는 칠채보왕주와 동일한 크기, 동일한 품질의 칠채보왕주를 무심련의 영원을 기원하며 예물로써 교환한다. 기한은 칠 년이며, 칠 년 후 위 조건은 다시 처음부터 검토 후 합의하여 결정한다. 여기까지가 옥나찰과 제가 대표로서 구두로 합의한 사항입니다."

옥나찰이 이웅의 뿌듯한 얼굴을 보며 싱긋 웃고는 다시 홀린 듯 칠채보왕주와 한 조각 황금을 번갈아 쳐다보는 원익완에게 말했다.

"이 일은 매우 중요합니다. 각기 커다란 단체 둘이 조심스럽게 교류를 시작하는 일이지요. 우리 정토회에선 신의를 중요시하여 이 일에 모든 것을 걸 겁니다. 만약 우리가 합의를 어긴다면 기꺼이 금사자 어른과 저의 목을 바치지요. 이 일은 우리가 모시는 명존께 맹세합니다. 만약 무심련에서 이 협의를 어긴다면 암존께 맹세코 무심련의 풀뿌리 하나 남지 않게 될 겁니다.”

“두말할 나위가 있겠소. 원한다면 련주의 목이라도 따서 드리지!”

원익완은 마치 홀린 듯 옥나찰이 들고 있는 칠채보왕주를 쳐다보며 고개를 주억거렸다.

기쁜 일이었다. 옥나찰의 등 뒤에서 춤을 추는 무희의 춤사위가 왠지 더 예뻐 보이고, 악사들의 연주가 더 흥을 돋우는 듯 싶었다.

“좋습니다. 그럼 원 원로께 교류를 시작하는 것을 축하하는 의미에서 이 구슬을 드리겠습니다. 물론 이건 작은 성의로써 다음달부터 시작될 예물엔 속하지 않는답니다.”

옥나찰이 원익완에게 칠채보왕주를 건네주었다.

원익완이 조심스럽게 칠채보왕주를 안아 들고 정성스럽게 쓰다듬었다.

묵직했다. 그리고 영롱했다. 마치 영혼을 빨아들일 것만 같았다.

원익완의 입이 헤벌쭉 벌어질 때, 옥나찰이 말했다.

“중원에선 손바닥을 서로 마주쳐 약속을 정한다 들었습니다. 원래는 무심련주나 원로원의 어른들과 행해야 할 일이었지만, 오늘 이런 큰일을 잘 마무리한 이 잘생긴 백팔룡과 장을 맞대고 싶군요. 그래도 될는지요.”

“안 될 게 있겠소? 저 아이의 손바닥이 곧 나의 손바닥이고,

또한 무심련의 손바닥이오. 각기 다음 주인이 될 두 분이 장을
마주친다는 데 닥을 사람은 아무도 없을 것이오."

이웅의 입이 귀 아래까지 찢어졌다.

드디어 무심련의 백팔룡이 아닌, 무심련의 차기 련주의 자
격으로 서방정토회의 이인자인 옥나찰과 장을 나누어 협약하
는 것이다.

지금 이 일은 평생 두 번째로 기억될 일이었다.

물론 첫 번째 일은 오래지 않아 있게 될 련주 취임식이 되겠
지. 이웅은 그렇게 생각하며 천천히 손바닥을 내밀었다.

옥나찰 역시 손바닥을 천천히 들어올렸다.

마치 지금 있는 경사스런 일을 축하하려는 듯 무희들의 춤
이 빨라지고, 음악 소리가 더욱 높아졌다.

천천히 두 사람의 손바닥이 서로에게 다가갔을, 바로 그때
였다.

쉬ー잉ー! 퍽ー!

무언가 바람을 가르는 소리와 함께 곧 둔탁한 타격음이 나
더니 이웅의 고개가 획 돌아가 왼쪽 어깨에 닿았다.

영문을 모르겠다는 듯 멍한 눈과 함께 고개를 든 이웅의 오
른쪽 관자놀이에서 빨간 핏줄기가 흘러내렸다.

"이게 무슨 짓이냐?!"

원익완이 놀라 자리를 박차고 일어서며 소리쳤다.

다른 사람은 몰라도 분명 자신은 보았다.

진완이 자리에서 천천히 일어서더니 냉큼 돌을 예쁘게 깎아

만든 술잔을 집어 들더니 앞으로 힘껏 던지는 것을.

매우 빠르고 멋진 돌팔매질이었지만, 문제는 그 술잔에 맞은 사람이 막 옥나찰과 장을 나누어 협상을 결정 지을 이웅이라는 데 있었다.

원익완이 끝내 네놈이 일을 저지르고 말았구나 하는 눈빛으로 쳐다봤을 때, 진완이 태연하게 팔짱을 끼고는 대답했다.

"나는 반대우!"

"뭐라고?"

"반대라고 했수."

진완의 태연한 대답에 원익완이 눈썹을 파르르 떨며 물었다.

"이유는?"

이유랄 게 있겠어? 그냥 화끈하게 쫓겨나고 싶어서지! 진완은 그렇게 생각하며 고개를 뒤로 돌리고는 물었다.

"혹시 적당한 이유를 아는 사람 없어?"

그 태도와 말에 원익완이 드디어 폭발하고야 말았다.

"그럼 이유도 없이!"

마치 사자후처럼 원익완이 고함을 토해내자 천막 전체가 부르르 몸을 떨었다.

그때, 다행히 진완이 모르는 이유를 아는 사람이 하나는 있었다.

이제 막 식사를 끝냈다는 듯 손수건으로 입술을 톡톡 부딪쳐 닦아낸 육상산이 눈을 게슴츠레 뜨고는 말했다.

"당연히 반대해야지!"

"그렇지?"

진완이 반색하며 웃었다.

다른 십일조 조원들마저 '저 새끼, 진짜 미친놈이었구나!' 하는 눈빛으로 쳐다볼 정도였는데, 생각지도 않던 돼지새끼가 자기편을 들어주리라곤 생각지 않았기 때문이다.

"당연히?"

원익완이 눈을 부릅뜨고 육상산을 쳐다보았다.

웬일인지 육상산은 마치 불똥이 튀어나올 것 같은 원익완의 시선을 태연히 받아들이고 있었다.

"당연히 그러해야 합니다, 어르신."

육상산이 깍듯이 대답하며 웃었다.

第八章

옥나찰의 분노

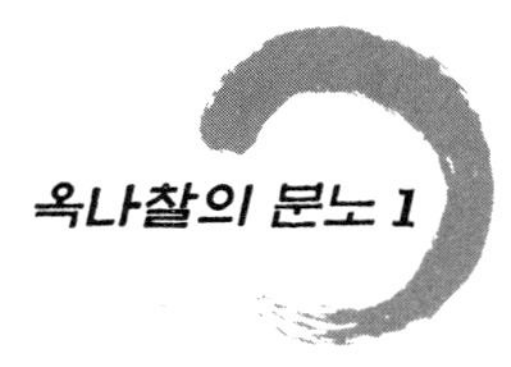

"왜 그런지 물어도 될까?"

원익완이 눈빛을 지우지 않은 채 물었다.

육상산이 느긋한 표정으로 대답했다.

"짧은 대답을 원하십니까, 아니면 긴 대답을 원하십니까?"

"당연히 짧은 대답이지."

대답하는 원익완의 눈자위가 붉게 물들었다.

육상산이 옥나찰에 비하자면 마치 아기 손가락처럼 보이는 통통한 검지 하나를 펴 들었다.

"금와전방(金蝸錢幇)!"

"……?"

원익완의 이해 못하겠다는 듯한 표정을 읽었는지 전검전주 소검이 입을 열었다.

"예전 이곳 섬서 땅에 기반을 둔 상인들의 모임이라 알고 있는데, 맞는가? 내가 알기론 몇 년 전 망했다고 들었는데."

"예, 맞습니다."

육상산이 고개를 끄덕였다.

미치기 일보 직전인 듯 원익완이 큰 목소리로 부르짖었다.

"도대체 금 달팽이로 이름 지은 상단과 이 일이 무슨 소용이 있단 말인가!"

하지만 원익완의 발작에 가까운 호통에도 육상산의 표정은 변하지 않았다.

아니, 도리어 더욱 느긋해진 것처럼 보였다.

감히 일류고수도 함부로 맞받아보지 못할 원익완의 시선과 호통을 육상산이 태연히 받는 것엔 이유가 있었다.

지금 이 자리에 있는 육상산은 백팔룡 육상산이 아닌, 호화상단의 전귀 어르신 육상산이었기 때문이다.

육상산은 마치 처음 회계를 맡은 촌뜨기에게 상단이 어떻게 돌아가는지 차근차근 설명하는 것처럼 조곤조곤한 목소리로 말하기 시작했다.

"바로 그 이야기가 긴 이야기랍니다."

"그럼 그 얘기부터 하던가!"

이 자식아! 지금 누구 복장 터져 죽는 꼴 보고 싶으냐! 원익완이 목에 핏대를 세운 채 울부짖었고, 바로 그것이 육상산이 원하는 것이었다.

지금 육상산은 원익완을 무림고수로 보고 있지 않았다.

그저 돈이 굴러가는 이치는 까맣게 모르는 얼치기 장사꾼으로 대할 뿐이었다.

그리고 항상 그렇듯 돈에 대한 일에서만은 육상산은 최고수 중의 최고수였다.

육상산은 천천히 입을 열고는 더욱 느릿해진 어투로 말했다.

"금와전방의 주인인 방씨는 아비로부터 상단을 물려받았을 뿐, 상재라곤 전혀 없는 인물이었지요. 그저 돈이 돈을 만드니 그것이 제 재주라고 믿고 까불 뿐이었습니다. 그자의 능력 중 괜찮은 것은 단지 장기를 두는 것뿐, 이재엔 밝지 못했습니다. 하지만 딱 하나, 장기 실력만큼은 천하를 두고 적수를 찾지 못할 정도였지요. 전 바로 그 점을 이용했습니다. 그자와 내기 장기를 둔 것이지요."

"내기 장기? 그 자식이 천하제일의 장기 실력이라면서 어찌 이기려고?"

원익완이 으르렁거렸지만 육상산은 콧방귀도 뀌지 않았다.

"전 지기 위해 장기를 두었을 뿐입니다."

"지기 위해?"

"예, 저는 장기의 승패보다 내기 내용에 대해 관심이 있을 뿐이었으니까요."

"내기 내용?"

"그렇지요. 내기 내용. 어떤 때는 내기보다 내기의 조건이 더 중요할 때도 있으니까요. 즉, 제가 이기면 그자 재산의 삼

할을 가지고, 만약 제가 진다면 그자의 일꾼으로 들어가 백일 동안 일해야 했으니까요. 그자는 돼지우리와 뒷간을 치는 일을 시키겠노라고 내기 장기를 두기 전부터 신나하더군요.”

“당연하지 않나. 자신의 실력이 천하제일인데. 더구나 미쳐서 눈을 까뒤집고 두어 졌다고 해도 겨우 삼 할만 잃으면 되는 것인데.”

“그는 미치지도 그렇다고 눈을 까뒤집지도 않았답니다.”

“그럼 졌겠군.”

“당연하지요. 그래서 전 그자의 일꾼으로 들어가 매일 더럽고 힘든 일을 해야 했답니다.”

“……!”

원익완은 더 이상 대꾸하지도 않았다.

조장만 미친 게 아니라 저 백팔룡 조원들은 죄다 미친 게 틀림없었다.

이놈들을 데려온 심상천이 어디 있나 두리번거렸지만 이미 심상천은 급한 일을 핑계로 사라진 지 오래였다.

그때 육상산이 다시 입을 열었다.

“제가 원한 게 바로 그 일꾼이었습니다. 왜냐하면 일꾼은 일한 대가로 삯을 받으니까요. 물론 내기니까 품삯이야 형편없었지요. 그자는 일부러 모욕을 주려고 매일 쌀 한 톨씩 주마, 아니, 너무 매몰찬 것 같으니 매일 두 배씩 불려주마 하고 소리쳤답니다. 아니, 지금 돌이켜 생각해 보니 그 조건을 제가 제시한 것 같군요. 내기 장기 두기 이전에요.”

“……!”

그때 처음 원익완의 표정이 바뀌었다.

육상산이 금와전방의 주인과 정했다는 내기 조건이 지금 옥나찰이 제시한 조건과 똑같지 않은가!

비록 황금과 쌀로 종류는 달랐지만 쌀 한 톨만 하다는 크기, 그리고 다음번엔 두 배가 된다는 조건만은 똑같았다.

그제야 원익완의 표정이 굳어졌다는 걸 확인한 육상산이 싱긋 웃었다.

“그자가 조금의 상재라도 있었다면 그 내기 장기는 두지 말았어야 합니다. 어쩔 수 없이 두게 되었다면 마땅히 졌어야지요. 그자는 그만한 상재조차 없었습니다.”

“왜지? 과연 그 조건이 백 일 동안 노예보다 더 못한 일을 해야 할 값어치가 있단 말인가?”

육상산이 손수건을 꺼내 이마를 톡톡 닦았다.

“백 일은 무슨, 얼마 걸리지 않았답니다. 단지 중요한 건 무인의 약속이 천금과 같다면 상인의 약속은 만금으로도 사지 못한다는 것이지요. 제가 어르신께 한 가지 묻겠습니다. 한 가마 안에 쌀이 몇 톨이나 들어 있다고 생각하십니까? 물론 쌀 한 가마니는 스물한 관(貫) 하고 삼분의 일 관 정도가 넘습니다. 또 다르게는 백삼십삼 근(斤) 하고 삼분의 일 근 정도가 넘는다고 가정합니다.”

그때 천막 안으로 누군가 들어서며 잘난 척하는 목소리로 대답했다.

"무게 따윈 잴 거 없네. 한 가마니 안에 든 쌀알의 수는 대략 이억 칠천만 톨에서 조금 모자라는 정도라고 알고 있으니."

삼기수사 심상천이었다.

대강 급한 일을 해결하고 왔는지 한결 가벼워진 표정으로 섭선을 하늘하늘 부치며 '나, 별거 다 알지?' 하는 얼굴로 주위를 돌아보았다.

아이구야! 그렇게나 많았어? 천막 안의 모든 사람이 멍해진 표정으로 심상천을 쳐다보았다.

육상산이 맞다는 듯 고개를 끄덕였다.

"대강 맞습니다. 그럼 그렇게 가정하고, 쌀 한 톨이 매일 두 배씩 늘어난다면 대강 며칠째가 되면 쌀 한 가마니가 될까요?"

그야 백 년쯤 걸리겠지. 천막 안 사람들이 그렇게 생각했을 때, 심상천이 '나, 이런 문제 엄청 잘 풀어'라고 말하는 듯한 표정으로 밝게 웃으며 대답했다.

"복잡한 식을 세워 종이 위에 계산해야겠지만 난 암산으로도 가능하다네. 가만있자, 그러니까 대강 스무 날 하고도 팔 일이면 가능하겠군."

으웩! 진짜루? 쌀 한 톨이 이십팔 일이면 쌀 한 가마니라니! 사람들의 표정이 일제히 바뀌었다.

"거참, 노인네 계산 한번 잘한다!"

진완이 웃으며 크게 외치자 심상천이 으스대는 표정으로 설명했다.

"잠시만 생각해 보면 간단하지. 쌀 한 톨이 다음날이면 둘,

다음날이면 넷, 다음날이면 여덟, 열여섯, 다음엔 서른둘, 예순넷, 그리고 칠 일째가 되면 백스물여덟이 되네. 아주 간단하게 생각하면 칠 일이 지나면 무조건 백 배가 된다고 생각하면 편하지. 즉, 칠 일이 지나면 백 배, 다시 칠 일이 지나면 만 배, 다시 칠 일이 지나면 백만 배가 되는 거지. 정확히 말하자면 스물하루 만에 이백구만 칠천백오십두 배가 되는 거고, 다시 일곱 번이 네 번 도는 이십팔 일이 되면 이억 육천팔백사십삼만 오천사백오십여섯 톨이 된다는 거네. 쌀 한 가마니가 되는 거지. 다시 칠 일 후면 백스물여덟 가마가 되는 거고.”

어때? 나, 대단하지? 이마에 그렇게 새긴 듯한 표정으로 심상천이 주위를 둘러보고 있을 때, 육상산이 고개를 끄덕였다.

“예, 불과 두 달이 되지 않아 금와전방은 저의 것이 되었습니다.”

미처 금와전방에 대한 이야기를 듣지 못한 심상천이 크게 웃으며 말했다.

“누가 이런 미친 내기를 한단 말인가! 밥 떠먹을 손가락 몇 개만 꼼지락거려 봐도 대강 이치를 따질 수 있을 터인데!”

육상산이 심상천 쪽으론 고개도 돌리지 않은 채 원익완을 보며 말했다.

“불과 두 달도 되지 않았습니다. 즉, 육십여 일이 채 되지 않았다는 겁니다. 일 년은 열두 달, 칠 년이면 무려 여든네 달이 됩니다. 무심련의 돈이 얼마나 있는지는 모르겠지만 무심련은 칠 년까지 버티지 못한다는 데 제 모든 재산을 걸어도 좋습니다. 그때가 되면 전 중원의 금을 털어도 양을 맞추기 힘들어질 테니까요."

일순간 주위엔 정적만이 돌았다.

뒤늦게 수를 헤어려 본 개대가리 반두홍이 큰 소리로 외쳤다.

"씨발, 좆 될 뻔했구나!"

말이야 거친 욕설이었지만, 천막 안에 있는 모든 사람들 머리 속에 떠오른 말이 바로 그것이었다.

2

사람들이 일계히 옥나찰을 돌아보았다.

그 시선들엔 은은한 분노가 서려 있었다.

진완은 아예 '거봐, 내가 뭔지는 몰라도 찜찜했었다고' 하는 표정으로 팔짱까지 낀 채 옥나찰을 바라보았다.

하지만 거기에 끓는 기름을 붓는 사내가 있었다.

머리 회전이 빠르고 아는 것도 많았지만, 정작 필요한 눈치는 전혀 없는 사내 삼기수사 심상천이었다.

"어라? 저 뒤에 무희가 추는 춤은 환락요무(歡樂妖舞)인 듯한데? 게다가 이 음악은 광혼사음(狂魂邪音)이 아닌가! 사람들의 정신을 혼미하게 만들고 또 어지럽게 만드는 춤과 노래가 왜 이곳에?"

심상천이 뜻하지 않게 공을 세웠다.

사실 무인들이라 숫자를 셈하는 일엔 결코 밝지 않았다.

하지만 서방정토회에서 금사자와 옥나찰의 목을 건 일에 무심련 련주의 목까지 걸었다는 걸 생각해 보면 원익완은 원로로서 시간을 두고 깊게 따져 봐야만 했다.

그러나 욕심에 눈이 가리워진 듯 덜컥 결정을 지어버린 것이었다.

바로 그것이 모르긴 해도 무희들의 요사스러운 춤과 악사들의 사이한 음악 탓일 가능성이 매우 컸다.

옥나찰은 아무 말 없이 두 눈을 치켜뜬 채 한 사람만을 노려보았다.

진완, 대책없이 일을 저지른 후 유들유들하게 팔짱을 끼고 이죽이듯 바라보는 커다란 곰 한 마리를 옥나찰은 마치 눈으로 아작아작 씹어 삼켜 버리겠다는 듯 노려보고 있었다.

차근차근 설명했던 뚱뚱한 놈보다는 저놈이 몇백 배 더 얄미운 것은 무슨 까닭인지 모를 일이었다.

"내 대업을 네놈이 망쳤구나! 내 무심련과 척을 지는 한이 있더라도 네놈의 그 주둥이를 봉해 죽이겠노라!"

낭랑하던 목소리는 어디로 가고 음습하고 낮은 목소리로 으르렁대던 옥나찰이 두 손바닥으로 탁자를 치고 위로 솟구쳤다.

보고도 못 믿을 엄청난 속도였다.

"자중하시오!"

원익완이 어느새 옥나찰의 앞을 가로막았다.

재빠른 몸놀림은 과연 무심련의 원로원 실력이 어떠한지 충분히 알려주고 있었다.

옥나찰의 두툼한 손바닥이 원익완을 덮쳤다.

원익완 역시 피하지 않고 마주 손바닥을 대었다.

커다란 옥나찰의 손바닥에 비하자면 원익완의 손바닥은 아이의 것처럼 보일 정도였다.

퍽—!

쿵! 쿵!

괴상한 굉음과 함께 옥나찰이 뒤로 두 걸음을 걸었고, 원익완은 제자리에 꽂꽂이 선 채 빠르게 네 번을 회전했다.

각기 독특한 방법으로 상대 장공의 위력을 해소하고는 조금은 감탄한 기색으로 서로를 지켜보았다.

원익완이 손바닥을 쥐락 펴락 하며 끊임없이 살이 출렁거리는 옥나찰을 바라보았다.

그저 돼지 같은 계집이라 생각했는데, 실력이 자신에 비해 모자라지 않았다.

만약 목숨을 걸고 겨룬다면 결코 진다고는 생각하지 않았다.

그저 막아서려 했기에 결과가 이 정도였지만, 일장을 교환한 후 조금은 경시했던 생각이 완전히 바뀌어 버렸다.

두 사람이 서로를 쳐다보며 긴장한 어깨를 추스를 때, 전검전주 소검과 투도각주 곡도가 어느새 원익완의 양옆에 나란히 섰다.

웃는 얼굴과 우는 낯짝 두 개는 만만히 볼 게 아니었다.

다른 사람들은 거창하게 도를 닦거나 더 높은 경지에 오르려 무공을 익힌다고 말할 때, 태연히 저들은 사람을 죽이기 위해 기술을 익한다고 말하는 종자들이었기 때문이다.

옥나찰의 옆에도 어느새 열 명의 묵적인과 네 명의 시비가 호위하듯 버티고 서서 원익완과 소검, 곡도를 노려보았다.

긴장된 공기가 천막 안을 태울 듯 뜨겁게 데워졌을 때, 옥나찰이 피식 웃었다.

"그저 대업을 방해한 조그마한 아이 하나에게 경계를 내리고자 했음이에요. 그 경계가 조금 지나쳐 죽는다 해도 제 탓은 아닐 겁니다. 무심련이 자랑하는 차기 련주감이 너무 실력이 형편없는 탓이니까요."

이게 무슨 말인가 싶어 원익완이 고개를 뒤로 돌렸을 때, 뜻밖의 광경을 보게 되었다.

염혼이라 불리던 소년의 왼 손바닥과 진완의 오른 손바닥이 나란히 맞대어져 있었다.

염혼이란 소년은 진중한 기색으로 두 눈을 감고 있었고, 진완은 왜 이놈이 나한테 엉기냐는 듯 어이없어하는 표정이었다.

그 가운데, 두 사람이 맞댄 손바닥 뒤에서는 옥기영이 긴장한 표정으로 두 사람을 내려다보고 있었다.

다른 십일조 조원들은 몰라도 옥기영은 고수였다.

지금 두 사람의 상태가 생명을 걸고 내공을 겨루는 순간이란 걸 너무나 잘 알고 있었다.

'좀 더 일찍 내가 상대했어야 하는 것인데…….'

기련소마 옥기영의 얼굴에 후회의 기색이 떠올랐다.

지금 두 사람의 내공은 하나로 엉겨 치열하게 겨루고 있을 것이다.

마치 한 몸처럼 연결된 상태라 만약 옥기영이 염혼을 공격한다면 도리어 진완이 피를 뿜으며 죽을 수도 있었다.

결국 결론은 날 것이다. 조금이라도 강한 내공을 지닌 사람이 이길 것이고, 진 사람은 생사를 걱정해야 할 만큼의 내상을 입게 될 것이다.

옥기영은 진완이 한 줌의 내공도 없다는 걸 잘 알고 있었다.

그저 천력을 타고났을 뿐이고, 나무 일을 하면서 곰 같은 근육을 지녔을 뿐 내공이란 게 무엇인지 감도 못 잡을 놈이었다.

결국 싸움의 결과는 명확했고, 남은 것은 진완이 죽느냐, 아니면 살아남아 병신이 되느냐일 뿐이었다.

옥기영이 좀 더 일찍 나서서 염혼을 자신이 상대하지 못한 것에 자책을 거듭하며 땀이 차오른 손바닥을 쥐었다 펴기를 거듭할 때, 옥나찰이 말했다.

"재미있는 구경을 하시겠군요. 저자를 내가 왜 염혼이라 부르는지 아세요?"

옥나찰을 소검과 곡도에게 맡긴 후 진완과 염혼 두 사람 앞으로 천천히 걸어가던 원익완이 옥나찰을 바라보았다.

내공을 겨루며 대치 상태에 있는 두 사람을 갈라놓는 방법은 단 하나였다.

둘보다 내공이 더 깊은 사람이 요령껏 두 사람의 내공을 되돌려놓으면 되었다.

다행히 자신은 내공이 깊었고, 거기에 염혼이란 자의 내공이 어떤 것인지 안다면 더욱더 일은 쉬워지리라.

옥나찰이 원익완의 마음을 읽었다는 듯 빙그레 웃었다.

"그 아이의 내공은 불과 같습니다. 그저 상대의 단전에 작은 불꽃을 놓는 것이지요. 단지 하나의 불꽃이지만 상대의 온몸을 불태우는 것은 시간문제입니다. 여기서는 줄여 성마각… 뭐라고 부르는 거 같던데요."

정확히는 성마각염천공(醒魔覺焰天功)이지! 익혀서는 안 되는 일곱 가지 무공 중 하나가 또한 성마각염천공이고! 원익완은 속으로 외치며 두 눈을 부릅떴다.

칠대금공(七大禁功) 중 하나인 성마각염천공은 다른 마공과는 성질이 달랐다.

다른 칠대금공처럼 이를 데 없이 높은 공력을 순간에 얻을 수는 있지만 뇌를 다쳐 며칠간 미쳐 날뛰다 죽거나, 순음순양의 동남동녀들의 몸을 통해 공력을 이끌어 올리는 비열한 방법을 쓴 것이 아니었다.

단지 익히는 과정이 너무나 힘들고, 그 과정 중에 많은 사람이 죽어나갔기 때문이다.

각 과정마다 목숨을 걸어야 했다.

그런 과정 여덟 번을 거쳐야 익힐 수 있는 무공이 성마각염천공이었다.

한마디로 동전을 던져 앞면이 여덟 번 연거푸 나와야 이기는 내기를 목숨 걸고 하는 것과 같았다.

그 여덟 번 중에 단 한 번이라도 뒷면이 나오면 그 자리에서 피를 토하고 죽어야 하는 죽음의 내기.

확률로 따지면 몇백 번 넘게 시도해야 단 한 번 성공한다는 뜻이었고, 그렇게 위험한 무공이기에 칠대금공에 속하게 된 것이었다.

하지만 만약 성공한다면? 그 위력은 상상하기조차 어려웠다.

옥나찰의 설명이 틀리지 않았다.

옥나찰은 쌓아 올린 볏단에 불을 붙인다고 했지만, 원익완은 커다란 바위를 작은 정 하나로 쪼개는 것과 같다고 생각했다.

커다란 바위라 해도 결을 잘 짚어 단 한 번에 정을 쑤셔 넣으면 두 쪽으로 갈라지는 것, 바로 그것이 성마각염천공이었다.

작은 한 줌의 내기를 상대의 혈도에 집어넣어 상대의 단전을 파괴시키는 수법.

내공이 극한에 달한 사람이라면 도리어 시전한 사람이 죽겠지만, 만약 그렇지 않다면 자신보다 못한 깊이의 성마각염천공이라 해도 피를 게워내어야만 했다.

바로 그 한 수에 성숙노괴와 그의 일곱 제자, 노호칠괴 일곱과 법륜사왕과 그의 두 사제가 죽은 것이리라.

그렇다면 진완은 이미 죽은 목숨이었다.

만약 그렇다면 참지 않을 것이다. 단 일장에 저 염혼이란 소년을 때려죽일 것이다.

옥나찰이 백팔룡 중의 한 명을, 그것도 련주를 쏙 빼닮은 자를 죽인다면 옥나찰도 최소한 다리 하나와 팔 하나는 남겨두고 가야 할 것이고, 서방정토회의 주인인 금사자도 팔 하나는 보내와야 할 것이다.

그게 강호의 율법이었으니까.

원익완의 두 눈이 불타올랐다.

하지만 옥나찰의 두 눈은 한없이 깊게 가라앉아 있었다.

두 사람의 시선이 허공에서 부딪치는 순간, 믿지 못할 일이 눈앞에서 벌어지고 있었다.

진완의 얼굴이 새하얗게 질려간다 싶었을 때, 막상 상대인 염혼의 얼굴은 시커멓게 죽어가고 있었다.

"으음……."

진완이 아랫배가 쑤신다는 듯 두 눈을 찡그리며 신음을 토해 냈고, 그 순간 진완의 온몸에서 하얀 우윳빛 광채가 반짝였다.

짧은 순간이었지만 그 빛을 못 본 사람은 없었다.

두 사람의 손바닥이 드디어 떨어졌다.

천천히, 마치 벽에 물로 칠해 붙인 종이가 말라 얇게 떨어지듯 두 사람의 손바닥은 그렇게 떨어졌다.

진완은 그저 인상을 찡그린 채 버티고 서 있었지만, 염혼은 마치 누구에게 떠밀린 것처럼 뒤로 일곱 걸음을 걷고는 다리에 힘이 빠진 듯 바닥에 풀썩 주저앉듯 무릎을 꿇었다.

"웩ー!"

염혼이 입을 벌리고 큼지막한 검붉은 핏덩이 하나를 뱉어내었다.

"……?"

경악할 만한 일이었다.

하지만 모두들 영문을 몰라 그저 입을 헤벌린 채 죽은 사람처럼 시커멓게 변한 염혼의 얼굴과 찡그리고 있는 진완의 얼굴을 번갈아 쳐다볼 뿐이었다.

옥나찰의 반응이 제일 빨랐다.

염혼의 무공이 어떤 것인지 제일 잘 알고 있기 때문이었다.

"놈! 마공을 익혔구나!"

옥나찰의 비명에 사람들이 일제히 옥나찰을 쳐다보았다.

"내공을 거루어 칠대금공 중 하나를 익힌 염혼의 무공을 깨고, 도리어 죽음까지 몰아넣을 수 있는 무공은 천하구품(天下九品)밖에 없다! 그중 하얀 광채를 뿜어내는 것은 단 하나! 바로 소수마공(素手魔功)밖에 없지!"

옥나찰의 말에 분위기는 또 한 번 바뀌었다.

이때까지 옥나찰을 향하던 분노와 경계가 방향을 바꾸어 영문을 모르겠다는 듯 눈만 끔뻑이고 있는 진완을 향한 것이다.

"천하구품? 소수마공? 그게 뭐우?"

진완이 멍청한 표정으로 물었다.

옥나찰이 연기로 자신을 속이려 하냐는 듯 비웃음을 머금은 채 대답했다.

"소림의 역근경, 무당의 태극공, 화산의 자하공을 비롯해 마교의 청허심결 등, 우열을 가리기 힘든 아홉 가지 내공법을 일컬어 천하구품이라 하지. 그중 두 개가 마교의 것인데, 하나가

청허심결이요, 다른 하나가 바로 소수신공이지. 아니, 소수마공이라 불러야 마땅하다. 바로 소수나찰의 무공이 소수마공이니까.”

‘어라? 그런 거였수? 하지만 잘못 알았수. 내 몸에 든 내공은 위진천 마누라 내공이라우. 마교라면 이를 가는 게 무심련인데 그 무심련의 주인 마누라가 소수마공를 익힐 리가 있겠수?

진완이 피식 웃었다.

하지만 다른 사람까지 그런 것은 아니었다.

분명 자신들의 눈으로 진완의 몸에서 일순간 나타났던 하얀 우윳빛 광채를 보았다.

게다가 옥나찰이 직접 입으로 소수마공이라 하지 않았는가!

소수마공이 천하구품 중 제일이라 말할 수는 없어도 파괴력만큼은 그중 제일이었다.

어느덧 소검마저도 옥나찰에 대한 경계를 풀지 않은 채 검을 움켜쥐며 진완을 향했다.

갑작스런 변화에 가장 똥줄이 타는 것은 십일조의 조원들이었다.

다른 말은 몰라도 ‘소수나찰’ 그 이름만은 확실히 들었다.

위진천 련주가 이십 년 폐관 수련을 하는 이유도 바로 그 소수나찰 때문이라지 않는가!

하지만 진완은 아랫배가 쓰라린지 손으로 쓰다듬으며 태연히 되묻고 있었다.

“왜 소수마공이라 한 거우?”

"그야 증거가 명백하지 않는가!"

"무슨 증거? 소수마공을 익히면 달라지는 거라도 있단 말이우?"

"그렇지. 상대의 내공을 불태워 버리는 저 아이의 공력을 한순간 얼어붙게 만들어 파괴하는 무공은 소수마공밖에 없으며, 그 증거로 네 몸에 하얀빛이 났던 것이다. 그것도 짧은 순간 저 아이를 저 꼴로 만들려면 필경 이십 년 이상의 소수마공이 필요하고, 이십 년의 화후라면 이미 온몸이 희어질 뿐 아니라 머리카락도……."

옥나찰이 순간 말을 멈추고는 눈을 끔뻑거렸다.

진완의 머리카락은 검었다.

비록 떡이 져 기름이 줄줄 흘러내리긴 했어도 윤기까지 나는 새카만 색이었다.

옥나찰은 약간 혼란스럽다는 듯 다시 눈을 깜빡이고는 말했다.

하지만 목소리는 조금 전처럼 힘있는 높은 목소리가 아니었다.

"또한 두 눈의 초점이 맺히지 않아 흡사 인형의 눈을 보는 것과 같고……."

옥나찰이 다시 말을 멈추었다.

너무도 초점이 분명한 두 개의 눈동자가 자신을 쏘아보며 비웃고 있지 않은가!

옥나찰이 입을 열었지만 이젠 아예 혼잣소리처럼 중얼거리는 소리와도 같았다.

"또한 이지를 잃어 영혼이 텅 비어버린 듯 말과 행동을……."

"내가 그렇게 보이슈?"

"아니."

옥나찰은 힘없이 대답했다.

긴장한 채 진완을 쏘아보던 소검과 곡도마저도 어이없다는 듯 옥나찰을 되돌아보고 있었다.

"세상은 넓수다. 함부로 단정 짓지 마시오."

진완의 힘있는 말에 옥나찰이 고개를 들고는 허허롭게 웃었다.

하지만 그 웃음 맨 끝에는 끓어오르는 분노의 빛을 읽을 수 있었다.

이제 자신은 끝난 몸이었다.

금사자의 품을 벗어나려 몸부림쳐도 항상 그 자리였다.

아니, 그 빌어먹을 작자에게 일을 망쳤다는 이유로 죽임을 당할지도 몰랐다.

어찌 됐든 지금 서방정토회의 주인은 금사자였고, 아직까지 옥나찰은 다음 회주를 예약한 몸에 지나지 않았기 때문이다.

이래도 죽고 저렇게 해도 죽는다면? 억울하지 않게 한바탕 살계를 열고 죽는 게 나을지도 몰랐다.

"오호호호!"

옥나찰의 긴 웃음이 살기로 번질거렸다.

원익완과 전검전주 소검, 그리고 투도각주 곡도가 긴장한 채 옥나찰의 변화를 살피고 있었다.

문득 웃음을 멈춘 옥나찰이 손을 들어올리며 말했다.

"내 오늘 무심련의 실력이 어느 정도인지 필히 알아보아야 겠다! 비록 정토회의 주인 자리엔 못 오르더라도 무심련을 무너뜨릴 수만 있다면 헛 산 것은 아니겠지!"

순간 웬만한 사람 엉덩이 네 쪽을 붙여놓은 듯한 옥나찰의 커다란 손바닥이 두 배쯤 더 부풀어 올랐다.

"조심하거라!"

원익완이 큰 소리로 주의를 주었다.

옥나찰의 무공은 함부로 보아 넘길 것이 아니었다.

우열을 가리기 힘든, 천하에서 제일 뛰어난 아홉 가지 무공이 천하구품이었고, 그중 하나가 바로 요옥정토공(饒沃淨土功), 즉 서방정토회의 회주들만이 익히는 무공이었기 때문이다.

긴장은 폭발적으로 증가해서 천막을 뒤흔드는 걸로도 모자라 사람의 심혼까지 얼어붙게 만들고 있었다.

바로 그때였다.

"황금이 아니면 어떻습니까? 황금보다 더 귀한 물건은 많으니까요."

차분하고 기름진 목소리가 분위기를 한결 누그러뜨리듯 천막 안에 사뿐히 가라앉았다.

한참 공력을 끌어올리던 옥나찰이 방금 말한 사람, 바로 돼지새끼 육상산을 노려보았다.

육상산이 옥나찰의 시선을 감당하기 어렵다는 듯 눈을 내리

깔고 다시 손수건으로 이마를 닦으며 말했다.

"세상엔 황금만 있는 게 아닙니다. 어찌 보면 황금보다 더 중요한 것이 있고, 그중엔 옥나찰의 마음에 드는 물건 또한 있을 겁니다."

"쿄호호호! 과연 그런 것이 있을까?"

공력을 극한으로 끌어올렸는지 옥나찰의 몸집은 코끼리에서 작은 고래 정도로 부풀어 올랐다.

반쯤 검을 빼내어 잡은 소검의 웃음이 더욱 짙어졌다.

도를 비스듬히 가슴께로 들어올린 곡검의 얼굴은 통곡이라도 할 것처럼 잔뜩 찌푸려져 있었다.

원익완은 도리어 차분해진 듯 말없이 양손을 가슴 앞에 교차시킨 채 조용히 옥나찰을 지켜볼 뿐이었다.

"구지선엽물갈초(九枝仙葉勿渴草), 바로 그것이면 됩니다."

육상산의 말이 너무나 갑작스럽고 엉뚱해서였는지, 아니면 고수 중의 고수라 팽팽하게 당겨진 긴장의 끈을 쉽게 풀지 못해선지는 몰라도 일단 옥나찰의 발작을 멈추고 주의를 끄는 데는 성공했다.

옥나찰은 지금도 계속 몸집을 키우면서도 육상산을 흘깃 바라보았다.

육상산이 유들유들하게 웃으며 말했다.

"저 멀리 장백산맥에서 북동쪽으로 천여 리 더 올라가는 곳에서만 매우 희귀하게 발견되는 약초랍니다. 신선의 축복이자 악마의 선물로 불리는 약초이지요. 하지만 아무도 그 약초를 먹는 사람은 없답니다. 그 지역 사람들은 약초가 아니라 바로 독초라는 걸 알기 때문이죠.”

“독초?”

“동시에 약초지요. 한 잎만 달여 먹어도 능히 하룻밤에 열 여자를 상대해도 지치지 않으니까. 더구나 발기 상태도 계속 되지요.”

갑작스런 얘기에 모두들 얼굴이 시뻘겋게 변했다.

“중원의 남자들은 하나같이 정력이 약한가 보구나. 아이야, 그런 약이 없어도 우리 서방정토회 남자들은 모두 정력이 강 하단다.”

이미 부풀 대로 부풀어서 그런지 옥나찰의 목소리는 더 이 상 맑고 청아하지 않았다.

도리어 목소리는 마치 살기에 몸을 씻고 나온 듯 어두운 빛 깔로 번질거렸다.

하지만 육상산은 옥나찰의 기세에 얼굴이 새파랗게 질리면 서도 또박또박 말을 이었다.

어찌 됐든 지금 이 자리에 있는 육상산은 천하 고수와 무공 을 다투는 무인이 아니었다.

단지 어떻게 해서라도 거래를 성사시켜야 이문이 떨어지는 이전수(二傳手), 즉 중간에 다리를 놓아 협상을 종결 짓는 상인 이었다.

다시 말하지만, 육상산은 상인들 세계에선 최고수 자리를 다투는 인물이었다.

"그게 약초가 아닙니다. 사실 독초라 불러야지요. 무서운 것은 한번 그 맛을 보면 중독된다는 점에 있습니다. 처음엔 열 여자를 상대하다 그 다음날이면 스무 명을 상대해야 갈증이 풀립니다. 그렇게 수를 늘려가는 것과 동시에 점점 정신을 잃고 그 짓에만 몰두하게 되지요. 끝내 얼마 안 가 몸 안의 모든 정기를 잃고 말라죽게 된답니다. 결국 여자의 두 다리 사이에서 마치 목내이(木乃伊)처럼 바싹 마른 채 최후를 맞이하는 것이지요. 듣기로는 주인은 죽어도 그 물건만은 살아 관 속에서도 벌떡댄다고 하더군요."

혹시나 싶어 혐오의 뜻을 얼굴에 나타내면서도 귀 기울여 듣던 사람들이 일제히 인상을 찌푸린다.

그렇다면 그건 정력제가 아닌 독이 분명했다. 어쩌면 마약 성분이 든 것일지도 몰랐다.

점점 몸이 부풀어 조금 후면 머리통이 천막의 천장을 뚫고 솟아날 것 같은 옥나찰이 음침하게 웃었다.

"재미있구나, 재미있어. 하지만 그 재미있는 얘기가 여자인 나와 무슨 소용이 있으랴. 여자에게 듣는 약초라면 모를까, 아니, 설령 그렇다 해도 나는 만독불침이다. 독이든 약이든 나는 신경 쓰지 않는다. 그걸로 날 어찌해 볼 생각이었나?"

"그래서 옥나찰께 꼭 필요하다는 겁니다. 하루에도 삼백 명의 첩을 상대하는 남자를 알고 계시니까요. 또한 비약비독(非藥非毒)이니 만독불침과는 관계없습니다. 일단 먹는다면 그 즉시 효과를 발휘하지요."

"······!"

갑자기 옥나찰의 모든 것이 멈춰 버렸다.

옥나찰의 몸은 더 이상 부풀지도 않았고, 숨도 몰아쉬지 않
았다.

무언가 한참 동안 생각하던 옥나찰의 몸이 갑자기 바람 빠
진 풍선처럼 쪼그라들더니 예전 코끼리만 한 몸으로 돌아가
있었다.

원익완이 무슨 얘긴지 몰라도 위험은 넘겼다는 생각에 안도
의 숨을 몰아쉬었을 때, 옥나찰이 육상산에게 물었다.

"그 독초, 아니, 정력을 돕는 그 귀한 약초가 진정 있단 말이
냐?"

육상산이 '이젠 넌 내 거야!' 라는 느긋한 표정으로 되돌아
가 빙긋 웃었다.

"진정 있는 것은 물론 효과 또한 분명하답니다. 적어도 효과
면에선 호화상단의 전귀인 나 육상산이 보증하지요."

옥나찰의 눈이 순간 반짝였다.

옥나찰은 고개를 돌려 원익완을 보며 활짝 웃었다.

"원 원로, 나 저 아이와 얘기 좀 해야겠습니다."

원익완은 웃느라 출렁거리는 옥나찰의 볼살을 보며 고개를
끄덕였다.

"그러시구려!"

저 아이와 뭔 짓을 하든 상관 않겠다! 적어도 네년이 지랄발
광만 안 한다면 잡아먹어도 아무 말 않겠다!

뜻하지 않게 위험한 고비를 넘긴 원익완의 태도는 어울리지
않게도 사근사근했다.

"따라오너라!"

마치 그 말을 기다렸다는 듯 옥나찰이 몸을 일으켰다.

열 명의 묵적인에게 들려 이응과 함께 사라졌을 때와는 비
교도 안 될 정도로 빠른 몸놀림이었다.

3

"거기 앉거라."

옥나찰이 의자를 가리키며 짧게 내뱉었다.

조금 전 이응이 들어왔던 바로 그 방이었다.

육상산이 의자가 조금 작은지 구겨 넣듯이 의자에 몸을 파
묻고 앉았다.

벽에는 얼굴이 화끈거릴 춘화도가 붙어 있고, 옥나찰의 주
위엔 속이 훤히 들여다 보이는 망사의를 입은 네 여인이 어느
새 달라붙어 있었다.

하지만 육상산은 춘화도엔 시선조차 던지지 않았다.

또한 벌거벗다시피 한 네 여인도 쳐다보지 않았다.

옥나찰의 눈을 쳐다보며 앉아서는 그저 손수건으로 이마를
톡톡 닦을 뿐이었다.

"차를 내오거라."

옥나찰의 말을 기다렸다는 듯 왼쪽의 시비 하나가 다리를 묘하게 얽으며 육상산의 앞에 차를 따랐다.

하지만 육상산은 시비의 그림자조차 쳐다보지 않았다.

옥나찰이 의외라는 듯한 시선으로 육상산을 바라보며 말했다.

"아직 무심련과의 얘기가 끝나지 않은 것 같구나. 우린 칠채보왕주를 준다. 그리고 그 약초, 정력을 도와준다는 그 약초가 내가 모시는 노인 어르신껜 꼭 필요할 듯싶단다."

육상산이 씨익 웃었다.

이걸 노렸다. 원래 상거래란 이런 것이다.

상거래란 이득을 얻는 것이 아니었다.

도리어 상대가 원하는 걸 줘야만 했다.

그러고 나서야 천천히 내가 원하는 걸 가져오는 것, 바로 그것이 상거래였다.

"왜 말을 하지 않느냐?"

옥나찰이 혀로 두툼한 입술을 핥으며 말했다.

육상산이 옥나찰을 무심한 눈으로 보며 살짝 미소를 지었다.

물어봐라, 마녀야! 서방정토회에서 널 키운 남자가 지금 통치하고 있지? 그 남자를 골로 보내고 네가 통치하고 싶다는 것 아니냐! 젊고 어린 남자를 후계자로 삼아 가지고 놀면서 말이다! 그 약을 어떻게 사용하는지 알고 싶지? 어떻게 해야 들키지 않고 먹이는지 다 설명해 주마! 어서 걸려들어라, 마녀야!

내가 바로 호화상단의 전귀 어르신인 육 나으리시다!

육상산은 그렇게 각오를 다지며 찻잔을 살짝 들어 마신 후 말했다.

"난 차만 마시고 가겠소. 아주 좋은 차구려."

"무슨 소리냐? 난 약에 대해 묻고 싶다!"

옥나찰은 육상산의 말투가 조금 변했다는 걸 깨닫지 못할 만큼 몸이 달아 있었다.

육상산이 옥나찰을 보며 말했다. 웃음기라곤 전혀 없는 굳은 표정이었다.

"말하고 싶다면 의자부터 바꿔주시오. 또한 지금 옥나찰께서 앉아 계신 것과 동등한 의자를 준비해 주시오."

"왜지?"

"이렇게 작은 의자에 앉으려면 의자 끝에 엉덩이를 걸쳐야 한다오. 또한 두 손은 무릎 위에 올려놔야 중심을 잡게 되지요. 한마디로 상대는 느긋하게 등을 의자에 파묻은 자세고, 난 어르신을 모시는 하인처럼 몸을 앞으로 숙인 자세가 된다오. 그럼 기세와 심리상 상대에게 한 수 접어주고 시작하게 되지요. 난 장사꾼이오. 이미 지고 시작하는 경기는 절대 하지 않소."

옥나찰이 놀랍다는 듯 눈을 크게 뜨더니 곧 크게 웃었다.

"넌 정말 장사꾼이로구나! 무심련의 무인 중 너같이 뼛속까지 장사꾼인 놈은 처음 봤다!"

육상산이 싱긋 웃고는 다시 말했다.

"그리고 저 여자들을 물리시오."

“왜? 넌 지금 피가 끓는 한창때의 사내가 아니냐. 눈요기 삼아 분위기도 띄울 겸 옆에 두는 것도…….”

육상산이 고개를 저었다.

“난 아직 젊소. 기운 또한 뻗친다오. 그래서 예쁘고 색스러운 여자를 보면 정신이 어지럽다오.”

“넌 지나치게 솔직하구나. 장사꾼이 그렇게 솔직하다가는…….”

옥나찰이 재미있다는 듯 육상산을 쳐다보았을 때, 육상산은 다시 고개를 저었다.

“적어도 이문에 관계된 이야기라면 난 항상 그랬소. 난 분명어리고 건강하다오. 하지만 여자는 일이 끝난 후에 취하는 것이지 일과 함께 먹는 물건은 절대 아니란 것쯤은 알고 있다오.”

옥나찰이 웃었다.

“뼛속까지 장사꾼이란 말은 취소하마. 넌 태어나면서부터 장사꾼이었다. 아마 어미 자궁에서 나올 때도 탯줄을 부여잡고 산파 속을 태우며 흥정을 했을 놈이다.”

옥나찰이 가볍게 박수를 쳤다.

그 뒤로는 일사천리였다.

열 명의 묵적인이 들어와 의자부터 바꾸어주었다.

네 명의 시비는 하얀 천으로 방 안 춘화도를 가려 보이지 않게 만든 후에 조용히 물러났다.

방 안에 더 이상 정신을 어지럽히는 물건도 없고, 의자 또한 옥나찰의 것과 다름없었다.

　모든 것을 확인한 육상산이 그제야 만족스럽다는 듯 의자에 등을 깊숙이 파묻고 앉았다.

　육상산이 다시 손수건으로 이마를 닦는 모습을 보며 옥나찰이 검지와 엄지를 펴 육상산의 눈앞에 들이밀었다.

　"예를 들어, 이 정도 되는 한 뼘 정도 크기의 나무가 있다 치자. 이런 작은 나무에 올라 천하를 굽어볼 수 있다고 한다면 과연 어떤 방법으로 가능하겠느냐?"

　육상산이 싱긋 웃었다.

　"가장 높은 절벽 위에 자라고 있는 나무라면 가능하지요."

　어느새 육상산은 원래의 상인으로 돌아와 사근사근한 목소리로 말끝을 올리고 있었다.

　옥나찰이 눈을 동그랗게 떴다.

　"넌 똑똑한 장사꾼이로구나! 좋아! 좋아!"

　고개를 끄덕인 옥나찰이 눈을 게슴츠레 뜨고 육상산을 쳐다보며 다시 물었다.

　"그 한 뼘의 나무 위엔 원숭이라도 오를 수 있단다. 그런데 너같이 똑똑하고 형세를 읽는 눈이 좋은 사람이 못 오를 리 있겠느냐? 넌 이미 백팔룡. 단지 이 한 뼘의 나무에만 오를 수 있다면 천하를 굽어보는 것이다. 그 한 뼘의 높이, 그걸 내가 줄 수 있다."

　육상산이 방그레 웃고는 고개를 저었다.

　"관심없습니다."

　"왜지?"

"천 길 낭떠러지 위에 한 뼘 크기의 나무가 있다 했습니까? 제가 알기로는 설령 그 낭떠러지 위에서 떨어진다 해도 조금 아플 뿐 죽지는 않습니다. 하지만 그 한 뼘의 나무에 오르려다 떨어진다면 비록 높이는 한 뼘에 지나지 않지만 필히 죽게 된다는 걸 알기 때문입니다."

이놈, 진짜 똑똑하다. 옥나찰이 가볍게 놀란 듯 육상산을 쳐다보았다.

이년아, 내가 전귀 어르신이다! 육상산이 유들유들 웃으며 옥나찰을 쳐다보았다.

"천 길 절벽이야 죽어라 노력하면 오를 수 있습니다. 하지만 나머지 한 뼘을 오르려면 목숨을 걸어야 합니다. 난 그걸 압니다. 난 지금 이 자리로 만족합니다. 솔직히 정녕 그 크기가 한 뼘밖에 되지 않는다면 그 위에서 쳐다본 경치는 절벽 위에서 쳐다보는 것과 그리 다르진 않을 겁니다."

육상산이 몸을 앞으로 기울이고는 목소리를 잔뜩 낮추어 옥나찰을 바라보며 물었다.

"옥나찰께선 어떠십니까? 그 한 뼘의 높이에 목을 거시겠습니까? 물론 옥나찰께서 고개만 끄덕이신다면 제가 도와드릴 수 있답니다."

이놈, 정말 물건이다! 옥나찰은 마치 뱀 앞에 선 쥐새끼마냥 숨을 거칠게 몰아쉬기 시작했다.

第九章

옥나찰의 선물

"으흠……."

원익완은 저도 모르게 걱정스런 신음성을 토했다.

일이 어렵게 되어버린 듯도 했고, 또 생각보단 잘 풀린 것 같기도 했다.

뒷짐을 진 채 앞으로 열 걸음을 걸었다가 다시 몸을 돌려 열 걸음을 걸었다.

그렇게 서성이다 탁자 중간에서 딱 멈추어 서서 사람들을 하나하나 노려보았다.

제일 먼저 전검전의 주인이자 항상 웃는 얼굴인 소검이 눈을 크게 떴다.

"뭘 보십니까? 걱정 마십시오. 만약 일이 잘 풀리지 않더라도 저만 믿으시면 됩니다.”

“…….”

원익완은 눈꼬리를 바싹 위로 당긴 채 소검을 노려보았다.

소검이 더욱 크게 미소를 띠었다.

“아무리 상대의 덩치가 커도 제 검을 피하진 못할 겁니다. 그러니까 한 보름쯤 전인가요? 아니, 더 오래전일 수도 있겠군요. 아무튼 흥이 일어 뒤뜰에서 검무를 추다가 제가 그만 이기어검을…….”

이기어검? 원익완의 눈꼬리가 묘하게 접혔다.

소검 역시 원익완의 독특하게 굽은 눈썹을 보았는지 머리를 벅벅 긁고는 말했다.

“물론 정확한 이기어검은 아닙니다. 하지만 분명 그 초입에 든 건 사실이지요. 달 밝은 밤 분명 제 검은 하늘을 날았고…….”

소검의 말을 잘라내듯 끊고 원익완이 말했다.

“그러니까 그 검에 올라타설라므네 한참을 날아올랐다 이것 아닌가!”

“예, 다행히 기억하고 계시는군요.”

소검이 만족스럽다는 듯 웃었다.

하지만 원익완은 결코 웃지 않은 채 말을 이었다.

“그렇게 밤하늘을 한참 날다 보니 세상이 발아래 점점 작아지더니 끝내 구름 아래로 숨어들더라 이것 아닌가. 그렇게 나를 잊고 세상을 잊고 시간을 잊고 한참이나 올라가는 기분이 너무도 좋아 눈을 감고 즐기고 있었는데, 갑자기 머리에 꽝! 그리고 정신을 잃고 떨어져 내렸는데, 나중에 정신을 차려보니 그게 뒤뜰이었다. 도대체 누가 내 머리를 쳤을까 하고 고개를 들어보니……."

소검이 웃으며 고개를 끄덕였다.

"예, 바로 그것이죠. 고개를 들어 밤하늘에 떠오른 보름달 한 귀퉁이에 퍼렇게 멍이 들어 있지 뭡니까요. 그러니까 제가 눈을 감고 하늘을 오르다가 달하고 쾅 하고 부딪친 것이지요. 우하하!"

소검의 말에 진완마저 입을 떡 벌렸다.

세상에 비검(飛劍)에 올라타 밤하늘을 날아올라서 끝내 달하고 부딪쳤다는 저 거짓말을 저토록 태연히 웃으며 말하다니…….

원익완이 짜증난다는 듯 발을 땅에 구르며 호통 쳤다.

"뭐? 보름 전? 그 얘길 처음 들은 게 오 년 전이라네. 게다가 그게 진정 이기어검이면 오 년 후인 지금쯤은 신선이 되었을 터인데, 게다가 오 년 전 그날 밤엔 분명 뒤뜰에서 정무각(正武閣)의 땡중과 태무전(太武殿)의 말코도사 그 둘과 적수공권으로 겨루다 실컷 얻어맞고 기절했다고 알고 있거늘!"

"내가 언제 아니라고 했습니까? 아무튼 두 명이 비겁하게 암습을 하여 큰 낭패를 겪고 나니 울분에 차 검을 날렸고, 그 검에 올라탔다니까요. 그리고 그 후 어렵게 얻은 이기어검의 비전을 잊은 것 역시 보름달과 부딪쳐 뇌에 충격을 얻은 때문인지라……. 지금도 보름달을 보면 시퍼렇게 멍든 거 아직도 보일 겁니다. 아무튼 그때 보았던 보름달이 이따시만 했는데……."

소검이 일어나 두 팔을 활짝 펴고 둥글게 원을 그리는 것을 보고 원익완은 인상을 찌푸리며 한숨을 내쉬었다.

"끄응."

곡도가 그런 원익완이 안됐다는 듯 쳐다보다 손가락 하나를 관자놀이에 대고는 빙빙 원을 그렸다.

말은 없었지만 뜻은 확실했다.

'이 새끼 미친 거 아시면서 그러슈.'

맞아, 맞아. 그랬지. 원익완은 고개를 끄덕였다.

알고 보면 저 주구곡도 역시 불쌍한 놈이었다.

저런 구라쟁이와 짝을 이루어 돌아다녀야 하는 놈이니 말이다.

불쌍하다는 원익완의 눈빛을 읽었는지 곡도가 손가락 하나로 자신의 오른쪽 귓구멍을 쑤시는 척하고는, 다시 왼쪽 귓구멍에서 손가락이 튀어나오는 흉내를 냈다.

'저 녀석 구라는 한 귀로 듣고 한 귀로 흘려보내면 돼요.'

취우검의 거짓에 대처하는 특별한 자신만의 처방이 있었다.

'그도 그렇군. 윗대가리라는 놈들이 저 모양이니 백팔룡 수준 또한 저렇지.'

원익완이 믿었던 이응을 쳐다보며 다시 한숨을 내쉬었다.

허우대만 멀끔했고 쓸데없는 야망은 대단했다.

그 결과 무심련을 큰 위기에 처하게 하지 않았던가!

도리어 저 진완, 재수없는 미련한 곰탱이가 결과적으로 큰 공을 세우지 않았냔 말이다!

‘어찌 됐든 그 뚱땡이가 잘해줘야 할 텐데.’

원익완은 속이 탔다.

만약 옥나찰이 또 한 번 지랄한다면 무심련이 왜 무심련인지 철저히 보여줘야만 했다.

서방정토회가 다른 마음을 품지 않도록 철저히 밟아주는 거야 문제없었다. 하지만 그 과정 중에 무심련의 피해 또한 많을 것이다.

은밀히 뒤로 알려 전검전과 투도각의 무인뿐만 아니라 정무각의 소림 무인들과 태무전의 무당 도사들을 잔뜩 준비시켰지만, 그래도 찜찜한 건 사실이었다.

‘원로원의 늙다리들을 싹 물갈이해야만 해!’

원익완이 으드득 이를 갈았다.

원로원에서 자신 외에 여섯 명만 더 나와준다면 한가롭게 콧구멍 후비면서도 옥나찰을 제압할 수 있었다.

그런데 이 늙은이들이 날이 궂어 뼈마디가 쑤신다는 핑계로 달랑 두 명만 나오다니!

‘어디 두고 보자!’

원익완이 으드득 이를 갈고 있을 때, 누군가가 크게 외쳤다.

“옥나찰 납시오!”

원익완의 고개가 공이 땅에 튕기듯 옆으로 돌아갔다.

두 사람이 나오고 있었다.

아니, 코끼리 한 마리와 돼지 한 마리였다.

일단 두 사람의 안색부터 살폈다.

나쁘진 않았다.

옥나찰의 두 눈빛은 발광하던 조금 전과 달리 어느새 투명한 원래의 눈빛으로 돌아가 있었다.

아니, 은은히 빛나는 게 무슨 기쁜 일이라도 있는 것 같았다.

하지만 육상산의 얼굴에선 아무런 감정도 느끼기 힘들었다.

표정을 읽을 수 없는 옥나찰의 거대한 낯짝보다 더 읽기가 어려울 정도였다.

원익완은 몰랐지만 이문에 관계된 일을 할 때의 호화상단 전귀 어르신의 표정이 원래 그랬다.

묵적인의 도움도 뿌리치고 쿵쾅쿵쾅 걸어온 옥나찰이 주위를 돌아보며 입을 열었다.

"여러 무심련 여러분께서 조금 전 여흥을 재미있게 즐기셨다면 좋겠군요."

여흥? 눈에 핏발 세우고 공력을 극한까지 끌어올린 채 길길이 뛰었던 게 여흥이었던가? 원익완은 기도 차지 않았지만 일단 일이 잘 풀린 것 같아 다행이다 싶었다.

"저희 정토회에선 조금 전 협약을 지킬 것입니다. 단, 무심련 측에선 매달 황금 두 덩이와 좋은 술을 예물로 주시면 됩니다."

“……?”

원익완은 의아한 시선으로 옥나찰을 쳐다보았다.

조금 전 계약 내용이 호랑이처럼 무심련을 한입에 집어삼킬 내용이었다면, 지금의 내용은 마치 요부가 공짜로 뜨거운 밤을 보내게 해주겠다는 것과 다름없었다.

칠채보왕주 하나를 구하려면 수레 한가득의 황금이 필요했다.

그런데 달랑 두 덩이? 그리고 술 몇 병? 말도 되지 않았다.

아니나 다를까, 옥나찰이 다시 입을 열었다.

“뭐, 마음이 조금 불편하다 싶으시면 거기에 덧붙여 적당량의 약을 주신다면 마다하진 않을 겁니다. 고려인삼과 적화리 같은 것 말입니다. 물론 모든 것은 상식적인 크기와 양일 겁니다. 아니, 예측하신 것보다 훨씬 적은 수량일 거라는 데 옥나찰의 모든 것을 걸겠습니다.”

적화리? 구하기 어려운 잉어였다. 핏빛 비늘에, 삶아 먹는다면 몸을 보하는 데는 으뜸이라 알려진 잉어였다.

하지만 칠채보왕주가 아니라 등급이 떨어지는 삼채야명주와 비교하더라도 황금과 진흙 덩어리 정도의 차이가 있었다.

원익완이 의심스럽다는 시선을 거두지 않을 때, 옥나찰이 잊은 게 있다는 듯 가볍게 말했다.

“아참, 그리고 몇 가지 정력제도 괜찮습니다. 정토회의 주인이신 금사자께선 물리치지 않으실 겁니다.”

역시 그랬군! 원익완은 고개를 끄덕였다.

비록 지나가는 투로 말했지만 옥나찰이 원하는 것은 바로 그것이었다.

육상산의 말에 옥나찰이 그토록 다급히 상담을 요청할 일이란 게 무엇이 있을까 싶어 원익완은 생각을 거듭했다.

답은 어렵지 않았다.

사람의 정기를 고갈시킨다는 독초, 그게 필요했던 것이다.

'뭐, 일만 잘된다면야 서방정토회의 주인이 누구로 바뀌든 우리 무심련이 신경 쓸 일이 아니지. 아니, 도리어 옥나찰의 비밀을 틀어쥔다고 봐야 하나?'

너무나 좋은 조건이었다. 옥나찰의 말대로라면 동전 한 닢으로 고래등 같은 집을 사는 것과 마찬가지였다.

옥나찰이 중요한 것을 잊었다는 듯 손가락 하나를 들어올리고는 말했다.

"아참, 단 한 가지 조건이 더 있습니다. 이 모든 거래는 섬서 호화상단을 통해서만 이루어집니다. 나 옥나찰, 아니, 정토회는 호화상단하고만 거래할 것이니 무심련 측에서도 호화상단에 거래를 맡겨주시면 좋겠습니다."

말을 끝낸 옥나찰이 육상산을 돌아보며 한쪽 눈을 찡긋 감았다.

육상산 역시 웃으며 한쪽 눈을 감았다.

마주 보고 두 사람이 눈을 찡긋거리는 모습이 마치 두 마리 돼지가 서로 추파를 던지는 듯해 우습게 보였지만 아무도 웃지 않았다.

곧 육상산이 몸을 돌려 원익완에게 고개를 숙여 보였다.

"저희 호화상단이 뜻하지 않게 이 일에 끼어들게 되었습니다. 어르신께선 호화상단의 마씨 성을 가진 총관을 찾으시면 알아서 처리할 것입니다."

원익완 역시 만족스러운 듯 고개를 끄덕였다.

"씨발, 진짜 장사 잘한다. 저 새끼, 손도 안 대고 코를 푼 셈이 아니냐!"

개대가리 반두홍이 정말 놀랐다는 듯 중얼거렸다.

이렇게 되면 무심련에서는 울며 겨자 먹기로 호화상단이 부르는 경비를 댈 수밖에 없을 것이다.

물론 그렇게 할 것이다. 호화상단에 한 무더기 뜯긴다 해도 칠채보왕주라면 충분히 이문이 남는 장사였으니까.

옥나찰이 주위를 둘러보며 말했다.

"좋습니다. 서로 조건에 만족한 듯싶으니 장을 맞대어 약속을 정하는 게 어떻겠습니까?"

원익완이 옥나찰이 말하는 동안 삼기수사 심상천과 의미있는 시선을 교환했다.

적어도 무심련 안에서 제법 머리가 돌아가는 인물은 열 손가락 안에 꼽을 정도였는데, 그중 심상천이 있었기 때문이다.

심상천이 앞뒤 돌려가며 아무리 따져 봐도 이것은 무심련이 횡재하는 거래였다.

심상천이 고개를 천천히 끄덕이자 원익완이 너털웃음을 터뜨렸다.

"허허, 좋습니다. 이 노인네는 반대하지 않겠소."

"그럼 됐습니다. 더 이상 반대하는 사람이 없다면 이 거래는 성립된 것입니다. 저 옥나찰은 이 잘생기고 큼지막한 백팔룡과 장을 맞대어 약속을 하늘에 고하고자 합니다. 누구 반대하는 사람?"

옥나찰이 주위를 돌아보며 묻자 아무도 반대의 소리를 외치지 않았다.

본의 아니게 무심련을 무너뜨릴 뻔했던 이응마저도 부끄러움에 고개를 숙일 뿐이었다.

"나는 반대입니다."

차분한 어조로 반대를 외치는 목소리가 옥나찰의 옆에서 튀어나왔다.

놀란 옥나찰이 뒤돌아봤을 때, 거기엔 싱글벙글 웃는 육상산의 낯짝이 있었다.

"무슨 뜻이냐?"

영문을 모르겠다는 듯 옥나찰이 묻자 육상산이 대답했다.

"모든 조건에는 찬성합니다. 하지만 옥나찰께서 장을 나누어 결정 지을 백팔룡은 제가 아닙니다."

"그럼?"

육상산이 천천히 앞으로 걸어가 진완의 팔짱을 끼며 말했다.

"바로 이 사람, 저의 조장이 되는 사람이지요. 그러니 조장과 장을 나누어야 마땅합니다. 제가 세운 작은 공은 마땅히 조장의 몫이니까요."

이번에 놀란 사람은 진완이었다.

'아니, 네가 그렇게나 날 생각해 줬었냐?' 하는 눈빛으로 보자, 육상산이 다른 사람 눈에 안 띄게 진완이 손안에서 만지작거리고 있던 돌로 만든 술잔을 빼앗아 들며 작은 목소리로 속삭였다.

"미친 조장, 한 번만 봐줘. 쫓겨나는 것은 다른 방법으로 하자고. 내가 한턱 크게 쏠게. 나 좀 살려줘."

"눈치 챘던 거냐?"

육상산이 빼앗아 든 술잔을 등 뒤로 슬쩍 숨겼다.

개대가리 반두홍이 얼른 술잔을 건네받고는 품에 숨기는 동안, 옥기영과 손형인, 그리고 거지도사 허주가 좌우와 뒤에 서서 사람들의 시선을 가렸다.

이렇게 말했으면 아무리 미친 조장이라도 알아들었겠지 싶었는지 육상산이 진완의 등을 떠밀어 앞으로 내보내며 크게 외쳤다.

"우리 조장입니다! 두 분이서 결정 지으시지요!"

옥나찰 역시 빙긋 웃으며 커다란 손바닥을 앞으로 내밀었다.

"그거 좋은 생각이구나. 안 그래도 이 아이에게 관심이 많았단다."

진완이 너 한턱 안 쏘면 죽여 버린다는 듯 육상산을 노려보고는 가볍게 한숨을 내쉬며 손을 앞으로 천천히 내밀었다.

옥나찰의 손바닥과 진완의 손바닥이 드디어 허공에서 마주
쳤다.

2

참나, 서방에서 왔다는 이놈들은 손바닥만 마주 대면 비비
적거리는 게 일이로구나!

진완은 어이없다는 시선으로 옥나찰을 바라보았다.

막상 눈앞에서 지켜본 옥나찰의 손바닥은 너무나 커서 가운
데 맞대고 있는 자신의 손등이 앙증맞아 보일 정도였다.

'이 돼지는 그 염혼이란 소년과 비슷하면서도 다르군.'

진완은 옥나찰의 손바닥을 바라보며 생각했다.

조금 전 염혼과 손바닥을 맞대었을 때, 제일 먼저 느낀 것
은 뜨거움이었다.

마치 불붙은 굼벵이 한 마리가 손바닥 안으로 툭 떨어지더
니 천천히 느릿느릿하게 몸속을 기어오고 있었다.

앗 뜨거라! 얼른 손바닥을 떼고 싶었지만 마치 접착제에 달
라붙은 듯 손바닥을 떼어놓지 못했다.

그렇다고 입도 벌리지 못했다.

벌레는 꼬리의 불꽃에서 작은 고치실을 꺼내어 진완의 손목

을 감고 팔과 어깨를 감는 듯하더니 곧 상반신 모두를 꽁꽁 감기 시작했다.

또한 날카롭게 뻗어 나온 여러 개의 촉수는 진완의 혈맥 사이로 파고들어 찢어발길 듯 요동쳤다.

예전에 혈도를 짚였을 때의 경험과 다르지 않았다.

진완이 불꽃을 꽁무니에서 내뿜는 벌레라고 생각했던 것은 염혼이란 소년의 본신지력이었다.

또한 진완의 몸이 점점 굳어지는 것 역시 소년의 내력이 자신의 혈맥과 혈도를 막아가는 것이었지만, 내력에 대한 지식이 거의 없다시피 한 진완으로서는 그저 벌레 한 마리의 요동으로만 느낄 뿐이었다.

만일 진완이 내력이 전혀 없는 사람이었다면 도리어 괜찮았을 것이다.

이루어지지 않은 단전이 파괴될 리도 없었고, 뚫리지 않은 혈도에도 큰 피해가 없었을 것이다.

아니, 어쩌면 가공할 염혼의 내력에 혈맥이 터져 즉사했을는지도 모를 일이었다.

또한 반대의 경우, 진완이 보통의 내공을 익혔다면 그 즉시 무공이 폐지될 만큼 큰 피해를 입었을 것이다.

염혼이 익힌 내공이 전문적으로 상대의 내력을 흐트러뜨린 다음, 혈맥을 되짚어가 단전을 파괴하는 것이었기 때문이다.

그러나 진완의 경우는 앞의 두 경우와는 다른, 전혀 색다른 형태의 내공이었다는 데 문제가 있었다.

여인이 전수해 준 소혼공을 위진천 련주가 낱낱이 쪼개어 온 전신에 흩뿌려 놓은 다음, 자신의 가공할 내력으로 혈도를 꽉 막아놨기 때문이다.

그래서 염혼의 내기가 벌써 상대의 단전을 파괴시키고도 남을 시간 동안, 아직도 진완의 상반신만 제압하는 데 그쳤고, 진완 역시 막힌 혈도 때문에 목숨을 부지할 수 있었던 것이다.

공교로운 일이긴 했지만 진완의 온몸에 퍼져 있던 소혼공의 저항을 뚫고 그 정도까지 해냈다는 점에서 보자면 염혼의 내공 또한 대단한 것이라 할 수 있었다.

그러나 진완의 몸 안에 들어 있는 내공은 보통 내공이 아니었다.

여인의 이십 년 공력과 당금 천하제일이라 손꼽히는 위진천의 내공이 함께 들어 있었다.

진완에게 폐허를 입히려는 염혼의 독특한 내공이 결과적으로 진완의 막힌 혈도를 뚫어주는 역할을 했고, 그 즉시 잠재되어 있던 소혼공이 한데 모이기 시작한 것이다.

강은 높고 바다는 낮았다. 그래서 강물이 바다로 흘러가는 것이다.

만약 강보다 바다가 높다면? 그 즉시 세상을 덮고도 남을 바닷물이 강물로 역류해 들어올 것이다.

역류한 바닷물은 앞을 가로막는 모든 것들을 단 한순간에 휩쓸어 버릴 것이다.

진완과 염혼의 경우가 그랬다.

둑이 터진 것처럼 한줄기로 합쳐진 소혼공은 비록 진완의 몸속에 든 소혼공 중에 일부분이라 하더라도 염혼의 내력을 밀어내는 것으로도 모자라 염혼의 몸 안으로 역류해 들어가기에 충분했다.

만약 소혼공이 움직이자마자 위진천이 쏟아낸 내력이 그 앞을 막아서지 않았다면 염혼이란 소년은 그저 피를 게워내는 정도가 아닌, 그 즉시 목숨을 잃어야만 했으리라.

옥나찰은 진완과 손을 맞닿은 직후 이 같은 사정을 알 수 있었다.

자신의 내공을 진완의 몸속에 찔러 넣는 순간, 진완의 몸은 그 자체가 내공인 것처럼 자신의 내력을 밀어내기 시작했기 때문이다.

특이한 다른 기운 때문에 한줄기 온전한 내공으로 모이지 못했다 뿐이지 차갑고도 강렬한 그 기운은 분명 자신이 알고 있는 공력이 분명했다.

옥나찰이 장을 떼지 않은 채 한동안 눈을 감고 있다가 슬쩍 웃으며 진완에게 귓속말을 전했다.

"이런 요악한! 뭐? 소수마공을 익히지 않았다고? 다른 사람이라면 몰라도 소수마공과 같은 뿌리의 무공을 익힌 나 정토회의 옥나찰을 속이려 했단 말인가?"

옥나찰이 코끝을 찡긋거리고는 다시 속삭였다.

"뭐, 이번만은 귀여워서 봐주지. 연유는 모르겠지만 그 힘이 사그라들어 제 위력을 발휘하지 못하고 있구나. 좋아, 네놈 덕에 내 소원이 이루어질 것 같으니 작은 선물을 하마. 그래, 네 소수마공을 막고 있는 그 무언가를 내가 뚫어주겠다. 그렇게 되면 넌 나와 같이 만독불침, 금강불괴의 몸을 바라볼 수 있게 될 것이다."

옥나찰이 깊이 숨을 들이켜더니 낮은 호통과 함께 본신지력을 진완의 몸에 쏟아냈다.

염혼의 것과 비슷하면서도 전혀 다른 기운이 마치 해일과도 같이 진완의 몸 안으로 쏟아져 들어오기 시작했다.

진완은 입을 쩍 벌렸다.

자신이 원해서 그런 것이 아니라 너무도 가공할 고통에 저도 모르게 아래턱이 벌어진 것이다.

염혼이란 소년의 성마각염천공이 조심스럽고 힘들게 뚫어왔던 그 길을 옥나찰의 요옥정토공은 한걸음에 뛰어넘듯 치받으며 달려왔다.

그러자 진완의 몸속에 있던 소혼공이 그 기세에 맞서기 위해 한데 모이기 시작했다.

"오~!"

둘 사이의 심상치 않은 또 다른 대결에 호기심 어린 시선으로 지켜보던 모든 사람들이 놀라움에 찬 신음 소리를 내었다.

진완의 몸이 순간 투명하면서도 새하얀 우윳빛으로 물들었기 때문이다.

마치 하얀 천으로 싼 등 안에 촛불을 켠 듯, 진완의 몸 안에서부터 은은한 하얀 빛이 새어 나오고 있었다.

강렬한 빛은 질끈 감은 진완의 두 눈꺼풀까지 뚫을 정도여서 진완의 머리통 안에 등불을 밝혀놓은 것처럼 보일 정도였다.

그리고 또 하나의 변화가 있었다.

진완의 머리카락 절반이 하얗게 변한 것이다.

모근부터 시작하여 절반 정도가 순식간에 하얗게 변했다.

반백반흑(半白半黑)의 머리카락, 하얗게 빛나는 몸은 그 누가 봐도 신비로우면서도 사이한 느낌이었다.

"소수마공이다!"

누군가 놀라 외쳤을 때, 옥나찰이 아랫입술을 깨물며 신음성을 토해내었다.

"으음……."

그 순간, 진완의 몸에서 또 한 번의 변화가 있었다.

하얀 빛무리를 은은한 청광(靑光)이 휘감고 있었다.

푸른 기운은 마치 하얀빛을 다독이는 듯했고, 그러자 하얀 빛무리는 눈에 띄게 위력을 잃어갔다.

푸른 기운 덕분에 한숨 돌린 옥나찰이 두 눈을 떴다.

옥처럼 맑고 깊었던 두 눈에 순간 금광(金光)이 번쩍였고, 눈에서 시작한 찬란한 금색은 곧 옥나찰의 온몸을 은은히 물들여 가기 시작했다.

바야흐로 요옥정토공의 진수가 발휘되는 순간이었다.

옥나찰이 모든 기운을 모으자, 옥나찰의 머리카락이 점점 하늘로 치솟았다.

그러고도 모자라는지 옥나찰이 정신을 모으려 미간을 찌푸

리자, 옥나찰의 몸에서 은은한 빛을 발하던 금색이 진완의 팔
과 어깨에서도 나타나기 시작했다.

옥나찰은 속으로 생각했다.

'큰일 날 뻔했구나!'

자칫 잘못했으면 자신이 당할 뻔하지 않았는가!

상대의 무공이 소수마공이란 걸 확인했으면서도 저 나이에
얼마나 익혔을까 싶어 만만하게 본 게 잘못이었다.

상대의 화후는 얼마 되진 않았지만 그 화후보다는 내공의
품질이 달랐다.

오래전 한 뿌리에서 갈라져 나눠진 것이 소수신공과 자신이
익힌 요옥정토공이라 들었다.

하지만 비록 같은 뿌리라 해도 그 결과는 엄청나게 달랐다.

마치 자신이 낮은 곳에서 커다란 꽃잎을 피우는 품격 낮은
꽃이라면, 상대의 것은 작더라도 높은 꽃대 위에 앉아 기품있
는 향을 뿜어내는 꽃이었다.

자신의 것은 탁했고, 상대의 것은 순수했다.

그래서 일 갑자가 넘는 자신의 공력에도 상대의 공력이 쉽
게 제압당하고 있지 않은 것이다.

아니, 어쩌면 같은 뿌리를 가진 무공이었기에 더욱 그런 것
인지도 몰랐다.

순수함과 탁함에 대해 직접 느끼자 그제야 금사자의 머리카
락 역시 이해가 갔다.

순수한 공력의 소수마공은 어느 경지가 되면 머리카락이 순

백의 하얀색으로 변한다고 했다.

하지만 탁한 기운을 연마한 정토회의 주인 금사자는 극한으로 무공을 닦아 절정에 달했는데도 찬란한 금색의 머리카락이 아닌, 누렁이 개털 빛깔에 가까운 누런색이 아니었던가.

'장난처럼 시작하지 않는 것인데! 아니, 그깟 호승심만 아니었어도!'

이미 진력을 다해야 할 경우가 되자 옥나찰은 내심 후회가 밀려왔다.

큰 공을 이끌어냈다 해도 탐탁지 않은 놈이었다.

그런데 그놈 몸속에 무심련이 치를 떠는 소수마공이 들어 있다.

만약 자신이 제압당한 소수마공을 이끌어낸다면? 자신들이 키우던 백팔룡이 소수마공을 익히고 있다는 사실을 안 무심련은 발칵 뒤집힐 게 뻔했다.

그걸 재미있게 구경해 주면 조금 전 체면을 잃었던 일을 되돌릴 수 있을 거라 생각했다.

그리고 그 빌어먹을 호승심!

분명 자신을 이리 보낸 금사자는 다른 것은 몰라도 단 한 가지, 천하구품(天下九品), 즉 구대극품(九大極品)을 익힌 자와는 겨루지 말라고 주의를 주었었다.

그중에서도 다른 건 몰라도 소림의 역근경과 마교의 청허심결, 그리고 소수신공을 익힌 자는 아예 부딪칠 생각도 말라고 단단히 일렀다.

옥나찰은 금사자나 자신이 익힌 요옥정토공 역시 구대극품에 들어가는 내공인데 어찌 저런 말을 할 수 있을까 궁금했었다.

그리고 드디어 그 궁금증을 풀 수 있는 만만한 놈을 만난 것이다.

말로만 들었던 그 소수마공을 직접 상대할 수 있었다. 아니, 꺾는다면 더 좋을 것이다.

그런데 하마터면 자신이 도리어 당할 뻔하지 않았던가!

그제야 왜 금사자가 그런 주의를 주었는지 납득한 옥나찰이 아랫입술을 질끈 깨물었다.

옥나찰의 몸이 점점 쭈그러들었다.

하지만 몸집이 줄어든 만큼 옥나찰의 몸은 더더욱 금색으로 빛나고 있었다.

조금 전 진완의 몸처럼 화려한 하얀색은 아니었지만 금색으로 바뀐 옥나찰의 몸은 마치 금붙이로 개금한 불상을 보는 것 같았다.

그리고 마치 얇은 종이에 먹물이 들 듯 손을 맞대고 서 있는 진완의 몸 역시 옥나찰의 금빛을 띠기 시작했다.

하얀 백발로 변한 머리카락의 반토막이 누런색으로 바뀌었다.

그러나 진완의 몸속에 있는 소혼공 역시 그저 밀리고만 있질 않았다.

진완의 몸이 짧은 순간, 하얀 광채와 누런 금색으로 빠르게 교차하며 반짝였다.

"씨발! 어유~ 씨발!"

난생처음 보는 광경에 개대가리 반두홍이 박자를 넣듯 욕설을 이어갔다.

눈앞에 하얀 귀신이 떡하니 나타났다 해도 이렇게 놀라지는 않았을 것이다.

어찌 사람 몸이 하얀 불꽃이 되었다가 다시 금불상으로 빠르게 변할 수 있단 말인가!

놀란 사람은 반두홍뿐만이 아니었다.

난생처음 보는 괴사에 무심련 원로 원익완마저도 입을 쩍 벌린 채 진완의 몸뚱이를 구경하고 있었으니까.

뺨까지 홀쭉하게 변한 옥나찰의 미간에 은은한 검은빛이 돌았다.

'끝내 꺾지 못한단 말인가?'

절망이었다. 이미 자신이 쌓아온 공력 중 스무 해를 쌓아야 할 내공을 한순간에 밀어 넣었어도 상대의 소수마공은 그 기세가 꺾이지 않고 있었다.

자신이 본원지기를 모두 발휘한다면 상대를 꺾는 것으로도 모자라 죽일 수도 있었다.

하지만 그렇게 되면 자신의 공력은 큰 손실을 입게 될 것이다.

이미 스무 해의 공력을 손해 보지 않았던가.

서방정토회에 돌아가면 어쩌면 금사자와의 일전이 기다리

고 있을지도 몰랐다.

지금 이 상태에서 더 손해 본 상태로 되돌아가 금사자와 부딪친다면 자신의 야망은 물거품이 될 것이다.

그때, 더 엄청난 일이 벌어지고 있었다.

이때까지 두 내공이 부딪치는 것을 구경만 하듯 머물러 있던 또 다른 힘이 드디어 위력을 발휘하고 있었기 때문이다.

마치 아이들 싸움을 뜯어말리듯 제삼의 기운은 자신의 요옥정토공과 소수마공의 뒷덜미를 잡아채듯 흔들어 떼어놓고는 양편으로 밀어붙였다.

마치 강물과 바닷물이 어울려 다투는 중간에 거대한 크기의 이글거리는 태양이 나타나 모든 물을 한순간에 증발시켜 버린 것만 같았다.

그 위력에 끝내 떨어질 것 같지 않은 손바닥이 양쪽으로 나뉘었다.

쿵― 쿵― 쿵―

옥나찰이 그 힘에 못 이겨 뒤로 물러서 의자에 철퍼덕 앉고는 놀라 부릅뜬 눈으로 천장을 보며 크게 외쳤다.

"그랬구나! 그랬어! 그렇구나! 그래, 그거였어!"

순간 작은 깨달음을 얻었다.

왜 자신의 요옥정토공이 압도적인 위력으로도 작은 소수마공을 밀어내어 꺾지 못했는지 대강 알 것 같았다.

비록 공력 중 상당 부분을 손실했지만 이 작은 깨달음이라면 그 손실을 만회하고도 남음이 있었다.

옥나찰은 곧 고개를 갸웃거리고는 다시 부르짖었다.

“이상하구나! 이상해!”

아무리 이해하려 해도 중간에 끼어든 다른 내공이 무엇인지 알 수가 없었다.

요옥정토공이나 소수마공과 함께 같은 뿌리를 두지 않았을까 싶을 만큼 친근한 기운이었다.

어쩌면 그것이 마교가 자랑하는, 하지만 그 누구도 직접 위력을 체험하지는 못했다는 청허심결일지도 몰랐다.

하지만 그게 청허심결이라 해도 맞는지 확인할 수가 없었다.

일단 차원이 달랐다.

한 단계 더 위에 있는 그 어떤 것임은 분명했고, 그래서 옥나찰로서는 이해하지 못했다.

천막 안에 있던 다른 사람들 역시 옥나찰과 마찬가지로 ‘이상하다’ 는 비명을 마음속으로 부르짖고 있었다.

뒤로 세 걸음을 물러선 옥나찰과는 달리 진완은 손바닥이 떨어지는 그 순간 제자리에 풀썩 주저앉았다.

자연히 다리는 결가부좌를 취한 채 양손을 자연스럽게 무릎 위에 놓은 후 마치 득도한 고승처럼 두 눈을 감았다.

그러자 이때까지 본 그 어떤 광채보다 더욱 영롱한 흰색의 광채가 진완의 온몸에서 뿜어져 나왔다.

반쯤 하얗게 변했던 머리카락 역시 이젠 완전히 하얀색으로 변해 있었다.

지켜보던 소검이 그럴 줄 알았다는 듯 검을 챙 하고 뽑아 들었다.

"소수마공이다!"

소검의 외침에 사람들이 일제히 자리에서 놀라 일어났다.

옆에서 울상을 짓고 있던 곡도 역시 어느새 도를 뽑아 든 채 소검의 곁에 서 있었다.

지켜보던 반두홍의 등 뒤로 식은땀이 났다.

소수마공이 뭔지 몰라도 아주 고약한 무공이란 건 알고 있었다.

그걸 미친 조장이 익히고 있다면? 당장 소검의 검이 진완의 목을 자를 것이다.

눈앞에서 마음에 들었던 미친 조장 목이 뎅겅 잘리는 꼴을 볼지도 몰랐다.

반두홍의 무릎이 덜덜 떨릴 때, 어떻게든 그 꼴은 보지 못하겠다는 듯 기련소마 옥기영과 망둥어 손형인이 한 걸음 앞으로 걸어나왔다.

거지도사 허주마저도 한 손 보태겠다는 듯 옥기영과 손형인의 중간에 위치했다.

그때, 진완의 몸이 또 한 번 변했다.

푸르스름한 청광이 나타나더니 하얀 광채를 억누르고 있었다.

곧 하얀 광채는 그 빛을 잃었고, 머리카락 역시 검은 원래의 색으로 되돌아왔다.

이제 진완의 얼굴과 몸은 마치 청동을 부어 만든 조각상처럼 푸른빛으로 빛나고 있었다.

갑작스런 변화에 검을 뽑아 든 채 탁자 위로 뛰어올랐던 소검의 고개가 갸우뚱 기울어졌다.

힘을 얻은 듯 개대가리 반두홍이 크게 외쳤다.

"씨발, 조금 전이 소수마공이면 저건 그럼 청수마공이냐!"

반두홍의 외침이 채 사그라들기도 전에 진완의 몸은 또 한 번의 믿기지 않는 변화를 일으키고 있었다.

마치 잘생긴 법당 안의 부처처럼 누런 황금색이 진완의 온몸을 뒤덮기 시작했다.

반두홍이 잘됐다는 듯 다시 외쳤다.

"씨발! 그럼 저건 똥색마공이겠네!"

검을 잡은 채 서 있던 소검의 고개가 다시 반대 방향으로 갸우뚱 기울어지더니 반두홍을 날카롭게 노려본 후 검을 다시 천천히 검집에 넣었다.

곡도 역시 도를 등 뒤로 갈무리한 채 팔짱을 끼고 진완을 노려보았다.

진완의 몸은 지금도 변화를 일으키고 있었다.

아니, 그 변화의 속도가 더욱 빨라지고 있었다.

하얀 광채에서 푸르스름한 청록색으로, 다시 황금색으로 변하더니 다시 청록색으로 변했다.

청록색을 거쳐 하얀색과 황금색 사이를 빠르게 오가자 진완의 몸은 영롱한 갖가지 색으로 번쩍였다.

사람들이 눈부신 광채에 눈을 찡그렸을 때, 어느 순간 빛이 사라졌다.

잠시 후 진완이 한숨을 길게 내쉬었다.

머리는 검었고, 얼굴색 역시 보통의 것이었다.

의자에 앉은 채 이때까지의 광경을 지켜보던 옥나찰이 큰 목소리로 웃었다.

"호호호호!"

이겼다. 그 무섭다던 소수마공을 자신의 요옥정토공이 이긴 것이다.

하지만 실상 그렇지 않다는 걸 잘 알고 있었다.

이기지도 못했다. 그렇다고 진 것도 아니었다.

지금 진완의 몸 안에 있는 세 기운은 서로 물리고 물리는 치열한 전투를 벌이다 제자리를 찾아 들어간 것뿐이었다.

자신의 이십 년 공력으로도 소수마공과 또 다른 기운을 억누르지 못했다.

아니, 당하지 않은 걸 다행으로 생각해야 했다.

만약 청색 기운을 나타냈던 내공이 그저 밀어내고 억누르려 하지 않고 소수마공과 힘을 합쳐 자신을 상대했다면 지금처럼 숨 쉬고 앉아 있을 수도 없을 터이다.

어찌 보면 비슷하면서도 조금 다른 세 기운이 사이좋게 진완의 몸 안에 터를 잡은 채 함부로 준동하지 않고 주저앉았다고 볼 수 있었다.

'저놈을 죽여 없앨까?'

옥나찰은 순간 진완을 보며 그런 생각을 했다.

자신의 이십 년 공력을 훔쳐 간 놈이다.

그것만으로도 대단했는데, 저놈의 몸 안에는 이십 년 공력의 요옥정토공에 버금가는 또 다른 공력을 두 가지나 가지고 있지 않은가!

그렇다면 물경 육십 년의 공력, 즉 일 갑자의 성취를 이룬 고수가 된 것이다.

그것도 보통의 내공이 아닌, 구대극품 중 두 가지의 내공과 거기에 못지않은 또 다른 내공을 지닌 사람이 되는 것이다.

더 크기 전에 짓밟아 없애 버리는 게 어쩌면 좋을지도 모른다는 생각에 옥나찰은 손바닥을 쥐락 펴락 했다.

공력의 손실 때문인지 손바닥은 한결 작아져 있었다.

익숙지 않은 손바닥 크기에 옥나찰은 피식 웃고는 몸을 천천히 일으켰다.

이제야 천천히 몸을 일으키는 진완의 앞으로 다가간 옥나찰이 진완의 어깨를 손으로 툭툭 쳤다.

‘그럼 그렇지!’

옥나찰이 웃었다. 자신의 생각이 틀리지 않았다.

놈은 최고 수준의 내공을 지닌 병신이 되어버린 것이다.

서로 각기 혈도를 달리하는 세 가지 내공을 함께 몸에 가지고 있다는 것은 세 저수지에서 같은 물길을 사용해 서로 다른 논에 물을 따로 대려는 것과 같았다.

소수신공이 자신만의 길을 따라 몸 안을 돌 수는 없었다.

그렇게 되면 요옥정토공의 혈도 역시 돌아야 하기 때문이다.

그 점에 대해선 요옥정토공 역시 같았다.

더욱이 청기를 띠고 있던 기운 역시 자신의 길을 가기는커녕 소수마공과 요옥정토공, 두 갈래의 길을 막는 데만 치중하고 있었다.

마치 천하제일의 커다란 도끼를 얻었는데, 손잡이가 없어 휘두르지 못하는 나무꾼의 신세가 된 것이다.

그렇다면 걱정할 필요가 없었다.

더욱이 상대는 내력을 마음대로 움직이지 못한다 뿐이지 진정한 만독불침과 금강불괴의 몸을 이루는 데 성공한 것이다.

소수마공이나 요옥정토공을 극성으로 익히면 자연히 금강불괴가 되었다.

같은 뿌리라고 여겨지는 청색의 기운 역시 다르진 않을 것이다.

비록 내공을 다음대로 움직이지 못한다는 것뿐 그 성질까지 바뀌진 않았을 것이다.

독도 듣지 않고 몸을 부수지도 못한다면 공연히 힘을 낭비하느니 이대로 단단한 몸을 가졌을 뿐 장풍조차 쏠 수 없는 병신 무인으로 살아가게끔 놔두는 게 좋았다.

지금 진완의 몸 상태가 어떠한지는 자신만이 잘 알 수 있었다.

아무리 내공에 대해 밝은 사람도 세 가지 기운이 서로 섞여 꿈틀대고 있는 진완의 몸 상태에 대해선 알지 못할 것이다.

옥나찰은 다시 진완의 어깨를 툭툭 다정스레 두들기며 속삭였다.

"이제 넌 소수마공과 요옥정토공을 함께 가진 천하에 유일무이한 존재가 되었다. 널 막고 있던 세 번째 기운이 익숙하긴 하지만 무엇인지 나 역시 모르겠구나. 그래도 네겐 화는 되지 않을 것이다. 그 결과가 어찌 될진 나도 모르겠지만 아무튼 넌 만독불침에 금강불괴의 몸이 된 것이다."

진완이 기분 나쁘다는 듯 먼지를 터는 것처럼 어깨를 손으로 툭툭 털고는 퉁명스레 대답했다.

"그딴 거 관심없수. 하마터면 죽는 줄 알았수."

바보! 옥나찰은 깔깔 웃고는 몸을 돌려 천막 안 사람들에게 말했다.

"이제 무심련은 나 옥나찰의 선물을 또 하나 받게 되었습니다. 부디 이 아이가 무심련의 큰 기둥이 되길 기원하겠습니다."

'거참, 선물치고는 괴상한 데다 별거없어 보이는 선물이로다.'

무심련 무인들은 그렇게 생각하며 어느새 커다란 코끼리에서 커다란 말 덩치 정도로 작아진 옥나찰을 바라보며 머리를 긁었다.

3

옥나찰의 귀환은 몸집만큼이나 거대했다.

커다란 천막이야 대문을 통과 못하기에 접어 수레에 올렸다.

하지만 그 수레의 크기도 엄청나게 커서 무심련의 정문을 통과할 수 있을지 걱정해야 할 정도였다.

그러고도 남는 짐 또한 엄청나게 많아서 그 같은 수레가 몇 개가 동원되고서야 얼추 짐이 꾸려질 정도였다.

그제야 진완은 왜 옥나찰이 코끼리를 데려왔는지 알 수 있었다.

코끼리 정도의 크기와 힘이어야 수레를 끌 수 있으리라 생각하던 진완에게 덩치에 어울리게 작은 천막을 가마 삼아 오른 옥나찰이 천막의 창문을 걷고는 말했다.

"우리 정토회로 한번 놀러 오거라. 단, 한번 오면 오래 머물러야 한다. 내가 엄청나게 귀여워해 줄 테니까."

옥나찰이 한쪽 눈을 찡끗 감으며 다정스레 말했다.

진완이 고개를 끄덕거린 후 이응의 어깨를 툭툭 쳤다.

"난 바쁠 거 같수. 대신 이놈을 보낼 테니 실컷 귀여워해 주슈."

옥나찰이 고개를 돌려 이응을 바라보고는 웃었다.

"바쁘면 할 수 없지. 또 저놈이 내 취향에 더 가깝고."

이응의 무릎이 순간 파르르 떨렸다.

그렇다고 할 말도 없어 고개만 숙일 뿐이었다.

어찌 되었든 무심련 전체를 깊이를 알 수 없는 깊은 늪 속으로 처넣을 뻔한 것이 자신 아니던가.

덕분에 삼조의 모든 사람들 역시 한동안 고개를 들지 못했다.

신난 건 십일조였다.

미친 조장의 돌팔매질 한번에 돼지새끼 육산상의 눈 튀어나올 만한 활약은 무심련을 위기에서 구해냈을 뿐만 아니라 도리어 큰 이익까지 가져다주지 않았는가 말이다.

옥나찰의 거창한 귀향 길이 저 멀리 모퉁이를 돌아 사라질 때쯤 개대가리 반두홍이 아쉽다는 듯 입맛을 다셨다.

"그래도 저 코끼리 때문에 어제오늘은 참 행복했어. 먹을 것도 많고 제법 우릴 보는 눈도 달라졌고 말이야. 이런 날이 계속된다면 여기 눌러앉아 있는 것도 나쁘진 않을 것 같은데?"

거지도사 허주가 말도 안 된다는 듯 고개를 내저었다.

"좋은 시간도 끝이야. 그 괴물 같은 세 교두에게 돌아가야 한다고. 가서 말을 깔고 뭉개든가, 아니면 뭉개져서 피떡이 되든가 둘 중 하나겠지. 무량수불~"

반두홍이 아니라는 듯 인상을 찡그렸다.

"그래도 우리가 한 일이 대단한 거 아니었어? 씨발, 내가 말이야, 글도 모르고 무공도 모르지만 말이야, 무심련에 공을 세운 공로로 보자면 평생 아무 일 안 하고 떵떵거리며 살 만한 자격이 있다 이거야! 안 그래?"

반두홍이 동의를 구하듯 옆에 있는 기련소마 옥기영과 망둥어 손형인을 돌아보았다.

옥기영이 칼칼한 목소리로 말했다.

"어제오늘 같으면 괜찮지만 계속 그렇게 되리라곤 생각 안

하는데?”

“맞아.”

평소 말이 없던 손형인이 옥기영의 말이 맞다는 듯 고개를 끄덕였다.

“씨발, 어이, 미친 조장. 조장은 어떻게 생각해?”

반두홍이 진완을 향해 물었다.

사실 진완도 약간은 망설여졌다.

위험 부담을 안고 쫓겨나느니 여기서 조금 비비적거리다 나중에 제비를 이리로 불러와 살림을 차릴까도 생각해 봤기 때문이다.

아무리 고수가 득시글거린다 해도 그리 어려워 보이진 않았다.

게다가 죄다 멍청하기까지 했다.

더욱이 자신은 그 만독 머시기에다 더 나아가 금강 머시기라고 하지 않던가.

진완은 몰랐지만 반두홍도 거기에 대해선 잘 알고 있었다.

진완의 물음에 반두홍이 걸쭉하게 가래침을 뱉고는 대답했다.

“씨발, 그거? 독 처먹어도 멀쩡하고 처맞아도 쌩쌩하다는 거지. 졸라 좋은 거야, 미친 조장.”

만약 반두홍의 말이 맞다면 정말 굉장한 일이었다.

아무리 맞아도 아프지 않고, 더욱이 죽지도 않는다는 것 아닌가 말이다.

‘죽지만 않는다면 걱정할 게 없지. 그럼 비비적거려 볼까나?’ 하고 진완이 생각하고 있을 때, 누군가 자신들 쪽으로 다가오고 있었다.

“자네들이 이번에 공을 세운 백팔룡이로구나!”

붉은 옷에 거무칙칙한 검은 끈으로 몸을 감싸 묶은 사내였다.

더욱이 사내 뒤로는 같은 복장을 한 여섯 명의 무인이 죄인을 호송하는 중인 듯 동아줄로 꽁꽁 묶은 두 사람을 어디론가 데려가고 있는 중이었다.

하얀색 무복, 소매에 얽혀 있는 세 개의 원.

죄를 지은 죄인들은 무심련의 평범한 무인이 분명했다.

진완은 사내의 위아래를 번갈아 쳐다보다 물었다.

“뉘슈?”

사내가 눈을 부릅뜨며 중얼거렸다.

“뉘… 슈… 라니? 아! 그리고 보니 자네가 그 광룡(狂龍)이 분명하군! 미친 용새끼! 바로 광룡 진완이 자네지?”

“광룡? 글쎄? 미친 용새끼가 누군지는 몰라도 진완이 내 이름… 가만, 그리고 보니까 이 양반이!”

그제야 진완이 무심련 무인들 사이에서 미친 용새끼로 불리는 걸 알았다.

사내가 보기 좋게 너털웃음을 지으며 손을 내밀었다.

“반갑네. 난 집법원(執法院)에서 일하고 있는 나주(羅炷)라고 한다네. 누군가 그러더군. 백팔룡 중에 진완이란 사람이 하나 있는데, 무슨 짓을 하든 상관 말라고. 난 왜 그런가 했더니… 하하!”

“집법원이 뭐유?”

“자네같이 위아래 몰라보는 사람을 잡아가 벌을 내리는 곳이지.”

“벌을?”

진완이 눈을 뜨고 나주를 쳐다보았다.

사내가 다시 너털웃음을 짓고는 작게 목소리를 낮추어 말했다.

“내겐 아무렇게나 대해도 괜찮네. 하지만 계율원(戒律院) 사람들은 조심해야 해. 계율원에서 죄를 정하면 우리 집법원에선 그저 끌고 가 법을 집행해야 하니까. 난 자네가 마음에 들어. 그래서 벌주기 싫다네.”

갑작스레 무심련 행정 조직 이름들이 난무하자 진완이 인상을 찡그렸다.

나주가 진완이 무슨 생각을 하고 있는지 알겠다는 듯 고개를 끄덕였다.

“계율원은 모든 계율을 정하고 감사와 정찰 등을 맡지. 우리 집법원은 형을 받아 집행하고 무심련 안의 치안을 돌보고. 예를 들어, 저 무인 같은 경우에도…….”

나주가 묶여 있는 무인을 손가락으로 가리키며 설명했다.

“계율원에서 죄목을 정해서 우리가 이렇게 데려가는 거거든.”

“무슨 죄인데 저리 꽁꽁 묶었수?”

"파불주(破不酒), 파정숙(破靜淑), 파불행패(破不行悖), 그것이지. 즉, 술 처먹고 고래고래 소리를 지르다가 길 가던 사람에게 싸움을 걸었거든. 그러다 지들끼리 치고받았지. 그래서 삼계를 어기게 된 거란다."

"아항, 그거? 그게 왜 죄가 되우?"

진완은 이해가 되지 않았다.

그 정도 일이야 진완이 컸던 마을에서는 매일같이 일어나는 자연스러운 것이었기 때문이다.

나주가 무슨 큰일 날 소리냐는 듯 눈을 동그랗게 떴다.

"당연히 죄가 되지. 그것도 때린 놈은 면벽 일 년이란 벌을 받아야 하는걸. 맞은 놈은 팔이 부러진 걸 감안해서 면벽 반년이고."

나주의 말에 반두홍이 비명을 질렀다.

"씨발! 뭐 이따위 일이 다 있어!"

반두홍의 욕설에 나주가 할 말을 잃었다는 듯 지켜보다가 낮게 주의를 주었다.

"욕설! 그것도 죄가 되네. 나야 주의를 주는 선에서 끝내겠지만 계율원 사람들은 당장 죄목을 내릴걸? 주의하는 게 좋을 거야. 진완이란 광룡이야 워낙 소문이 뭐같이 나서 미친놈 취급을 하지만 말이야."

진완과 반두홍은 서로 나란히 얼굴을 쳐다보았다.

그건 옥기영도 마찬가지였고, 평생 죄 같은 건 짓고 살지 않을 것 같은 거지도사 허주나 망둥어 손형인 역시 입을 쩍 벌리고 있었다.

술 먹고 주정 한 번에 면벽 일 년이라니!

이웅만이 놀랍지 않다는 얼굴로 나주에게 포권을 취하며 진완에겐 아부로만 들리는 이야기를 했다.

"당연합니다. 사람들이 많이 모이는 곳엔 나름대로 법도와 질서가 있어야 합니다. 특히 힘있는 무인들이 모인 무심련은 그 법과 계율이 더 엄격해야겠지요. 나 선배님의 노고를 보니 깨달은 점이 많습니다."

나주가 이건 또 무슨 종자인가 하는 얼굴로 이웅을 보다 껄껄 웃었다.

"역시나 백팔룡들은 하나같이 재미있군. 그러니 무심련이 떠들썩하겠지. 왜? 벌이 너무 심하다 싶어서 그러는가? 저 백팔룡의 말이 틀리지 않았네. 이 정도 단체가 되면 사람 관리는 철저히 하거든. 이런 일을 가만 놔두면 무심련의 체면이 서질 않는다네. 아이고, 늦었군. 그럼 난 가겠네. 재미있는 시간 보내시게나."

나주가 고개를 푹 숙이고 있는 무인을 데리고는 볼일을 보러 걸어갔다.

그 모습을 지켜보던 진완이 고개를 절레절레 내젓고는 크게 한숨을 내쉬었다.

第十章

금강불괴

진완은 아무리 생각해도 이해가 가지 않았다.

보아하니 잡혀간 놈은 술을 좋아하나 본데, 아버지는 더 좋아했다.

보아하니 잡혀간 놈은 술만 먹으면 행패를 부렸나 본데, 아버지는 더욱더 그랬다.

보아하니 저놈은 술김에 행패를 부리다 몇 놈 다치게 했나 본데, 그건 아버지가 더 잘했고, 사실 매일 그랬다.

아니, 아예 전문 분야였다.

행패 정도를 넘어서는 폭행 수준의 난동이었다.

심지어 아버지의 가장 친한 친구 중에 쇠스랑에 등짝이 찍히고, 몽둥이에 팔 부러지고, 이빨 몇 개 안 나가본 친구는 없었다.

그래도 친구였다. 술 깬 아버지가 미안해하며 작은 상처엔 닭 한 마리, 좀 더 큰 상처다 싶으면 잘생긴 돼지 한 마리를 몰고 친구에게 가서 소리쳤다.

'미안허이! 여기 이거 약값이다 생각하고 받아주게!' 라고 외치면, 친구가 '아닐세, 아니야. 나도 주책이었어. 안 받아도 되네' 하면서도 끝내 슬그머니 받았다.

술 먹고 행패 부리고 친구 때린 거, 잘못이다.

잘못은 잘못인데 그걸 어떻게 되잡느냐가 문제였다.

아버지는 가난한 형편에 닭이나 돼지 한 마리를 잃었다.

맞은 놈은 억울하긴 해도 닭이나 돼지 한 마리가 생겼다.

그런데 저놈들이 얻은 것은? 면벽 일 년과 반년, 거기다 억울함과 후회만이 고스란히 남았을 것이다.

게다가 체면? 사람도 아닌, 커다란 단체인 무심련의 체면이라 말했다.

그 어디에도 때린 놈의 체면이나 맞은 놈의 체면을 돌보거나 관심있는 사람은 아무도 없었다.

그래, 진완도 이해할 수 있다.

나라엔 국법이 있고, 하다못해 작은 집안이라 해도 가법이 있다.

그러니 이렇게 큰 단체라면 당연히 법이 있겠지.

하지만 돼지 한 마리와 사람 간의 우애와 체면은 그 어디에도 없었다.

사람이 없다. 사람이 살아가는 데 정이 없다.

왜 위진천 련주가 탈출을 꿈꿨는지 알 것 같았다. 여긴 사람 사는 곳이 아니었다. 괴물 같은 무심련만 살아 있을 뿐.

역시 이곳은 살 만한 곳이 아닌 것이다.

한때나마 좋은 조원들과 인정받는 삶, 그리고 하루하루 재미있는 나날에 쫓겨가는 걸 조금 미루고 며칠 더 놀다 갈까 하고 생각한 자신의 생각이 틀렸다.

진완의 눈빛이 한없이 깊어졌다.

개대가리 반두홍의 생각도 마찬가지였는지 조그마한 소리로 속삭였다.

"미친 조장, 빨리 튀자. 아니, 쫓겨나자. 진짜 좆 같아서 여기 못 있겠다."

진완 일행이 들어선 곳은 무심련 가운데에서 조금 치우쳐 있는 어느 작은 건물 안이었다.

지독한 향 냄새가 눈을 아리게 하고 검고 우울한 분위기가 가슴을 먹먹하게 만드는 건물 한가운데, 사람들이 작은 탁자를 가운데 두고 빙 둘러서 있었다.

원익완과 천막 안에서 눈에 익은 두세 명, 그리고 처음 보는 거지 하나가 있었는데 분위기는 왠지 원로원의 원익완이 아닌 거지가 이끌어가는 듯했다.

"저건?"

진완은 탁자 위에 시체처럼 누워 있는 소년이 자신에게 달려들었던 염혼이란 걸 알고는 눈을 크게 떴다.

원익완이 고개를 들고 진완을 알아보고는 미소를 지었다.

"아, 왔는가. 그래, 염혼이란 아이지. 옥나찰이 더 이상 필요치 않으니 마음대로 하라고 남겨두고 가더군. 쯧쯧, 불쌍한……."

원익완이 염혼을 바라보며 혀를 찼다.

탁자 맞은편에 서 있던 거지 노인이 몇 개 안 남은 이빨을 내보이며 히죽 웃었다.

"도리어 다행이지. 이 아이 온몸에 나 있는 작은 상처들을 봤는가? 칠대금공이 달리 칠대금공이 아니야. 목숨을 걸어야 하고 죽음보다 더한 고통을 느낀 이후에야 달성할 수 있는 게지. 이 아이가 익힌 성마각염천공은 여덟 가지 관문을 거치면서 인간의 모든 감정, 즉 오욕칠정을 다 거세당했다고 보면 된다네. 겨울철 한천(寒泉)이든 불구덩이든 명령만 있다 하면 앞뒤 가리지 않을걸? 도대체 무엇이 이 아이에게 칠대금공을 익히게 했는지……."

원익완이 가느다랗게 한숨을 내쉬었다.

"신 때문이지. 서방정토회의 뿌리 역시 마교와 다르지 않으니 말이야. 죽어 극락에 갈 수 있다고 믿었으니 죽음보다 더한 고통도 참아내고 여덟 번의 과정 또한 이겨낼 수 있었던 게지. 그나저나 정녕 살리지 못한단 말인가?"

"내 실력으론 없네. 지금 숨을 쉬고 있는 게 기적이지. 그래봐야 독초의 힘으로 겨우 숨만 깔딱이는 거야. 이 늙은 거지가 할 수 있는 건 숨을 더 잇는 것뿐. 그래 봐야 며칠이지. 혹시 모르겠네. 내공 방면에 탁월한 지식이 있는 고수라면 이 아이의 망가진 혈도를 이을 수도 있을지. 하지만 련주라 해도 내공이 신화경에 달했을 뿐 지식이야 네놈이나 나와 다를 게 없지 않나."

진완은 스스로 늙은 거지라 말한 사람이 바로 독개 소상춘임을 알 수 있었다.

작은 콩알 덩어리로 모든 사람이 학을 떼게 만들었던 존재, 그 사람이 바로 눈앞에 있었다.

독개 소상춘이 고개를 돌려 진완을 바라보았다.

"저 덩치만 큰 곰 같은 놈이 그 광룡이란 말이지?"

원익완이 얼굴을 씰룩거리며 대답했다.

"맞네. 이번에 큰 공을 세운 셈이지. 그런데 옥나찰이 저 아이 몸에 무슨 짓인가 한 모양인데, 내 재주로는 알아보지 못하겠네. 그래서 이리 불렀지. 자네라면 알지 않을까 해서 말이야."

"원가 네놈이 알아보지 못한 걸 내가 무슨 재주로 알아본단 말이냐."

소상춘은 말과는 달리 진완의 맥문을 덥석 잡고는 눈을 감았다.

진완은 혹시 이 거지의 몸에서 벼룩이라도 옮을까 싶어 인상을 찌푸렸다.

하지만 콩알 한 알로 사람 여럿 잡는 실력이라면 바로 앞에서 냄새나는 하품 한번에 죽어 나자빠질지도 모를 일이라 그저 숨을 참아 가늘게 쉬며 소상춘의 더러운 낯짝만 쳐다보았다.

아니, 진완 스스로도 자신의 몸 상태가 어떤 상태인지 궁금하기도 했다.

소상춘이 고개를 갸우뚱거리며 인상을 찡그리다가 한숨과 함께 눈을 떴다.

"하아, 자네가 알아보지 못하는 것도 무리는 아니야."

소상춘의 한숨과 함께 강렬하면서도 고약한 입 냄새가 확 풍겼다.

"알아보겠는가?"

원익완이 반색하자 소상춘이 고개를 저었다.

"아니, 나도 도르니까."

"이런……."

원익완이 인상을 찌푸렸다.

"내공이 없는 것도 아니면서 막상 찾으면 어떤 것인지 모르겠네. 흐르지도 않고 고여 있지도 않으면서 서로 각기 뒤엉켜 돌아가니 나 역시 몇 년을 들여다보아도 알 수 없는 일이지. 단지 혈도에 침을 놓아 길을 탐지하면 대강 알 수 있을지도."

소상춘이 품속에서 반 뼘 정도 되는 침 하나를 꺼내자 진완은 질겁하며 뒤로 물러섰다.

"어이, 노인장! 그거 말이우! 침 아니우?"

"맞다. 침이지."

"내가 세상에서 제일 무서운 게 세 가지인데, 그중 하나가

침이라우!"

진완이 펄쩍 뛰며 팔을 뿌리치려 했지만 단단히 얽어 잡은 소상춘의 손은 떨어지지 않았다.

항룡십팔장의 묘리가 들어 있는 손이었다.

웬만한 금나수법보다 훨씬 나은 고상한 수법이라 팔을 위아래로 흔들어봐도 떨어져 나가질 않았다.

진완의 눈이 부릅떠졌다. 소상춘이 꺼내 든 침을 자신의 팔뚝에 사정없이 냅다 꽂았기 때문이다.

눈으로 보고도 믿기지 않는 수법이었다.

거지 품속에 들어 있던 저런 더러운 걸로 맞았다간 병이 더 옮지 않을까 싶은 순간,

뚝ㅡ!

소상춘이 멍한 눈빛으로 반 동강 난 침을 바라보다 고개를 갸웃거렸다.

"벌써 녹이 슬었나?"

아니, 무슨 놈의 의원이 녹슨 침을 갖고 다닌단 말이냐! 진완이 더 어이없어하며 입을 쩍 벌렸을 때, 소상춘은 아까보다 훨씬 더 굵고 기다란 침을 꺼내 순식간에 진완의 팔뚝에 꽂았다.

뚝ㅡ!

"어라?"

진완과 소상춘이 나란히 반 토막 난 침을 바라보았다.

소상춘이 침을 어깨 너머로 던진 후 진완의 팔뚝을 걷고는

한참이나 살펴보았다.

"이상하다! 이상해!"

소상춘이 곧 손가락 하나를 들어 쓱 핥아 침을 묻힌 후 진완의 팔뚝에 비벼댔다.

"이 영감탱이가 더럽게시리!"

진완이 또 한 번 펄쩍 뛰었지만 소상춘의 얼굴은 웃는 것도, 그렇다고 우는 것도 아닌 괴상한 표정으로 진완을 바라보며 괴상한 소리로 웃었다.

"어허허허허! 이놈! 괴물이군!"

"······?"

멍하니 진완이 쳐다보자 소상춘이 자신도 믿기지 않는다는 듯 혀로 입술을 핥고는 말했다.

"방금 묻힌 것은 독이다. 보통 사람은 얼른 팔을 잘라내야 죽지 않지. 그런데 네놈은 조금 부풀다 금방 가라앉더군. 이 미련한 곰탱이야, 네놈이 귀신이냐, 사람이냐?"

난 당신 더러운 낯짝이 더 신기해! 진완이 눈을 부릅뜨고 소상춘을 바라보았다.

소상춘이 한참이나 진완의 얼굴을 보다 고개를 돌렸다.

"어이, 원가야. 이놈, 나 줘라!"

"······?"

"실험용으로 딱이다. 그러니까 내가 가져가야겠다."

"안 되네! 그놈, 백팔룡이야!"

"내가 언제 그런 거 신경 쓰던가? 그러니까······."

소상춘은 보물이라도 만난 듯 진완의 팔뚝이라도 떼어갈 것
처럼 꽉 잡고 있었다.

"안 된다니까. 자네에게 보여준 이유가 혹시 몸에 이상이 없
나 알아봐 달라는 것뿐이었네."

"이상? 이놈, 엄청나게 건강해서 도리어 탈이지. 그러니까
날 주게."

원익완이 그러고 보면 무심련 안에 참 덜떨어진 놈이 많구
나 싶었는지 한숨을 쉬고는 조용히 말했다.

"참, 조금 전 보니 투도각의 주인이 자넬 찾아다니던 것 같
던데, 만나지 않았나?"

"투도각주? 주구곡도 말인가? 내가 그놈을 왜 만나? 내가 그
놈 때문에 옥나찰 연회에도 안 나갔던 건데."

"어? 그런가? 자넬 찾길래 이리 찾아오라고 했는데 늦는 모
양이군."

독개 소상춘이 곡도 얘기를 듣자마자 눈알을 데구루루 굴렸
다.

"아참, 단로(丹爐)에 불을 놓고는 그냥 왔구나! 원가야, 나
먼저 가야겠다!"

"단로라면 여기 있는 이걸 말하는 게……?"

원익완이 짐짓 눈썹을 꿈틀거리며 물었지만 이미 소상춘은
도망치다시피 쌩하고 건물을 빠져나가고 없었다.

"쯧쯧, 단순하긴."

원익완이 혀를 차며 소상춘이 사라진 문을 바라볼 때, 세 사

람이 천천히 건물 안으로 들어서고 있었다.

2

호광, 민청, 그리고 엄조는 원익완에게 포권을 취하고는 건물 안을 긴장한 눈초리로 쭉 둘러보았다.

원익완이 웃으며 맞았다.

"어서 오게. 그리고 걱정할 거 없네. 독개는 한동안 여기 안 올 것이야."

그 말에 힘을 얻었는지 호광이 눈을 커다랗게 떴다.

"무슨 일입니까? 지금 호광은 바쁩니다. 백팔룡들의 훈련……."

"아네, 알아. 그걸 치하하기 위해 부른 것이네. 자네도 들어서 이미 알고 있겠지만 진완과 육상산이란 백팔룡이 큰 공을 세워……."

원익완의 말에 호광이 큰 눈을 굴려 주위를 빠르게 살피고는 말했다.

"지렁이 한 마리가 안 보입니다. 삼조는 오던 중에 만나 즉시 복귀시켰고, 남은 건 십일조 하나입니다. 그런데 제일 커다란 지렁이가 안 보입니다. 어디 있습니까?"

원익완이 말을 잃은 듯 멍하니 호광을 쳐다보았다.

하기야 저런 교두들이니 저런 괴상한 백팔룡들을 만들어냈을 거다.

백팔룡의 공은 곧 교두의 몫. 자연 환하게 웃으며 '다 어르신의 가르침 덕분입니다' 이렇게 말하면서 손바닥을 비빈다면 어디가 덧나냔 말이다.

저렇게 외골수에 눈치가 없으니 백여덟 명의 골칫덩이를 맡아 훈련이나 시키는 게지. 원익완이 그렇게 생각하며 찌푸린 얼굴로 말했다.

"그 지렁이는, 아니, 백팔룡은 지금 바쁜 일로……."

다행히 그때 나머지 백팔룡이 천천히 걸어 들어오고 있었다.

"아이고, 힘들다."

육상산이 손수건으로 이마를 훔치며 들어오다가 호광을 비롯한 세 교두를 보고는 흠칫 놀랐다.

호광이 손가락 하나를 까딱까딱거리며 머릿수를 세고는 여섯 명을 확인한 후 원익완을 바라보았다.

"그런데 왜 부르신 겁니까? 나 호광, 엄청 바쁩니다."

"맞아. 헤에~ 쥐도 몇 마리 못 잡았어."

호광의 말이 맞다는 듯 엄조가 헤벌쭉 웃으며 고개를 끄덕였다.

민청은 탐탁지 않다는 듯 새파란 눈빛으로 원익완을 쏘아볼 뿐이었다.

원익완은 뒷목이 서늘해지는 듯해서 헛기침을 했다.

“험험, 그냥 자네들 공로에 무언가 보답할 게 없나 해
서…….”

호광이 눈을 부릅떴다.

“그런 거 필요없습니다. 그냥 훈련 편하게 할 수 있도록 간
섭만 안 해주시면 됩니다. 훈련에 탄력 좀 받으려고 하면 위에
서 팔락팔락 종이 쪽지 떨어집니다. 그거 보면 호광 속 터집니
다. 무슨 놈의 지령이 그리 많은지 모르겠습니다. 지렁이들은
우리 세 교두가 알아서 합니다. 알아서 반쯤 죽여놓고, 또 반쯤
살려둡니다. 나중에 살아 있는 놈만 골라서 가져가면 됩니다.
나 호광이 그렇게 할 겁니다.”

“알았네, 알았어!”

원익완이 답답하다는 듯 고함을 빽 질렀다.

교두들 낯짝도 보기 싫다는 듯 고개를 홱 돌린 원익완이 한
결 누그러진 목소리로 진완에게 물었다.

“자네가 조장이지? 그래, 내가 무얼 해주면 좋겠나?”

“휴가 보내주슈!”

“휴가? 귀휴 말인가?”

“그렇수!”

이런, 제길! 어째 이놈들은 교두나 백팔룡이나 다 똑같냐!
원익완이 골치가 아파오는지 관자놀이를 주무를 때, 다행히
호광이 가슴을 꽝꽝 치며 대신 대답했다.

“안 됩니다. 그딴 거 찾아먹을 거였으면 백팔룡 훈련 안 시
킵니다. 아니, 애당초 숨겨두질 않았습니다. 백팔룡의 휴가는

단 하납니다. 패 죽여서 땅속에 묻으면 평생 푸~욱~ 쉽니다.
그걸 원하는 지렁이가 있으면 그렇게 해줍니다. 나 호광이 원
하는 대로 해주겠다는 말입니다!"

원익완은 안도의 한숨을 내쉬었다.

역시 꿩 잡는 건 매라고, 진완 같은 미친놈은 교두들이 잘
상대하는구나 싶을 때, 억울하다는 듯 진완이 다시 고함을 질
렀다.

"그럼 교두들이라도 바꿔주든가!"

아니, 그 좋은 걸 왜 바꿔? 누가 니들을 맡을 수 있다고! 어
림없다는 듯 원익완이 고개를 맹렬히 저었다.

"다른 걸 말하게. 말이 되는 걸 말이야."

"제길!"

진완이 인상을 찡그렸다가 곧 시선을 두리번거리며 무언가
를 찾았다.

원익완은 저놈이 또 성질을 못 이기고 무언가 던질 걸 찾는
가 보다 하고 긴장할 때, 진완이 손가락으로 무언가를 가리키
며 말했다.

"그럼 저놈 나 주슈!"

"으응?"

원익완은 진완이 가리키는 것이 죽은 시체와 다름없는 염혼
이란 소년임을 알고 눈을 동그랗게 떴다.

"저 아이를?"

끄덕끄덕, 진완이 눈에 힘을 주고는 고개를 끄덕였다.

“곧 죽을 놈인데?”

“내가 살릴 수도 있을 거 같아서 그렇수!”

“자네가 살릴 수 있다고?”

끄덕끄덕, 진완이 다시 고개를 끄덕였다.

알고 보면 불쌍한 놈이었다.

아니, 진완의 입장에선 왜 저렇게 살아왔나 싶을 정도로 이해가 안 가는 아이였다.

자신이 원하지 않는 삶을 살다가 다른 사람들 손에 휘둘리다 끝내 죽음만을 기다려야 하는 처지가 왠지 자신과 비슷하다 느껴졌다.

살릴 수 있다면 살리는 게 나았다.

진완이 자신있다는 듯 큰 목소리로 말했다.

“내가 말이우, 산에서 나무를 할 때 보면……!”

아차! 깜빡했다. 진짜 백팔룡은 기련산에서 쭉 자라왔다고 하지 않았던가. 진완은 얼른 으르렁대듯 말했다.

“기련산에서 나무도 했다우! 땔감으로 쓰려구!”

“누가 뭐라고 했느냐?”

원익완이 애가 참 별다른 징조도 없이 갑자기 미치기도 하는구나 싶어 화들짝 놀란 표정으로 대답했다.

진완이 목을 가다듬고는 말했다.

“음음, 아무튼 그때 보면 산에서 다친 짐승들이 절뚝거리며 진흙을 찾더란 말이우. 그 진흙에 몸을 파묻고 한동안 있으면 신기하게도 곧 나아서 돌아가는 게 아니겠수? 그 방법을 한번

써보려고 한다우."

원익완이 어이없다는 듯 피식 웃었다.

"저 아이는 짐승들과는 달리 내상을 입은 몸이다. 나도 온천이나 뜨거운 진흙 목욕이 아픈 몸에 효험이 있다는 소리는 들은 적이⋯⋯."

"혹시 모르지 않수. 그러다 살아날지도. 내가 나만의 비방이 있으니 그냥 맡겨보슈. 이대로 죽는 거보단 낫잖수. 그리고 선물 준다면서요? 그러니까 저거 나 주슈."

"그러자꾸나."

원익완이 신경 쓰기도 싫다는 듯 휘휘 손사래를 쳤다.

어차피 죽을 아이이다. 만약 산다면 그걸로 족했다.

아니, 죽든 살든 신경 쓰기도 싫었다.

얼른 떠넘겨서 보내는 게 속 편했다.

진완이 됐다는 듯 성큼성큼 걸어 염혼이란 소년을 어깨에 걸쳐 업으며 말했다.

"오다 보니까 커다란 비석 앞이 고즈넉하고 조용한 것 같은데, 거기서 치료할 생각이우. 그러니까 노인장은 사람들 좀 통제해 주슈. 그쪽으로 오게 하지 말라구요."

원익완이 말할 힘도 없는지 지친 표정으로 다시 고개만 끄덕였다.

잘됐다는 듯 눈치를 보던 반두홍이 용기를 내어 말했다.

"흠흠, 제가 원하는 건⋯⋯."

하지만 원익완은 두 눈을 질끈 감고는 고개를 저었다.

"얼른 물러가거라, 내가 줄 것은 다 주었으니."

"에이, 쌍! 뭐 이런 경우가 다 있어! 씨발!"

아이구나! 감히 내 앞에서 욕설을 내뱉는 놈이 있다니!

원익완은 지친 나머지 분노도 끓어오르지 않았다.

호광이 '그것 봐요. 나밖에 이놈들 맡을 사람이 없지. 그러니까 자꾸 귀찮게 이것저것 지령 내리지 말란 말이오'라고 말하는 듯 큰 눈을 부릅뜨며 포권을 취했다.

"그럼 우리 세 교두는 지렁이들을 밟으러, 아니, 훈련시키러 갑니다."

원익완은 퀭한 눈으로 호광의 어깨를 다독였다.

"그래, 얼른 가보게. 정말 자네들… 수고가 많네. 정말 고맙네."

호광이 갑자기 이 노인네가 왜 이러나 하는 눈빛으로 쳐다보다 몸을 돌렸다.

"자, 지렁이들은 날 따라옵니다."

세 교두와 여섯 명의 백팔룡이 눈앞에서 사라지자 원익완은 의자 위에 철퍼덕 주저앉았다.

짧은 순간 십 년은 늙은 것 같았다.

아무리 강적과 싸웠어도 이렇게 지치진 않을 것이다.

옥나찰 문제만 해도 골치 아팠는데 백팔룡과 세 교두는 더 머리 아픈 존재들이었다.

"허허, 내가 왜 광룡과 부딪치지 말라는 말이 떠도는지 알겠구나."

원익완은 천장을 바라보며 허탈하게 웃을 뿐이었다.

"시간 없습니다. 미뤄뒀던 말 타는 훈련 해야 합니다."

호광이 말도 안 된다는 듯 고개를 저었다.

"교두 아저씨, 사람 살리는 일이우. 더욱이 윗대가리들이 그렇게 하라고 했다구요."

진완의 입에서 윗대가리 얘기가 나오자 호광이 인상을 찡그렸다.

말이야 틀리지 않았다.

더욱이 진완의 어깨 위에서 시꺼멓게 얼굴이 변한 채 축 늘어져 있는 소년을 보자 더더욱 마음이 흔들렸다.

"오래 걸리는 일이면 곤란합니다."

"안 걸릴 거우. 반 시진 안에 돌아올게요. 아참! 한 가지 부탁이 있는데, 이 언덕 위로 아무도 올라오지 못하게 해주슈. 중간에 사람이 올라오면 일을 망칠 거고, 그럼 다시 처음부터 시작해야 한다우."

옆에서 지켜보던 거지도사 허주가 궁금하다는 듯 물었다.

"나는 가도 괜찮겠지? 나도 그쪽으로 관심이 많거든. 손형인도 몸이 불편해서 이런저런 방법을 알아봤는지 그쪽 지식은 꽤 되는 거 같던데, 망둥어랑 나는 괜찮지 않아?"

"안 돼!"

허주가 머쓱한지 눈만 끔뻑댔다.

이토록 완강한 어투로 진완이 말하는 건 처음이었다.

진완은 자신의 어깨에 올린 염혼의 엉덩이를 툭툭 치며 호광에게 말했다.

"다른 일도 아니고 사람 살리는 일이우. 절대 아무도 가까이에 오면 안 된다구요. 정 안 되면 그 원익완인가 뭔가 하는 그 노인네 이름 파슈. 무심련 안에 그 노인네보다 높은 사람도 별루 없는 것 같던데."

호광 역시 의외였는지 눈썹을 위아래로 크게 움직였다.

하지만 반응은 민청에게 먼저 나왔다.

"난 저쪽을 맡는다."

역시나 얼음 칼로 살가죽을 얇게 뜰 때처럼 날카롭고 차가운 말투였다.

민청이 이렇게 많은 말을 할 줄이야! 사람들이 놀라 민청을 바라볼 때, 민청은 얼음 위를 미끄러지듯 스르륵 걸어 오십여 장 거리에 있는 거리에 버티고 섰다.

"흐으, 그럼 난 저쪽!"

엄조가 재미있는 놀이라도 하듯 엉덩이를 손바닥으로 신나게 두들기며 경중경중 반대편으로 뛰어갔다.

호광이 십일조 조원들을 바라보며 힘있게 말했다.

"나 호광은 진완 훈련생과 함께 올라갑니다. 사람이 없는 걸 확인한 후 내려와 반대편에 버티고 섭니다. 우리 세 교두가 품 자 형태로 버티고 서면 이목을 속이고 통과할 사람 아무도 없을 겁니다. 그래도 통과한다면? 어쩔 수 없습니다. 그런 고수는 그냥 보내주는 게 좋습니다. 그러나 그 나머진 꼭 막습니

다! 여러 지렁이들은 교두 사이에 버티고 서서 눈알을 부라립
니다! 시작!"

우다다다!

호광의 말이 떨어지기가 무섭게 다섯 명이 달려가 각기 민
청과 엄조 사이에 알맞게 간격을 맞추어 섰다.

호광이 진완을 바라보며 말했다.

"이제 우린 올라갑니다. 사람 목숨, 중요합니다."

진완이 맞다는 듯 고개를 끄덕였다.

마주 보는 호광의 눈빛이 처음으로 부드럽게 보이고 있었
다.

3

호광은 겉으로 보이는 것보다 더 꼼꼼했다.

만약 사람이 아니라 개미를 경계하는 일이었다면 숲 속 모
든 돌판을 다 들어올리고는 아래를 뒤져 볼 사람이었다.

빠른 시간 안에 여기저기 휙휙 날아다니다시피 뒤지고 다닌
후, 진완 외에 다른 사람이 없다는 걸 확인하고는 천천히 언덕
을 내려갔다.

호광의 모습이 완전히 시야에서 사라지자 진완은 숲 속을
나와 보통 사람 키의 두세 배쯤 되는 거대한 비석을 마주 보고

섰다.

'가만, 이게 어떻게 들어가더라?'

아무리 주위를 둘러봐도 예전에 들어갔던 구멍은 없었다.

들어가는 구멍이 어딘가에 분명 있을 거라 생각한 진완이 염혼을 옆에 눕히고는 쭈그려 앉아 두 손으로 머리를 감쌌다.

'멍청한 놈, 여기를 내가 두 번이나 들어갔다 나왔단 말이다.'

스스로 한심하기 짝이 없다고 생각하며 멍하니 하늘로 고개를 들어올리자 비석이 보였다.

'가만, 그때 그거!'

분명 그랬다. 위진천 련주에게 끌려 들어갔다 나왔을 때 얼굴도 모르는 소녀가 혼잣말처럼 중얼거렸었다.

그때는 그저 알지 못하는 시구를 중얼거렸다고 생각했지만 지금은 무엇을 말한 것인지 알 것 같았다.

진완이 일어나 엉덩이를 툭툭 털고는 비석에 얼굴을 디밀고 천천히 살펴보았다.

그러자 거기에 있었다.

소녀가 말했던 바람[風], 날개[翼], 틈[間], 그리고 하늘[天]이.

진완이 두툼한 손가락으로 비석에 새겨진 글자 중 소녀가 말한 순서대로 국꾹 눌렀다.

그러자 소리없이 비석 아래 제단이 뒤로 물러나고 거짓말같이 뻥 뚫린 공간이 나타났다.

"역시 그랬군!"

진완이 싱글벙글 웃으며 염혼을 다시 들쳐 업고 계단을 조심스럽게 내려갔다.

계단 양옆엔 조금 전의 비석처럼 명문이 새겨져 있었다.

처음이 어려웠지 두 번째는 너무나 쉬웠다.

다시 앞서 눌렀던 문자를 누르자 제단이 닫혔고, 석실 안은 어둠 같은 적막이 내려앉았다.

'누가 불이라도 켠 건가?'

원래 석실 안은 영웅적인 삶을 살다 간 무인을 기리려는 뜻에선지 천장에 작은 야명주가 박혀 있었다.

그래서 어렴풋이나마 주위를 분간할 수 있었는데, 지금은 훤한 대낮처럼 밝아 떠다니는 먼지까지 보일 정도였다.

진완은 주위를 둘레둘레 살피다가 맨 왼쪽 구석에 있는 석관으로 걸어가 뚜껑을 열었다.

"아이고, 이것 참, 자주 뵙네요. 뵐 때마다 실례가 많네요."

석관 안 시신에 꾸뻑 인사를 건넨 진완이 시체 위에 천천히 염혼을 눕힌 후 자신도 눕더니 뚜껑을 닫았다.

"……."

아무런 변화가 없었다.

석관 안쪽 벽을 손으로 만져 봐도 글자를 새긴 듯한 흔적은 없었다.

'이것 참, 골치 아픈 것투성이군.'

진완은 이리저리 살펴보다 문득 무언가를 깨달았다.

예전에 석관 바닥이 빙글 돌았는데, 시신은 바닥으로 떨어지지 않았었다.

'그렇다면?'

손으로 매우 조심스럽게 시신의 등 아래로 손을 집어넣었다.

"이해하슈. 댁은 죽었지만 산 사람은 살려야 하잖수. 안 그래요?"

무섭기도 하고 미안하기도 해서 진완이 멋쩍게 중얼거릴 때, 시신의 등 한가운데서 무언가 딸깍 하고 만져지는 게 있었다.

가느다란 줄이 석관 바닥과 시신을 연결하고 있었다.

'이건가?'

손으로 줄을 잡아당기자 덜컹 하는 소리와 함께 바닥이 빙그르르 돌았다.

"어이쿠!"

땅이 꺼지는 듯한 느낌과 함께 진완이 추락했다.

쿵―!

낙법이고 뭐고 아는 게 없는 진완으로서는 제일 믿음직한 엉덩이로 떨어지는 수밖에 없었다.

그래도 예전과 다른 점이 있다면 염혼을 안은 채 꼬리뼈로 떨어졌는데도 그다지 아프지 않다는 점이었다.

"금강불괴라더니 뭔지 몰라도 이럴 때는 편하군."

진완이 엉덩이를 손바닥으로 몇 번 쓱쓱 쓰다듬고는 염혼의 멱살을 잡은 채 작은 통로 안으로 기어들어 가기 시작했다.

통로는 좁았다. 어떻게 고수들이 자신을 안고도 이 안을 귀신처럼 날아다녔는지 도무지 이해가 가지 않았다.

진완은 배를 바닥에 바싹 붙이고는 한 손으로 염혼의 멱살을 움켜쥔 채 낮은 포복 자세로 뻑뻑 기었다.

그나마 수평 통로는 편했다. 수직 통로는 정말이지, 환장하게 만들고 있었다.

그나마 아래로 뛰어내리는 거야 든든한 엉덩이 하나 믿고 뛰어내리면 되었지만 위로 올라가야 하는 곳은 골치 아팠다.

등을 통로에 바싹 붙이고 발바닥은 맞은편 벽에 밀 듯이 가져다 대어야 겨우 아래로 떨어지지 않을 수 있었다.

그래도 소득이 없는 것은 아니었다.

진완이 힘을 주려 아랫배에 힘을 주는 순간, 미미하긴 하지만 온몸에서 하얀색 광채가 흐릿하게 빛나는 걸 발견했기 때문이다.

하얀 광채는 곧 청록색으로 바뀌더니 뿌연 금색과 함께 사라졌다.

그 모든 빛이 어둠 속이라 눈에 들어왔지 밝은 곳이었다면 눈에 그리 띄지 않을 만큼 미약했다.

하지만 세 광채가 교대로 번쩍이는 순간, 진완은 평소보다 더 힘이 난다는 걸 깨달았다.

좌우, 위아래로 이리저리 휘돌다가 앞이 뻥 뚫린다 싶었을 때, 발밑이 축축하다는 느낌이 들었다.

"왔구나!"

드디어 동굴 노인이 있는 통로에 도착한 것이다.

진완이 염혼을 어깨 위에 들쳐 업고는 두 손을 입에 가져다 대고 크게 외쳤다.

"나 왔수!"

"누구냐! 허허, 그놈이로구나!"

노인의 웃음엔 반가움이 묻어 있었다.

하지만 반갑지 않은 존재가 하나도 아니고 자그만치 넷이나 되었다.

진완이 나타나는 순간부터 기분 나쁜 목뼈 돌아가는 소리와 함께 철벅철벅 앞으로 걸어오기 시작했다.

내가 그럴 줄 알았다고! 진완이 씨익 웃고는 주먹을 들어올린 채 아랫배에 힘을 주었다.

그러자 하얀 광채가 동굴 안에 퍼졌다.

괴인들의 발걸음이 순간 멎었다.

효과가 있다! 효과가 있어! 진완이 기뻐 활짝 웃을 때 어느새 주먹의 광채는 청록색으로 바뀌었다가 곧 황금색을 끝으로 사라져 버렸다.

그 순간 네 괴인이 조금 혼란스럽다는 듯 초점 없는 눈을 끔뻑거리다가 다시 앞으로 한 발 걸어나왔다.

"흐읍!"

당황한 진완이 다시 아랫배에 힘을 주었다.

다시 하얀 우윳빛 광채가 주먹에 어른거렸다.

하지만,

반짝!

그야말로 반짝이었다.

광채는 청록색에서 금색으로 변하고는 사라져 버렸다.

잠시 멎었던 괴인들의 발걸음이 다시 시작되었다.

"합! 합! 합!"

반짝, 반짝, 반짝.

진완은 괴인들 사이를 뛰며 기합과 함께 아랫배에 힘을 주었다.

다행히 그게 효과가 있었다.

한걸음에 계단을 올라 뒤를 돌아보니 다행히 괴인들은 멍하니 서 있다가 다시 제자리로 돌아가 벽에 등을 기대고 섰다.

"휴우!"

진완이 한숨을 내쉬자 노인이 놀랍다는 듯 진완을 보며 물었다.

"무슨 일이냐?!"

분명 진완은 내공을 쓸 수 없는 몸이었다.

다른 사람도 아닌 위진천이 직접 행한 일이었다.

그런데도 비록 미약하긴 해도 진완의 몸에선 소혼공의 특징인 하얀 광채와 더불어 청록색과 황금색까지 나타나고 있는 것이다.

노인의 놀란 얼굴이 재미있다는 듯 진완이 염혼을 내려놓으며 웃었다.

"하하, 제가 금강, 거 뭐냐, 아무튼 금강 머시기가 됐답니다.

게다가 독에도 중독 안 된다는군요."

노인이 무슨 소리인가 싶어 되물었다.

"금강불괴다. 아무튼 찬찬히 얘기해 보거라."

재미있는 놈이었다. 나타날 때도 항상 예상을 벗어난 등장과 함께 놀라움을 가져다주는 놈이었다.

그래서인지 노인의 얼굴에는 놀라움과 함께 흥미진진한 구경을 하듯 눈썹이 위로 치켜 올라가 있었다.

"그게 말이우, 거 서방정토회인가 뭔가, 아무튼 거기 있는······."

진완이 찬찬히 이야기를 하기 시작했다.

노인은 놀랍다는 듯 연신 감탄성을 토해놓았다가, 옥나찰과 손바닥을 마주쳤을 때를 얘기하자 아예 숨도 몰아쉬지 않았다.

진완이 이야기를 끝내자 노인이 멍하니 천장을 보다 중얼거렸다.

"하늘의 뜻이로다. 어찌 그런 공교로운 일이 있을 수가. 만약 일월신교와 뿌리가 같은 옥나찰의 무공이 아니었다면 넌 지금 죽은 목숨이었을 게다. 놈, 이리 오너라. 이야기만 들어서는 믿지 못하겠으니."

진완이 앞으로 다가가자 노인의 앙상한 손이 진완의 손목을 잡았다.

미간을 바싹 좁힌 채 한동안 아무 말 없던 노인이 못 믿겠다는 듯 한숨을 쉬며 손을 놓았다.

"정말 놀랍다. 이런 일이 실제 있으리라고는 상상도 못했다. 지금 네 몸엔 구대극품 중 세 가지 내공이 혼재하고 있다. 아직 융합하지 못해서 서로 밀고 당기지만 만약 무사히 융합한다면… 휴우!"

"서로 밀고 당긴다구요?"

"그래, 마치 가위바위보 놀이와 같지. 서로 물리고 물리는 그런 관계. 하지만 같은 뿌리를 지녔기에 무사히 공존할 수 있는 독특한 일이 네 몸에서 벌어진 것이다. 어금버금한 힘이 서로 대치하다 어느 순간 무사히 한데 뭉친다면 어쩌면 구대극품보다 더 뛰어난 내공이 탄생하는 것이지. 천하제일의 내공이."

놀라운 일이었다.

노인은 만약 위진천이 지금 광경을 보았다면 어떤 표정을 지을지 궁금해졌다.

진완의 몸속에 기운을 봉인하기 위해 자신의 내력을 불어넣을 때 노인이 분명히 말했었다.

만약 같은 뿌리를 가진 다른 내공이 존재하고, 또 위진천 만큼의 내공을 지닌 사람이라면 그 봉인은 언제든 풀릴 수 있을 거라고.

그때 위진천이 그런 사람이 있겠느냐고 물었고, 노인은 없다고 말했다.

그 말이 틀렸다.

그런 내공이 있었다. 또 그 내공을 극한에 가깝게 익힌 사람이 있었다.

위진천의 내공에는 비교할 수 없었지만 옥나찰이 이십 년 넘는 공력을 아낌없이 풀어낸다면 봉인된 힘과 비슷할 것이다.

아니, 천하제일이라 불려도 모자람이 없는 막대한 내공이 세 가지나 진완의 몸속에 깃들게 된 것이다.

마치 하늘이 안배한 일처럼 공교로운 일이 기막힌 시기에 들어맞은 것이다.

노인의 말이 무슨 뜻인지는 몰라도 나쁜 말은 아닌 것 같자 진완이 웃으며 물었다.

"그럼 맞아도 죽지 않는다는 말이 진짜유?"

"그래. 이론상으로는 그렇다. 왜, 안 믿기더냐?"

"당연하지요!"

진완이 코끝에 주름을 잡으며 대답하자 노인이 웃으며 손을 번쩍 치켜들었다.

노인의 손길에 따라 쇠사슬이 허공을 날더니 매섭게 진완의 등짝을 후려쳤다.

퍽!

갑작스런 공격이었다. 아니, 공격해 올 걸 알고 있다 하더라도 무공의 기초도 없는 진완이 막을 도리는 없었다.

진완의 등 뒤로 옷이 터져 나갔다.

터진 옷 사이로 하얀 백룡 하나가 허공에 솟구치더니 곧 청룡으로 변해 그 자리에서 맴돌다가 다시 황룡으로 변한 후 고요히 내려앉았다.

물론 실제하는 용은 아니었다.

진완의 몸속에 있던 기운이 쇠사슬의 충격에 또다시 격발되어 빛난 것뿐이었다.

빛은 뜯겨진 옷 사이로 하늘로 뻗쳐올랐고, 몸에 새겨진 용 문신을 통과한 탓인지 용 문신의 궤적을 하늘에 그린 것이다.

그러나 겉으로 보기엔 그저 검붉은 용 문신으로 남아 있던 용이 마치 기지개를 켜듯 하늘로 비상해 오르는 듯 보였다.

만약 진완을 붙잡아 문신을 새겨 넣은 범소가 이 광경을 봤다면 온몸을 부르르 떨며 감격했을 정도로 황홀한 광경이었다.

노인이 직접 눈으로 보고도 못 믿겠다는 듯 눈을 뜨고 외쳤다.

“거참 묘하구나! 직접 눈으로 보지 않았다면 나 역시 믿지 못했을 것이다!”

진완은 고개를 푹 숙이고 있었다.

노인이 조금 심했나 싶어 은근한 말투로 물었다.

“왜, 내 손속이 조금 매웠더냐? 괜찮다. 당금 무림에서 널 죽일 수 있는 사람은 나를 비롯해 손에 꼽을 정도일 게다.”

진완이 고개를 숙인 채 이를 악문 듯한 목소리로 말했다.

“상처는 안 나더라도…….”

“……?”

진완이 고개를 들고는 큰 목소리로 으르렁거렸다.

“아픈 건 그대로잖수! 아이고! 죽는 줄 알았네!”

사실이었다. 한동안은 숨조차 쉬지 못했다.

상처가 안 난다는 말과 고통이 없다는 말은 전혀 별개라는 것을 그제야 깨달을 수 있었다.

노인이 껄껄 웃었다.

"그야 아직 네 몸의 세 가지 내공이 제자리를 잡지 못해서 그렇단다. 외부 충격에 뒤늦게 격발되어 움직이니 고통이 심하겠지. 시간이 지나면 스스로 알아서 자리를 잡을 것이고, 그렇게 되면 고통도 없을 것이다. 단지……."

점점 고통도 없어질 거란 말에 기분이 좋아진 진완이 등짝을 긁으며 물었다.

"단지?"

"단지 한 가지 단점이 있다면 자리를 잡더라도 내공을 운기하진 못한다는 점이다. 다른 내공도 아닌 구대극품 중 셋이다. 그 어떤 내공심법도 네몸의 세 기운을 억누르고 한 길로 뚫을 수는 없을 테니 아쉽구나. 아니, 아니다! 꼭 그렇게 볼 수만은 없겠지. 한 뿌리에 이어진 세 가지이니 잘하면 방법을 찾을 수 있을지도."

한동안 생각에 잠겼던 노인이 문득 고개를 들고 물었다.

"그런데 이 아이는?"

진완이 그제야 옆에 내려놓은 염혼에 대해 이야기하자 노인이 안됐다는 듯 눈살을 찌푸렸다.

"우릴 보고 마교라 하지만 실상 서방정토회가 진정 마교에 가깝다. 사람의 목숨을 그저 가지고 놀다 필요없어지면 버리는 물건처럼 취급하다니. 걱정 말거라. 다른 곳도 아니고 서방 정토회에서 흘러나온 무공이라면 중원에서 나보다 더 잘 알고 있는 사람은 없을 테니까.”

그래서 내가 여기 온 거지! 진완이 웃으며 고개를 끄덕였다.

다른 건 몰라도 무공과 내공심법에 대해서 이 노인보다 더 잘 아는 사람은 세상에 없을 것이다.

오죽하면 천하제일인이라던 위진천마저 노인에게 와서 내 공에 대해 물어보지 않았던가.

노인이 진완을 보며 잔잔한 미소와 함께 물었다.

“다음에 만날 때까지 네놈 몸속에 있는 기운을 어떻게 다스 리는지 대강 해답을 찾아보겠다. 그리고 이 아이는 내가 책임 지고 고쳐 놓도록 하지. 비록 예전의 무공은 다 되찾지 못하겠 지만 말이다.”

“무공 따윈 어찌 되도 괜찮수. 살아만 남는다면 그걸로 족하 우.”

노인이 한동안 진완을 보다 고개를 끄덕였다.

“네놈의 마음 씀씀이가 땡중이나 말코도사, 그리고 일월신 교 얼치기 교도보다 낫구나. 무림에 네놈 같은 사람들만 있었 다면 피를 볼 일도 없었을 것을.”

“나도 그렇게 생각하우!”

진완 역시 고개를 끄덕였다. 진완이 보기엔 세상 사람들은 쓸데없는 권력이나 돈, 그리고 명예에 목숨을 걸고 있었다.

그저 배부르게 먹고, 잠 잘자며, 좋은 사람이랑 알콩달콩 사는 게 최고라는 걸 잊어버린 허깨비들만 유령처럼 세상을 떠돌고 있는 곳이 무림이었다.

"그런데 이놈은 네가 찾으러 올 것이냐?"

노인이 물었을 때 진완이 깜빡했다는 듯 머리를 통 하고 쳤다.

순간 마치 부싯돌을 부딪친 것처럼 머리와 주먹에서 하얀빛이 튀어나왔다.

"나, 물어볼 게 몇 개 있수."

"뭐냐?"

"내가 듣기로는 백팔룡이란 게 위진천의 자식을 숨기기 위해서 그런 거라 알고 있는데, 맞수?"

"그렇다."

"그렇다면 한 가지 더 묻겠수."

"……?"

노인이 무엇이든 답을 해주겠다는 듯 진완의 눈을 쳐다보았다.

"그 위진천이란 련주가 마누라랑 붕가붕가해설라므네 아이를 가졌는데……."

"붕가붕가?"

"뭘 말하는 건지 알잖수. 아무튼 붕가붕가해서 낳은 자식이 말이우."

"그래, 말하거라."

"사실 아들이 아니라 딸이지요?"

순간 노인의 뺨까지 늘어진 기다란 눈썹이 파르르 떨렸다.

노인이 사슬을 들어 바닥을 꽝 내려치며 노호성을 터뜨렸다.

"놈! 네가 어찌 그 사실을 알고 있느냐!"

하지만 진완은 노인이 화를 내건 말건 철퍼덕 주저앉아 큰 한숨을 내쉬고 있었다.

"에휴, 맞구나. 그럼 그렇지."

노인은 은은한 광채가 나는 눈으로 진완을 노려보고 있었다.

진완이 그런 노인을 슬쩍 보고는 피식 웃었다.

"너무 흥분하지 마슈. 당연한 거잖수. 날 여기로 데려온 아줌마는 자식을 낳자마자 정신을 잃었다고 했수. 또 위진천 그 양반은 내가 절대 아들일 리 없다고 말했고. 그런데 왠지 그 말을 할 때 내가 아들이 아니라는 뜻이 아니라 아예 아들 따윈 없다고 말하는 것 같은 느낌이 들었수."

"……"

"그 이후 여기서 나가고 난 뒤 생각해 보니까 말이우, 남편도 여길 오고 아내도 여길 온다면 자식도 여기에 올 수 있다는 말 아니겠수? 거기까지 생각하니까……."

"하니까?"

"그제야 날 여기서 데리고 나갔던 젊은 여자애가 위진천의 딸이 아닐까 하는 생각을 한 거우. 결국 위진천이란 사람은 아들이 없고, 따라서 백팔룡은 사기란 얘기지."

노인이 말없이 진완을 보다가 으스스한 한기가 도는 목소리로 말했다.

“놈, 아무래도 네가 죽어줘야겠구나!”
노인의 눈에선 화광이 이글거렸다.
그 눈빛과 마주하자 진완은 온몸에서 소름이 돋았다.

『검단하』 제2권 끝

입소문을 통해 아는 분은 다 알고 계십니다!
올 한해 공인중개사 최고의 화제작!

1~2권 합본 | 이용훈 지음
3~4권 합본 | 이용훈 지음
5~6권 합본 | 이용훈 지음
용어해설 | 이용훈 지음
1~2차 문제풀이집 | 이용훈 지음

수험생 기본 필독서
만화 공인중개사

제목 : 만화공인중개사 쓰신 분에게 감사드립니다.

학원을 두달 다녔어요. 근데 과연 그 숫자 외우기 그런게 몇 문제나 나올까 생각을 했어요.
아니라는 생각이 드네요. 학원강의를 뒤로 하고 서점을 갔어요. 내 머리에 가장 이해될 수 있는
책이 없나 하구요. 거기서 만화를 발견했어요. 무조건 세번 봤어요. 3개월 걸렸어요. 문제집을
보라고 했는데 그건 시행을 못했어요. 근데 합격을 했네요.

어떻게 감사의 말을 해야 될지…

도서관에서 만화책 들고 다니니까 사람들이 비웃더라구요. 만화책으로 공인중개사를 공부한
다고 미친사람처럼 보더라구요. 근데 그거 다 감수하고 했던 내가 자랑스럽습니다.

어떻게 감사의 말을 해야 할지 정말 감사합니다.

부디 행복하세요. 제 나이 41살에 좋은 스승을 만난 거 같습니다.

엎드려 감사드립니다.

—본사 홈페이지에 독자분이 올린 메일 中 에서 발췌—